Du même auteur

Être bien avec son dos
Édité chez Grancher (1992)
J'ai testé pour vous
Édité chez Fortuna (2011)
Les lavandes rouges
Roman auto-édité (2017)
Histoire du sport valentinois —
Édité chez Mémoire de la Drôme
(2017)
Kenza
Roman, auto-édité (2018)
Le nœud de Homer
Roman édité chez Maïa (2021)
Quand j'étais p'tit
Témoignage d'une époque, auto-
édité (2021)
L'énigmatique Line
Roman auto-édité (2022)
Une mystérieuse pendaison
Roman auto-édité (2023)

michel.dorne@gmail.com

UN POLAR DE

MICHEL DORNE

LA
VALISE
BLEUE

© Michel DORNE, 2024
Édition : BoD · Books on Demand GmbH,
In de Tarpen 42, 22848 Norderstedt (Allemagne)
Impression : Libri Plureos GmbH, Friedensallee 273,
22763 Hamburg (Allemagne)
ISBN : 978-2-3225-3488-3
Dépôt légal : Décembre 2024

1

Malgré son apparence banale, Charles Jeanselme n'est pas un homme tout à fait ordinaire !

Comme beaucoup à l'approche de la soixantaine, il accuse un léger embonpoint. Au sommet de son mètre soixante-quinze, des cheveux poivre et sel ras cernent une calvitie naissante. Des yeux marron, un nez nubien et des lèvres minces occupent un visage rond. Il est vêtu simplement, mais avec goût et ne présente pas de caractéristiques notoires. Il est d'ailleurs tout à fait inconnu du grand public et peut se promener sans crainte d'être reconnu.

Cela est rare pour une personne de sa stature !

Originaire de la Drôme, Charles Jeanselme a effectué ses études secondaires au lycée Émile-Loubet à Valence, puis a intégré HEC Paris et obtenu un master de commerce. Son diplôme en poche, il revient en province et travaille durant une brève période au sein de l'entreprise de semences Tézier (devenue HM. Clause) avant de racheter une société locale de fabrication de ravioles du Royans. Deux ans plus tard, il reprend un établissement de salaisons en difficulté. Il conduit si bien ses affaires qu'au cours des quatre années suivantes, il épingle une biscuiterie et l'important groupe Toutgel, spécialisé dans les surgelés. En 1998, il dirige déjà 850 salariés. C'est à cette date que pour optimiser sa gestion il décide de déplacer son siège à Paris et installe ses bureaux à la Défense.

Au tournant de l'an 2000, il développe le concept du supermarché d'hypercentre et ouvre son premier magasin à Montreuil. Dès lors, le groupe qu'il a créé va progresser de manière fulgurante.

À 39 ans, la fortune de cet homme est déjà colossale, mais il s'acharne à rester simple et accessible. Il revient assez fréquemment sur la terre de ses racines chabeuilloises, dans le département de la Drôme.

En 2003, à l'occasion de la première « Rencontre tintinophile », organisée par sa commune (vingt ans plus tard, ce petit bourg organisera la plus grande fête tintinophile au monde !), il fait la connaissance de Julie Vernal.

Une bousculade enclenche leurs premiers sourires et un début de conversation. Il reconnaîtra plus tard avoir été surpris par sa propre audace ! Il est vrai qu'à cette époque, Charles est plutôt taiseux. Il n'aborde les gens que pour une raison précise. Surtout les femmes, envers lesquelles il entretient des relations compliquées et éphémères. Il se défend de cette réserve en rejetant la faute sur ses affaires qui lui occupent trop l'esprit.

Pourtant ce jour-là, curieusement, il ose inviter la demoiselle à boire un verre…

Ils se retrouvent autour d'une table ronde, sous la tonnelle de vigne d'un petit bistrot bondé.

L'un et l'autre ont le sentiment que cette rencontre inopinée est une évidence. Julie sait converser, dégage une joie de vivre communicative et ne manque pas d'humour. Grande et mince, yeux gris et longs cheveux bruns bouclés, la fille est craquante.

Loin du tumulte parisien et du business, Charles passe en sa compagnie un moment délicieux et (jusque-là !) sans arrière-pensée. Ils parlent de tout et de rien et finissent par s'interroger sur leur métier respectif. Lui répond « être dans les affaires », elle être « blogueuse », mais Charles sait à peine de quoi il s'agit. Il ne voit pas comment on peut gagner de l'argent en tenant un blog sur Internet et préfère ne pas approfondir le sujet.

Avant de se séparer, ils échangent leur numéro de portable.

Julie lui promet de lui faire signe lorsqu'elle ira à Paris.

Charles lui fait la même promesse s'il revient dans la région, mais en fait, il la rappelle dès le lendemain !

Et tous les jours qui suivent, ils s'envoient des SMS, ou se téléphonent…

Julie est drôle, spontanée. Charles s'amuse de cette complicité inattendue entre un vieux célibataire qui s'estime sans charme et une jeune femme pétillante qui s'intéresse à lui.

Trois semaines plus tard, il prétexte des affaires à régler dans la région pour revenir à Chabeuil. Il rouvre les volets de la maison familiale et invite Julie à prendre l'apéritif. Après quelques verres d'alcool, les mots se font doux et les gestes plus tendres, et c'est tout naturellement qu'ils échangent leur premier baiser…

Ensuite, les choses s'enchaînent rapidement.

Un trimestre après leur première rencontre, et puisque rien n'empêche Julie d'animer son blog depuis la capitale, elle déménage à Paris pour vivre avec Charles.

Ce métier naissant ne lui rapporte pas beaucoup d'argent, mais le petit contrat qu'elle a signé avec un fabricant de cosmétiques suffit pour l'instant à son bonheur. D'autant qu'avec Charles, l'aspect financier devient soudainement secondaire.

Huit mois plus tard, Charles demande en mariage la jeune femme qui accepte avec une joie infinie. C'est ainsi que le 16 juillet 2004, mademoiselle Julie Vernal, 25 ans, blogueuse, épouse monsieur Charles Jeanselme, 40 ans, président directeur général du groupe DOJE.

Au cours des vingt années suivantes, le groupe DOJE accélère son développement en créant cent quarante-trois supermarchés, dont une douzaine à l'étranger, et en rachetant une poignée d'entreprises en faillite.

Malgré cette réussite, Charles Jeanselme parvient à rester dans l'ombre et à l'écart des médias.

Dans les affaires, il privilégie la discrétion et l'humilité. Les fondements de son caractère.

*

2

Depuis maintenant six ans, le couple Jeanselme et leur fils Antoine, âgé de 18 ans, habitent un luxueux, mais très discret pavillon, à Marne-La-Coquette dans l'Ouest parisien. La famille vit dans l'aisance, mais elle fuit toujours les mondanités et exècre les comportements ostentatoires.

Au début de l'été 2022, Charles est surpris et très contrarié de découvrir son nom juste derrière celui de Marie-Hélène Habert-Dassault, à la 15e place du classement Forbes France, en raison de sa fortune estimée à huit milliards d'euros.

Étonnamment, à part quelques économistes et une poignée de grands patrons, personne ne connaît intimement cet homme à la tête du tentaculaire groupe Doje.

Dans les semaines qui suivent la diffusion de cette liste des plus riches Français, Charles Jeanselme est assailli par les médias. Il refuse leurs innombrables sollicitations avant d'accepter, de guerre lasse, l'interview de l'hebdomadaire Challenges.

Durant plus d'une heure, il s'astreint à répondre aux questions d'un journaliste et un article très élogieux paraît huit jours plus tard.

Repris par plusieurs magazines, cet article relate l'ascension fulgurante d'un homme qui, parti de rien, a constitué un empire. « La philosophie de notre groupe est de réinvestir une importante part de nos profits », dit Charles. L'homme se targue cependant d'avoir une vie, presque ordinaire, sans chauffeur, sans garde du corps, sans résidence secondaire, sans grosse berline et sans bling-bling. « J'apprécie la simplicité et la discrétion. À vrai dire, ma plus belle réussite est ma famille », conclut-il.

À cet instant, il est loin d'imaginer que cette citation dans le classement Forbes et cette unique interview vont être à l'origine de la pire période de son existence.

*

3

En cette fin de journée, Julie et Charles ont un nouveau démêlé concernant leur fils. C'est un sujet récurrent de discorde.

Antoine va avoir 19 ans. Il leur mène la vie dure. Il déteste l'école et sa scolarité a été un calvaire.

Ses parents l'ont changé à plusieurs reprises d'établissement sans que cela modifie son comportement. Il ne supporte pas l'autorité et se complaît dans la rébellion. Il n'aime que la nature, le sport, les copains et la fête.

Ce tempérament n'est pas du goût de son père qui, après avoir mille fois tenté de le ramener à un peu plus de raison, a abandonné l'espoir de l'associer à ses affaires. Aujourd'hui, seule sa mère parvient à avoir un contact apaisé avec lui.

Antoine occupe actuellement une dépendance de la maison familiale.

Depuis un an, qu'il vit de petits boulots et refuse l'aide matérielle que lui ont souvent proposée ses parents. Il se passionne désormais pour l'escalade et suit avec plus ou moins de constance une formation de cordiste.

— Antoine est parti précipitamment remplacer un alpiniste pour une course sur le Mont-Cervin, dit Julie lovée en tenue légère sur la balancelle de leur terrasse.

— Ah bon ! s'exclame Charles surpris. Il aurait quand même pu m'en parler… Bien qu'il souhaite vivre sa vie sans me rendre de comptes, je m'intéresse encore à ce qu'il fait. Il m'inquiète ce gamin…

— Mais il me l'a dit, réplique fermement Julie sans lever les yeux vers son mari.

— Pas à moi ! Et pourquoi ne m'en as-tu pas informé ? rétorque Charles en haussant le ton.

— Le dialogue est devenu impossible entre vous deux. Et puis tu t'énerves chaque fois qu'il est le sujet d'une de nos conversations. Je pensais que pour éviter un nouvel incident il valait mieux me taire.

— Escalader le Mont-Cervin ne doit pas être une petite affaire ! Il n'est pas habitué à ce type d'ascension, se désole Charles.

— Ne t'inquiète pas. C'est un grand ! Il est responsable et connaît ses limites, répond Julie en reprenant la lecture de son magazine, signifiant ainsi qu'elle n'a pas envie de discuter.

— J'en doute fort, conclut Charles, agacé d'apprendre qu'Antoine agit encore une fois à la légère, sans réfléchir et sans préparation.

Bien que leur relation soit souvent glaciale, Charles demeure préoccupé par son fils, auquel il reste secrètement très attentif. Il a acquis la certitude qu'il ne lui succédera pas dans les affaires. L'argent ne l'intéresse pas et s'acharner au travail pour en obtenir encore moins ! Antoine est un vagabond. Il déteste la routine et les obligations, se qualifie d'homme libre et refuse de s'encombrer de contingences matérielles.

Antoine a été préservé du luxe et de l'opulence, mais il a été élevé dans l'aisance. Charles ne comprend pas et s'indigne du mépris que son fils voue au milieu dans lequel il a grandi. Il s'inquiète pour son avenir, mais il ne peut pas lui parler sans déclencher un conflit. Il ne sera pas serein tant qu'Antoine n'aura pas trouvé sa voie et se complaira dans sa vie de bohème.

Ce garçon semble avoir honte de sa classe sociale !

Cette fois encore, cette escapade qu'il vient indirectement d'apprendre attriste son père.

— Antoine n'imagine pas un seul instant que je puisse me faire du souci pour lui. Julie aurait pu m'avertir, peste intérieurement Charles.

À cet instant, il jalouse la connivence qu'en dépit des frasques de son fils, sa mère entretient toujours avec lui.

Il a le sentiment d'être mis à l'écart et tente de comprendre pourquoi.

Certes, Antoine n'a pas hérité de mon caractère, mais il pourrait écouter mes conseils et accepter mon aide, rumine-t-il. Malgré mes obligations professionnelles, je crois avoir fait tout mon possible pour être un bon père... Peut-être ai-je été trop souvent absent lorsqu'il avait besoin de moi... Heureusement, il semble avoir évité l'écueil de la drogue, pense-t-il encore. Pour l'instant... Pour l'instant ! se répète-t-il mentalement, peu convaincu que cela dure, étant donné ses fréquentations.

— Tu as eu de ses nouvelles depuis son départ ? demande Charles à son épouse quelques instants plus tard.

— Non… mais tu n'ignores pas qu'en montagne les communications sont parfois difficiles, rétorque Julie sans quitter sa revue des yeux.

— Il ne t'a rien dit de plus ? Sais-tu dans combien de temps il rentre ?

— Aucune idée. Ça doit sûrement dépendre de la météo… Il ne m'a pas donné de détail…

— Avec qui est-il parti ?

— Je n'en sais rien ! Un copain…

Charles dépité s'était allongé dans un transat.

À cette heure tardive, la chaleur était encore très forte

Les mains croisées derrière la nuque, la chemise ouverte et le visage fermé, il s'étonnait que sa femme réponde à ses questions avec autant de détachement sur le ton de l'agacement. Elle semblait impatiente de clore la conversation en lui distillant le minimum de renseignements. Il avait cependant l'impression qu'elle en savait plus que ce qu'elle acceptait de lui dire. C'était curieux et inhabituel !

Charles quitta soudainement la terrasse pour rejoindre son bureau et son ordinateur. Il avait besoin d'en savoir plus sur ce fameux Cervin.

Il lut que ce sommet n'était pas très élevé, mais que l'arête finale était extrêmement dangereuse. Plusieurs articles expliquaient que les accidents étaient le plus souvent dus à une expérience insuffisante de la montagne et à la banalisation du risque.

Antoine n'est pas un novice, mais pas un chevronné non plus, pensa-t-il ! Puisque l'ascension semble s'effectuer en deux jours, en comptant le trajet aller-retour pour la Suisse, normalement d'ici peu, il espérait être rassuré.

Une vingtaine de minutes plus tard, alors que Julie rejoignait sa chambre, elle pointa son nez dans l'entrebâillement de la porte du bureau de Charles et l'interpella.

— Au fait, je ne t'ai pas dit, ma mère m'a téléphoné. Elle est malade, tousse, a de la fièvre et du mal à respirer. Je m'inquiète ! J'espère que ce n'est pas le COVID.

La mère de Julie habite Pierre-Bénite, dans la banlieue de Lyon. Elle est hypocondriaque et sollicite fréquemment sa fille pour des broutilles. Charles sait que c'est un stratagème pour la faire venir jusqu'à elle !

Après le décès de son mari, Louise ne s'est jamais habituée à vivre seule. Et comme elle a exclu toute nouvelle rencontre, elle est devenue dépressive chronique ! Elle prétend que Julie est l'unique personne capable de lui remonter le moral, mais trouve, bien sûr, que ses visites sont trop rares. Sans doute a-t-elle encore une fois majoré ses maux, pour attirer « sa chère fille », pense Charles à cet instant.

— Du coup j'ai pris un billet pour aller voir ma mère. Je pars demain matin et, si elle n'a de rien de grave, je serai de retour dans 48 heures, dit Julie plus tendue qu'à l'accoutumée.

Le départ précipité de Julie et son irritabilité très inhabituelle avaient quelque peu surpris Charles !

Ce matin, il l'avait accompagnée et déposée sur le parvis de la gare à 6 heures 30. Mais depuis la veille il lui trouvait un comportement curieux…

Ce sont certainement les jérémiades de sa mère qui l'agacent, avait-il pensé.

Le soir même, Julie l'appela.

— Coucou, chéri. Je te rassure, rien de grave. Ma mère n'est pas très bien, mais elle n'est pas à l'article de la mort. Je crois cependant que ça lui fait vraiment plaisir que je sois là. Je vais sans doute rentrer demain en fin après-midi. Et toi ça va ?

— Ça va ! répondit Charles sans enthousiasme. J'ai passé la journée avec les comptables. Tu sais que ce n'est pas ma tasse de thé ! Du coup, je me réconforte avec un verre de whisky. Mais il serait meilleur en ta compagnie… Veux-tu que je vienne te chercher à la gare ?

— Non, non, je me débrouille. J'ignore encore à quelle heure je vais rentrer. Ne t'inquiète pas, tout va bien ! Je t'embrasse.

Julie avait raccroché rapidement. Charles avait eu une nouvelle fois le sentiment que sa femme souhaitait abréger la conversation. Ce n'était pas son style. Julie était de nature bavarde ! Il était étonné, mais supposa que sa belle-mère occupait Julie plus que de raison et il rejeta l'idée d'une autre explication…

Julie est son moteur de vie. Certes, la passion de Charles pour les affaires l'a souvent éloigné du domicile familial, mais elle est toujours au cœur de ses pensées et sans elle il n'aurait certainement pas construit un tel empire. Il est heureux de pouvoir lui offrir tout ce dont elle a envie et flatté d'être aux côtés d'une femme aussi ravissante. À 44 ans, elle est au summum de sa beauté. Son mètre soixante-treize, ses longs cheveux bruns, son joli minois et sa prestance attirent les regards masculins et suscitent naturellement la jalousie de la gent féminine.

Il n'ignore pas son esprit volage, mais il est fier d'être l'élu de son cœur. Bien sûr, il craint qu'à l'occasion de ses brèves rencontres, Julie s'amourache d'un homme plus jeune. Le risque est toujours présent, mais il a appris à vivre avec. Julie lui montre un attachement touchant et leur couple respire la complicité. Il y a quelques mois, elle lui a avoué avoir flirté avec son coach sportif lors de la soirée de fin d'année et elle lui a demandé pardon pour cette légèreté qu'elle a justifiée par un abus d'alcool. Elle lui a promis qu'un tel incident ne se reproduirait plus. Charles a été touché et rassuré par cette confiance spontanée, mais il n'est pas dupe ! Sa femme est jeune, belle, séduisante, élégante et riche. Elle attire naturellement les hommes. On ne peut pas tout avoir, philosophe-t-il intérieurement pour se conforter.

Julie a interrompu ses études secondaires en troisième pour se lancer dans l'apprentissage de la coiffure. Après avoir obtenu son diplôme, elle s'est inscrite dans une école d'esthétique. Au cours de sa formation, elle a créé un blog sur lequel elle a prodigué des conseils de beauté aux filles de son âge. Ses publications sont repérées par une société de cosmétiques qui en fait une des ambassadrices de la marque. Cette petite rémunération lui permet alors de quitter le salon, dans lequel elle exerce, et sa patronne avec qui elle ne s'entend pas !

Après son mariage avec Charles, elle a cessé cette activité et tout travail sans pour autant mener une vie mondaine. L'argent est présent et rien ne lui manque, mais depuis toujours, leur couple fuit les réceptions et limite ses relations à quelques amis simples et discrets. Pas pour se cacher, seulement par nature. L'un et l'autre, issus d'un milieu modeste, refusent de se laisser griser par le luxe et n'apprécient guère la fréquentation des gens fortunés.

Julie s'est beaucoup occupée de son fils jusqu'à il y a peu de temps. Mais, depuis qu'il s'estime autonome, elle est plus disponible pour gérer la maison, pratiquer des activités sportives, suivre des cours de peinture et, parfois, accompagner son mari dans un déplacement. Leurs proches voisins ont constaté leur aisance, mais ils ignorent l'étendue de leur richesse… Julie et Charles s'entendent parfaitement sur ce plan. Pour vivre heureux, ils vivent plutôt cachés.

Aussi, cette publication sur le magazine Forbes ne les avait pas spécialement réjouis…

*

4

L'horloge située en haut de la tour de la Gare de Lyon paraît minuscule comparée à celle de La Mecque.

L'horloge de La Mecque est la plus haute du monde. Elle culmine à six cents mètres de hauteur et peut être vue à plus de quinze kilomètres. Elle est six fois plus haute que Big Ben et deux fois plus que la tour Eiffel !

À Paris, c'est à seulement soixante mètres au-dessus des têtes que l'on peut lire l'heure depuis le parvis de l'édifice et ce premier août, il est exactement 18 heures 08 sur les quatre faces de la tour lorsque, sous l'immense verrière du hall 2, le TGV INOUI 6624 arrive à son terminus.

En quelques secondes, les passagers en provenance de Marseille, Valence, Lyon-Part-Dieu et Montchanin TGV, envahissent le quai et se fondent dans la foule. Depuis le haut de l'escalier du restaurant gastronomique le Train bleu, on peut voir des flots de voyageurs se disperser par petites colonnes dans de multiples directions. Parfois, l'une d'elles stoppe un instant sa progression avant de changer sa trajectoire, exactement comme le ferait un cortège de fourmis face à un obstacle.

Ce premier jour d'août, le trafic est très dense et les trains sont bondés.

Selon le mode annuel de migration estivale, des millions de touristes s'apprêtent à remplacer les Parisiens lassés de la capitale.

Le quai D s'est vidé lentement. Jamila est montée à bord de la voiture n° 2.

Depuis dix-huit mois, elle est l'employée d'une société chargée de l'entretien. Dès que les passagers quittent le train, avec les neuf collègues de son équipe, elle a pour mission de nettoyer la rame avant l'arrivée des suivants. La tâche s'avère cependant de plus en plus difficile, car on lui réclame toujours plus d'application et de rapidité. Des exigences qu'elle estime peu compatibles ! Certes, à ses débuts, elle manquait d'efficacité, mais elle a acquis de l'expérience et sait optimiser son temps. Désormais, elle ne peut pas faire mieux pour répondre aux incivilités grandissantes des voyageurs !

Avant cet emploi, elle n'imaginait pas la quantité et la diversité des choses retrouvées dans un train une fois les passagers débarqués. Aujourd'hui, elle ne s'étonne plus des restes de nourriture, des revues, des stylos, des vêtements, des canettes, des clefs USB, de la monnaie, des papiers d'identité qu'elle ramasse quotidiennement sur le sol et les sièges, mais demeure toujours stupéfaite par l'oubli d'objets de valeur.

Elle a déjà découvert des montres, un ordinateur, des appareils photo, des smartphones, des sacs et même une alliance sertie de petits diamants. Cette jeune femme de 22 ans ne comprend pas ces gens si peu respectueux des biens communs et si négligents envers eux-mêmes. D'autant qu'une majorité de ces choses n'est jamais réclamée ! Et chaque rame offre son lot de surprises…

Chaque année, environ 80 000 objets sont retrouvés dans les trains de la SNCF. Les plus nombreux sont les 15 000 bagages (valises, cartables, sacs…), suivis des 10 000 appareils électroniques (7000 téléphones, 1000 ordinateurs…) et des 10 000 vêtements (vestes, blousons, pulls, écharpes, bonnets…). Les plus insolites, et pas nécessairement les moins courants, sont les instruments de musique, les vélos, les lunettes, les trottinettes, les montres, les portefeuilles, les béquilles. Moins de 40 % des objets trouvés sont réclamés. Les autres sont au bout d'un mois remis à l'administration des domaines, cédés à une association d'utilité publique, ou détruits.

Les wagons de première classe, tel celui dans lequel est montée Jamila, sont en général laissés plus propres. Cela ne signifie pas pour autant que les gens riches sont plus respectueux. Cela vient surtout du fait que les familles et les bandes de jeunes fréquentent moins cette catégorie !

Dès le premier regard, cela semble se confirmer. Seuls quelques détritus jonchent le sol, mais une tout autre chose attire son attention. Entre deux rangées de sièges elle aperçoit une valise bleue sans étiquette.

Une nouvelle fois, ce cas va obliger Jamila à interrompre son travail et à suivre la procédure.

Elle appelle son responsable. Dans la foulée il informe le chef de gare, qui lance immédiatement une annonce via les haut-parleurs de la station, avec l'espoir que le possesseur du bagage soit encore sur le site.

- « À l'intention des passagers du TGV INOUI 6624 en provenance de Marseille, Lyon-Part-Dieu, Montchanin. Une valise a été retrouvée dans le wagon n° 2. Le propriétaire est prié de venir la récupérer au bureau des objets trouvés. Je répète… À l'intention des passagers du TGV INOUI 6624 en provenance de Marseille, Lyon-Part-Dieu. Une valise a été retrouvée dans le wagon n° 2. Le propriétaire est prié de venir la récupérer au bureau des objets trouvés. Merci de vérifier que vous avez bien avec vous l'ensemble de vos bagages ».

Vingt minutes plus tard, personne ne s'étant présenté, le bagage est naturellement qualifié de « suspect » et le plan Vigipirate est automatiquement activé.

Jumila et son équipe sont sommées de quitter les wagons et les forces de l'ordre établissent aussitôt un périmètre de sécurité autour du TGV 6624. Les rames situées de part et d'autre de la voiture incriminée sont évacuées, mais restent en place pour établir un bouclier de protection en cas d'explosion et permettre la continuation du trafic sur les autres voies.

Depuis quelque temps dans les gares parisiennes, pour réduire les perturbations qu'entraîne la découverte d'un colis abandonné, la SNCF priorise l'envoi d'un équipage de cyno-détection de la SUGE (la police ferroviaire de la SNCF) afin d'éviter le recours au service de déminage, débordé par les interventions. Des chiens renifleurs spécialement éduqués, des Malinois, des Labradors ou des Springers Spaniel, parviennent à déceler la présence d'explosif en quelques secondes. Leur diagnostic est beaucoup plus rapide que celui d'une équipe de déminage qui, dès lors, n'opère que lorsqu'un explosif est soupçonné.

Les colis ou bagages abandonnés jugés suspects (200 par semaine dans les gares et les rames) impactent chaque année 12 millions de voyageurs, engendrent la perte de plus de 10 000 heures et occasionnent la suppression d'environ 3 000 trains.

Cette fois, comme heureusement dans la plupart des cas, le Labrador est formel, dans la valise, il n'y a pas d'explosif !

En quelques secondes, mais avec précaution, le policier fait céder le verrou pour vérifier son contenu.

En soulevant délicatement le couvercle, il se fige…

Stupéfait par ce qu'il voit !

*

5

À Marne-La-Coquette, ce soir, Charles est seul dans sa grande maison.

Il s'est installé dans le fauteuil club de sa bibliothèque.

Il aime se retirer dans cet endroit pour réfléchir ou simplement décompresser après sa journée de travail. C'est souvent là que Julie le rejoint pour discuter autour d'un verre. Mais à cet instant, il est inquiet.

Non seulement Julie n'est pas rentrée et ne l'a pas rappelé, mais il n'est pas parvenu à la contacter. Charles est convaincu que si elle avait décidé de prolonger son séjour à Lyon, elle aurait eu la délicatesse de le prévenir. Son silence est très étrange. Charles se remémore la fébrilité anormale qui a précédé son départ. Sa femme lui cacherait-elle une grave maladie de sa mère ou une nouvelle aventure ?

Il refuse d'imaginer cette dernière hypothèse.

Quand il s'éloigne pour ses affaires, Charles ne manque pas d'appeler Julie. Elle fait généralement de même lorsque, beaucoup plus rarement, c'est elle qui s'éloigne. Souvent pour aller dans sa famille… Ce moment d'intimité téléphonique est un plaisir, pas un devoir. Depuis qu'ils se connaissent, chacun aime informer l'autre de ses allées et venues et de ses occupations. Pourquoi son épouse a-t-elle abrégé la conversation d'hier soir, et pourquoi aujourd'hui ne l'a-t-elle pas averti de son heure d'arrivée ? Et dans l'hypothèse d'un contretemps, pourquoi ne répond-elle pas à ses appels ?

Charles a un mauvais pressentiment.

Sans appétit véritable, il s'apprête pourtant à dîner, en espérant que cela chasse ses idées sombres. Il ouvre le réfrigérateur et constate avec étonnement qu'il est quasiment vide ! C'est une nouvelle source d'étonnement, car, en général lorsqu'elle s'absente, sa femme lui prévoit de quoi préparer un ou deux repas.

Il n'a pas envie d'aller au restaurant.

C'est dans cet état d'extrême inquiétude et d'ignorance totale que, finalement sans manger, Charles décide de se retirer dans sa chambre.

Au moment où il s'apprête à entrer dans la salle de bain, son mobile émet un bip annonçant l'arrivée d'un SMS.

Il se précipite sur l'appareil.

Le message n'émane pas de Julie.

Sur l'écran s'affiche une phrase énigmatique, plutôt flippante…

« Si tu veux revoir ta femme, prépare 200 000 € et sois discret ! — instructions à venir ».

Ce SMS, bref et glaçant en provenance d'un numéro masqué, est explicite !

Il est à la fois une menace et un ordre.

Charles est bouleversé… Rongé d'inquiétude !

Dans d'autres circonstances, il considérerait ce message comme un canular, mais ce soir c'est une balle qui le frappe en plein cœur.

Un enlèvement lui paraît être un scénario imaginaire de série policière et une escapade amoureuse, un cauchemar inconcevable, mais l'absence de Julie semble exclure une plaisanterie.

Charles ne sait ni quoi penser ni quoi faire…

Il tente de rappeler son épouse, mais une nouvelle fois la communication bascule directement sur son répondeur ! La seconde d'après, il compose le numéro de sa belle-mère.

Elle est dure d'oreille. Il patiente. À la sixième sonnerie, elle décroche.

— Oui, j'écoute…
— Louise ?
— Oui, j'écoute.
— Bonjour, Louise, c'est Charles. Julie est-elle avec vous ?
— Bonjour cher gendre… J'étais sur le point d'aller au lit ! Non… non… Elle m'a quitté un peu après le repas de midi. Elle semblait très pressée.
— Hier soir, a-t-elle couché chez vous ? demande Charles en appréhendant la réponse.
— Ben… bien sûr !
— Elle ne vous a pas évoqué l'heure à laquelle elle prenait son TGV ?
— Non. Mais j'ai cru comprendre qu'elle se rendait directement à la gare.
— Elle ne vous a rien dit de particulier concernant son retour ?

— Non... mais toutes ces questions m'inquiètent !

— Ne vous faites pas de souci, Louise. C'est juste que je n'arrive pas à la joindre... Et vous, la santé, ça va mieux ?

— Je vais très bien, merci ! Pourquoi me demandez-vous ça ?

— Pour rien...

— En tout cas, cela m'a fait plaisir de voir ma fille même si c'est toujours en coup de vent, comme d'habitude ! Un de ces prochains week-ends, vous pourriez descendre tous les deux...

— Oui, oui, on va s'organiser. On vous tient au courant. Bonsoir Louise.

— Vous me dites pour Julie, hein ? Moi aussi je m'étonne qu'elle ne soit pas encore chez vous...

— Oui, Louise, je vous dis...

Julie était donc bien allée voir sa mère (qui ne semblait pas malade !) et avait couché chez elle... Pourquoi n'était-elle pas rentrée ? Pourquoi était-elle injoignable ? Son empressement à quitter Louise et son mensonge quant à son état de santé rajoutaient du mystère à sa conduite. Son téléphone pouvait être déchargé, mais quand on le veut, il y a toujours moyen de contacter la personne qu'on aime, pensa Charles. Tout confirmait que ce SMS n'était pas une plaisanterie.

De graves choses étaient en cours et Julie était certainement un danger.

Dans quel pétrin s'est-elle fourrée ? pesta Charles à la fois décontenancé et terriblement inquiet.

Il rapprocha ce redoutable message avec l'étrange comportement de sa femme. De nombreux détails lui revenaient. Il était cette fois convaincu que Julie n'était pas partie chez sa mère dans son état normal. Ce voyage était sans doute un prétexte ! Se sentait-elle menacée ? Et si tel était le cas pourquoi ne lui avait-elle rien dit ?

En réalité, ce SMS était une demande de rançon en échange de sa vie !

Les dernières lueurs du jour filtraient au travers des persiennes lorsqu'il s'allongea sur le lit, sans se déshabiller, les mains croisées derrière la tête, les yeux rivés au plafond.

Des images de Julie, souriante, câline, rigolote et enthousiaste, mais aguicheuse aussi, lui revinrent. Il adorait son épouse au point de presque tout lui pardonner, mais quand même ! Pouvait-elle être à l'origine d'une manigance ?

Quant à son fils, parti en haute montagne sans crier gare et sans avoir donné de nouvelles depuis (bien que ce ne soit pas la première fois qu'il disparaisse ainsi), il lui créait un souci supplémentaire. Toutes ces pensées qui tourbillonnaient dans sa tête le rongeaient ! Il s'estimait incapable d'analyser froidement la situation et encore moins d'agir. Et puis pour faire quoi ?

Cette soirée était désastreuse…

*

6

À l'angle des rues Daumesnil et Rambouillet s'élève un immeuble un peu particulier. Si sa partie basse est austère à souhait, il suffit de lever les yeux pour découvrir sa touche de fantaisie. En effet, sur les deux derniers étages de sa façade extérieure, treize étonnantes sculptures sont alignées. Il s'agit de copies de « L'esclave mourant » de Michel-Ange, dont l'original peut s'admirer au Musée du Louvre.

Au rez-de-chaussée de cet étonnant bâtiment siège le commissariat central du 12e arrondissement. Certainement le plus insolite de la capitale !

Il est 20 heures 15.

Dans son bureau, la Commandante Maggie Charbonnel observe interloquée le contenu hors du commun d'une valise bleue, pleine de billets de banque ! À première vue, plusieurs dizaines de milliers d'euros !

S'il est déjà très surprenant d'imaginer une personne voyageant avec une telle somme d'argent, il est encore plus invraisemblable de penser qu'elle puisse l'oublier en quittant sa place ! C'est certainement la première fois qu'un bagage de cette valeur est retrouvé, abandonné dans un train et surtout non réclamé !

La Commandante soupçonne aussitôt cette somme d'être au cœur d'un trafic illicite et pense peu probable que son propriétaire se manifeste.

Drogue, cigarettes, armes... Les sujets ne manquent pas !

Un règlement était-il prévu pendant le trajet ? Un complice devait-il récupérer la valise au terminus ? Un problème est-il apparu en cours de transaction ? Pour l'instant, aucun indice ne permet de répondre à ces interrogations, mais les dessous de l'affaire semblent très sales.

On ne voyage pas avec un tel magot lorsque l'on n'a rien à cacher ou à se reprocher ! pense Maggie Charbonnel.

Dans l'immédiat, elle prévoit de confier le bagage et son contenu aux spécialistes de la police scientifique afin qu'ils en extraient les éléments susceptibles d'éclairer l'enquête. Pour sa part, la Commandante envisage de visionner au plus vite les enregistrements des caméras de surveillance des gares desservies par ce train, avec l'espoir de repérer une personne voyageant avec une valise bleue similaire.

— William, dès demain matin, tu demandes à la SNCF de te communiquer la liste complète et les coordonnées téléphoniques de chaque passager de la voiture 2. Ils ont ça dans leur base de données. Tu les contactes et tu les interroges les uns après les autres. Essaye d'obtenir un maximum de détails sur le possesseur de ce bagage qu'ils auraient pu apercevoir dans le wagon.

William Delavoy est Capitaine de police. Il travaille en binôme avec Maggie et sous ses ordres. C'est un gros nounours tendre et sensible de 41 ans, marié et père de deux enfants. Originaire de Grenoble, il a été promu à Paris il y a bientôt trois ans, après avoir exercé à Limoges et Saint-Étienne.

Moustache broussailleuse et cheveux longs sous une casquette gavroche, l'homme a le look d'un syndicaliste SGP (syndicat de la police), mais pas l'esprit rebelle ! Il est un peu pataud et sa cheffe lui reproche parfois son manque d'initiatives, mais c'est un excellent soldat qui s'applique à exécuter au mieux ses consignes.

Maggie est très différente. Au premier abord, sa stature élancée et sa tête très mobile emmanchée d'un grand cou font penser à un oiseau des marais ! Cette Parisienne blonde, frisée aux cheveux courts, est intimidante. On lui devine un fort tempérament. Malgré un joli minois et un physique plutôt avantageux, son style garçon manqué et son naturel sévère lui ôtent cependant une partie de son charme. Un atout qu'elle n'a jamais cultivé et dont elle n'use pas. À cinquante ans, elle est toujours célibataire. Son métier semble être sa seule passion et l'écologie le combat de sa vie.

William apprécie de travailler à ses côtés. Curieusement au fil du temps, leur différence de caractère est devenue une force qui a souvent concouru au dénouement de nombreuses affaires. C'est aussi une source de jalousie et de raillerie pour certains de leurs collègues qui surnomment leur duo Laurel et Hardy !

L'idée de s'occuper de cette affaire plutôt hors du commun les excite l'un et l'autre.

*

7

Charles est un homme intelligent et sage.

Il préfère réfléchir longtemps avant d'agir et anticiper les événements plutôt que les subir. Il a confiance en lui et en sa bonne étoile. C'est un atout dans les affaires. Cependant, lorsque son épouse ou leur relation amoureuse sont en cause, sa logique et son esprit de synthèse bafouillent. Altéré par les sentiments, son raisonnement n'est plus aussi limpide et il doute… De tout !

Cette nuit, Charles n'a pas fermé l'œil.

Toutes les heures, il a tenté de joindre sa femme, par téléphone et par SMS. En vain !

Il a peur… Pour elle, pour lui… mais également pour les sociétés de son groupe qu'il n'oublie jamais…

Il est désorienté et ne sait plus à quel saint se vouer.

Il a envisagé tous les possibles sans trouver de réponses.

Julie est peut-être entre les mains d'un monstre ! Où ?

Il l'imagine en souffrance et en attente de son aide.

Cette idée le ronge… Mais que faire ?

En alertant la police, l'enlèvement de son épouse serait aussitôt révélé et affecterait inévitablement le groupe DOJE. La sensibilité de la bourse et la médiatisation d'événements, même éloignés du sujet, suffisent parfois à faire chuter gravement le cours d'une action.

Au petit matin, dépourvu de solution, il pense à son amie la ministre de la Transition écologique. Il va lui partager ses tourments et ses craintes. Sa situation lui permettra peut-être de le conseiller, voire de l'aider.

Au téléphone, elle essaye de le rassurer.

— Ta femme est majeure et tu es sans nouvelle depuis moins de 24 heures. On ne peut pas considérer sa disparition comme « inquiétante ».

— Je t'affirme que ce n'est pas sa façon d'agir. Je la connais. Elle m'a menti au sujet de sa mère et ne semblait pas dans son état normal au moment où elle est partie.

— As-tu imaginé qu'elle puisse avoir eu envie d'une « petite trêve » ?

— Oui, j'y ai pensé, mais ça m'étonnerait. Et puis il y a le SMS que je t'ai lu.

— Un canular ! Tu dois prendre conscience que depuis ton classement dans les plus grosses fortunes de France, tu ne pourras plus mener une vie tranquille… Je vais quand même en parler à un collègue. Une enquête discrète est certainement possible. Je ne te garantis rien, mais je te tiens au courant rapidement.

Pétri d'angoisse et de questionnements, Charles passa seul cette interminable journée d'attente, renvoyant même la jeune femme qui depuis plusieurs mois gère la maison au quotidien. Accroché à l'espoir que son amie lui apporte une solution, il ne veut voir personne ni échanger avec quiconque.

Il était 17 heures 30 lorsque Charles, à bout de nerfs, reçut un appel du directeur adjoint du cabinet du garde des Sceaux.

— On m'a mis au fait, pour votre épouse. Il s'agit vraisemblablement d'une escapade volontaire qui dans ce cas ne nous ouvre aucune possibilité légale d'investigation. Je suppose que vous comprenez pourquoi. Cependant, je vais considérer comme alarmant le SMS que l'on vous a adressé. Je m'étonnerais qu'il le soit, mais il aura au moins le mérite de justifier une intervention et de couvrir à minima mon service. À titre tout à fait exceptionnel, parce que la ministre nous a relaté vos relations et votre poids économique, je vais vous déléguer un Commissaire de police qui agit habituellement en sous-marin pour mon ministère. Vous voyez ce que je veux dire ?

Charles hocha la tête sans vraiment comprendre.

— Il sera exclusivement chargé d'enquêter sur la disparition de votre femme. Et afin que vous ne fassiez pas rapidement la Une des journaux, je vais lui réclamer la plus grande discrétion. On ne sait jamais ce qu'il pourrait découvrir…

Cet appel, qui n'avait rien résolu, avait augmenté l'angoisse de Charles, désormais sous l'emprise de sentiments contradictoires !

Il était certes rassuré que l'on essaye de comprendre ce qui était arrivé à Julie, mais, dans leurs propos, son amie la ministre et le cabinet du garde des Sceaux, laissaient entendre que sa femme avait sans doute quitté le domicile conjugal de manière volontaire. La raison d'adultère était sous-jacente ! C'était difficile à admettre.

Julie ne pouvait pas l'abandonner dans une aussi terrible incertitude !

*

8

Dès potron-minet, les experts de la police scientifique avaient commencé à travailler sur le bagage.

Le sticker de Madagascar, collé sur l'une des faces, était le premier indice notable. Ils avaient réalisé des photos de la valise sous tous les angles puis, avant même le comptage des billets, avaient effectué un relevé des traces, en s'intéressant plus spécialement à la poignée. Les empreintes étaient nombreuses, mais l'une d'elles revenait plus fréquemment. Sans doute celle du propriétaire ou de celui qui avait déposé le bagage dans le train.

Un cheveu brun, qu'ils avaient déniché dans une charnière du couvercle, avait été aussitôt envoyé au laboratoire pour une analyse d'ADN.

À part l'argent, la valise ne contenait aucun effet personnel susceptible d'aider à l'identification du porteur.

L'expertise minutieuse des billets prouva rapidement qu'ils n'étaient pas faux. Les coupures de 100, 50 et 20 euros, avait été étudiées dans les moindres détails.

Un spécialiste avait commenté le travail d'analyse à un jeune stagiaire.

— Les billets fourmillent d'informations, lui avait-il expliqué. Les initiales de la Banque centrale européenne sont transcrites en neuf langues pour les nouveaux billets de 5, 10 et 20 euros, et dans dix langues depuis l'adhésion de la Croatie à l'UE pour les nouvelles coupures de 50, 100 et 200 euros. Chaque billet porte la signature du président de la banque centrale en exercice au moment de sa sortie (Frederik Duisenberg, Jean-Claude Trichet, Mario Draghi ou Christine Lagarde), ce qui permet de le dater. Enfin, dans son numéro de série, figurent des codes indiquant l'imprimerie de laquelle il est issu, l'organisme qui l'a imprimé, la matrice utilisée et sa position sur la planche. Chaque billet est ainsi unique et parfaitement identifiable, avait conclu le spécialiste des monnaies.

Le jeune homme avait été très attentif à ses explications et particulièrement étonné par la richesse des informations que l'on peut trouver sur un simple billet en euros.

— Des passionnés s'amusent même à suivre les déplacements d'une coupure à partir de son numéro de série sur le site Eurobilletracker, avait poursuivi le policier. Tu dois penser que ce jeu, car ce n'est qu'un jeu, va nous aider à remonter jusqu'aux trafiquants, malheureusement il y a près de 30 milliards de billets en euros actuellement en circulation. Aussi, sauf coup de chance exceptionnel, il est en fait impossible d'en pister un, et encore moins plusieurs !

Dans le bagage, la plupart des coupures n'étaient pas récentes. Elles avaient des origines diverses et des numéros qui ne se suivaient pas. Cependant, leurs codes avaient été immédiatement transmis à la Banque centrale pour une éventuelle localisation du lieu où elles avaient été émises et repérées pour la dernière fois, mais également pour vérifier si elles ne résultaient pas d'un vol.

La somme précise contenue dans la valise fut finalement établie à 100 020 euros. Les policiers supposèrent que le montant « facturé » devait être de 100 000 euros. Les 20 euros supplémentaires relevaient très certainement d'une erreur de comptage.

D'autres spécialistes avaient poursuivi leurs investigations et complété leurs informations.

La valise de marque Samsonite était un modèle cabine, rigide de couleur « aqua blue », appelé S'Cure Spinner. Hormis le sticker, elle ne présentait pas de particularité notable, mais des traces sur sa coque prouvaient qu'elle n'en était pas à son premier voyage. Il s'agissait d'un type assez courant, bien que sa teinte soit plus rare.

Après quelques recherches sur le net, l'équipe de Maggie découvrit que le fameux autocollant avait été édité par un hôtel situé à Nocy Be, une île au nord-ouest de Madagascar. La valise et peut-être son propriétaire avaient probablement séjourné dans cet hôtel. Obtenir du patron la liste de ses clients était une piste à suivre…

Malheureusement, aucune des traces détectées sur le bagage n'était répertoriée dans le FAED (fichier automatisé des empreintes digitales). Pour l'instant, on ne pouvait donc rien en tirer, mais ultérieurement elles auraient leur utilité pour confondre un éventuel suspect.

Le laboratoire avait finalement rendu rapidement ses conclusions. L'analyse ADN du cheveu retrouvé dans la charnière de la valise ne correspondait à aucun profil connu, mais il était celui d'une femme de type européen.

L'étude approfondie des billets démontrait que compte tenu de la multitude de leurs origines, de leurs dates d'impression très diverses et de leur état très hétérogène, on pouvait affirmer qu'ils n'émanaient pas d'un unique établissement bancaire. Ils résultaient plutôt d'une somme accumulée petit à petit, sur une période sans doute assez longue. Un peu comme on économise en glissant des pièces dans la fente d'une tirelire ! Certainement une caisse noire constituée d'argent sale.

Des traces de drogue, dont de la cocaïne, étaient présentes sur de nombreux billets, mais cela ne renseignait en rien puisqu'actuellement en France près de 90 % des coupures en circulation sont porteuses de telles traces.

Pour sa part, William Delavoy n'avait pas chômé. Il avait obtenu la liste de presque tous les passagers du wagon n° 2 et, par téléphone, il avait pu en contacter la moitié. Il avait ainsi réalisé ce que l'on pourrait appeler une enquête de voisinage. L'idée était d'avoir le témoignage d'un voyageur ayant aperçu le possesseur d'une valise bleue, que ce soit dans le train ou à quai.

Il avait été surpris de constater que personne n'avait ce type de souvenir. C'était à croire que tout le monde dormait et se désintéressait des autres ! Cependant, il gardait espoir. Il n'avait pas pu en joindre certains et d'autres circulaient anonymement, puisqu'il n'est pas obligatoire de s'identifier lors d'un paiement en espèces au guichet. Le relevé des achats par carte bancaire ou par chèque permettrait de retrouver quelques passagers supplémentaires, mais il ne comptait pas y dénicher la trace du transporteur de fonds, qui devait évidemment se déplacer incognito.

Maggie s'était réservé le visionnage des enregistrements des caméras de vidéo surveillance des quais des gares, de Marseille, Valence-TGV, Lyon-Part-Dieu, Montchanin-Le-Creusot et Paris-Gare de Lyon.

Une valise bleue très ressemblante avait bien été détectée au cœur d'une foule arrivant en Gare de Lyon-Part-Dieu, mais la personne avait ensuite quitté la gare et pris un taxi. La Commandante avait donc ordonné à son équipe d'élargir le périmètre des recherches aux caméras installées sur la voie publique dans l'environnement des gares desservies. Chaque station devait être considérée comme un point de départ ou une correspondance possible. Mais il fallait garder en tête que le propriétaire avait pu ne pas voyager avec son bagage jusqu'à Paris !

L'abandon d'une telle somme d'argent était extravagant. Et même en la supposant au cœur d'un trafic et résultant d'une transaction passée ou à venir, pourquoi celui qui la transportait l'avait-il laissée dans le train ? Il était impossible que ce soit un oubli. Un empêchement paraissait être la seule explication.

C'était du moins ce que pensaient les équipiers de la Commandante Maggie Charabonnel.

— On peut imaginer que la Gare de Lyon n'était pas le rendez-vous du règlement, mais que le porteur de fonds a eu un problème durant son voyage, finit par conclure William.

— Sur le trajet, il n'a pas été signalé de malaise ou de décès subit ni dans le train ni dans les gares desservies, spécifia Maggie. On peut ainsi penser que la Gare de Lyon était bien le lieu de l'échange, et que c'est le destinataire qui a failli.

— Tu veux dire que c'est celui qui devait récupérer le butin qui aurait failli ? questionna un des équipiers.

— Je ne vois pas vraiment d'autre hypothèse. Soit il a été physiquement empêché (il a pu avoir un accident), soit il a estimé le risque trop grand. J'ignore par rapport à quoi, mais toutes les suppositions sont permises : une bande rivale, une surveillance privée…

Cette valise bleue restait donc un mystère, mais Maggie était sûre qu'elle pouvait les conduire à la découverte d'un réseau.

Pour cette raison, elle s'obstinerait à poursuivre ses recherches.

*

9

Le Commissaire Joseph Rabitt avait besoin de détails pour débuter son enquête. Il avait appelé Charles et obtenu aussitôt un rendez-vous pour une rencontre discrète.

Rabitt était le couteau suisse du pouvoir. Il intervenait presque toujours seul à la demande des politiques pour des histoires délicates et parfois fumeuses, impliquant des personnalités de tous milieux. Souvent les politiques eux-mêmes. Les coups bas ne manquent pas dans ce milieu !

L'homme avait 57 ans et une grosse expérience du monde parfois trouble dans lequel évoluent les puissants. Ce célibataire taiseux au visage émacié était un des chouchous de la Chancellerie. Il possédait un énorme carnet d'adresses et essayait d'en user à bon escient, mais il savait qu'en cas de pépin, il ne pourrait pas compter sur le soutien de ses commanditaires !

Dans les coulisses du pouvoir, par humour, mais aussi par confidentialité, on le surnommait « Lapin ».

Le rendez-vous avait été fixé au Chenapan, un bar discret du 11e arrondissement.

Charles était arrivé un peu en avance et s'était installé au fond de l'établissement. Cet endroit n'était pas spécialement bien fréquenté, mais il était certain de ne rencontrer personne de ses connaissances. Il s'était assis sur une banquette au skaï craquelé et avait vite constaté qu'il passait moins inaperçu que ce qu'il l'espérait. Le patron gouailleur semblait être pote avec tous ces clients et sa présence dénotait ! Sans quitter son comptoir, il l'interpella : « Pour monsieur, ce sera quoi ? ».

— J'attends un ami, nous commanderons ensemble. Merci !

Au plafond, un ventilateur brassait des odeurs d'anis, de bière et de transpiration. La plupart des consommateurs étaient debout le long du zinc et discutaient entre eux un verre à la main.

Joseph Rabitt arriva exactement à 11 heures 45, comme cela était prévu. Il repéra Charles à la casquette noire dont il s'était affublé en signe de reconnaissance.

Dans une tenue simple, tee-shirt blanc et blouson en jean, le policier avait une certaine allure, mais de minuscules yeux bleu acier plantés dans des orbites profondes lui donnaient un regard étrange.

Charles fit un signe au barman, qui cette fois vint à leur table, et commanda deux demis à la pression.

— Vous avez les renseignements que je vous ai réclamés ? demanda Rabitt sans préliminaires à la conversation.

— Je vous ai noté le maximum de choses sur ce document, répondit Charles en sortant de sa poche une feuille qu'il déplia sur le marbre. Vous y trouverez les coordonnées de ma femme, de sa mère, de son club de fitness, de ses profs de gym et de peinture, du restaurant qu'elle fréquente de temps en temps, son numéro de compte bancaire personnel, les contacts de quelques-unes de ses fréquentations. Je vous ai également indiqué ses habitudes et certains de ses traits de caractère. Voici deux photos d'elle, poursuivit-il en les déposant sur la table.

— Comment était-elle habillée lorsqu'elle est partie chez sa mère ?

— En jupe, avec de petits escarpins. Ça, j'en suis certain, mais je ne me souviens pas des détails.

— Votre femme a-t-elle une page Facebook ?

— Oui, bien sûr. Quand elle était plus jeune, elle a même tenu un blog et elle est toujours très branchée sur les réseaux sociaux.

— Vous avez regardé sa page récemment ?

— Oui, elle n'a rien posté depuis trois jours, ce qui est tout à fait inhabituel pour elle.

— Vous pouvez me montrer le SMS que vous avez reçu ?

— Le voici, dit Charles en lui présentant l'écran de son smartphone : « *Si tu veux revoir ta femme, prépare 200 000 € et sois discret ! — instructions suivront* ».

— Bien sûr, le numéro est masqué, mais on doit pouvoir le retrouver auprès de votre fournisseur téléphonique, commenta le Commissaire.

— La coïncidence avec la disparition de ma femme semble évidente. Non ?

— Personnellement, vous en pensez quoi de cette « disparition » ? questionna Rabitt en guise de réponse.

— Cela va de soi ! Julie a été enlevée pour me soutirer de l'argent ! répondit Charles, estomaqué par cette surprenante question…

*

10

Après son rendez-vous au Chenapan, Charles était aussitôt revenu à son domicile.

Par chance, chacune des entreprises de son groupe était autonome et, à cette heure, elles étaient toutes en bonne santé. D'ailleurs, Charles n'intervenait dans leur fonctionnement que pour faire des projections, impulser des idées, suivre les marchés, définir la politique des sociétés et stimuler ses troupes. Il savait bien s'entourer et possédait une solide équipe à qui il accordait toute sa confiance. Grâce à cela, il pouvait momentanément se décharger de ses responsabilités de patron et consacrer son temps à la disparition de Julie.

Depuis deux jours, seul dans son salon, il passait des heures à réfléchir et toutes ses pensées se concentraient sur Julie et la non moins cruciale absence d'Antoine.

Le commissaire Rabitt lui avait demandé de ne pas l'appeler. « C'est moi qui vous contacterai dès que j'aurai du nouveau, ou besoin de détails complémentaires », lui avait-il dit pour modérer son impatience.

Dans le petit bureau attenant à sa chambre, Charles sursautait à chaque sonnerie, mais jusqu'à présent tous les sujets avaient concerné son travail. Son smartphone toujours à la main, entre deux communications aux banquiers, il quêtait cependant la moindre information sur les réseaux sociaux.

Il était maintenant sans nouvelles de Julie depuis plus de quarante-huit heures !

Il avait questionné les hôpitaux de Paris et de Lyon et de très nombreux commissariats. « Non, pas d'accident grave impliquant une personne non identifiée dans notre secteur », lui avait-on répondu partout. Cela l'avait définitivement convaincu que Julie était maintenue prisonnière quelque part et que le message reçu était une authentique demande de rançon. Ce dont, d'ailleurs, il ne doutait guère !

Il se rappelait la réflexion de son amie la ministre : « Avec ton classement dans les plus grosses fortunes de France, tu ne pourras plus être tranquille ». Il admettait que depuis, il était connu, voire reconnu, et se trouvait sollicité par des journalistes ou des œuvres caritatives qui jusqu'alors l'ignoraient. Il n'était plus le patron ordinaire et discret qu'il s'efforçait d'être. Désormais, des milliers de Français le savaient riche, et certains devaient le jalouser.

Pour l'instant, il n'avait pas reçu d'information sur le mode de transaction, mais il était décidé à verser la rançon. Certes, il savait que ce n'est jamais l'assurance de retrouver un otage en vie, mais il avait aussi eu l'écho de personnes qui avaient refusé de payer et qui l'avaient regretté ! Lui, paierait la liberté de sa femme sans en parler à personne.

Après de longues réflexions, il avait conclu que la discrétion était sans doute le meilleur moyen pour faire garder calme et raison au ravisseur.

Il lui était cependant impossible de réunir autant d'espèces en une journée, sans éveiller de la curiosité et des soupçons. Il n'avait pas suffisamment d'argent liquide à son domicile et ne pouvait pas retirer plus de dix mille euros en numéraires sans que sa banque signale la transaction au Tracfin.

Le Tracfin est un service de renseignement placé sous l'autorité du ministère de l'Économie, des Finances et de la Souveraineté industrielle et numérique. Il peut demander des renseignements sur l'utilisation des fonds. Son objet est la lutte contre les circuits financiers clandestins, le blanchiment d'argent et le financement du terrorisme.

Dans une banque Suisse, Charles possédait cette somme, patiemment économisée et mise à l'abri du fisc français. Il avait un instant pensé se rendre à Genève pour prendre l'argent nécessaire avant d'opter pour une autre solution. En additionnant les vingt-cinq mille euros dont il pouvait disposer et les quatre-vingt-dix mille euros, en attente dans un coffre à la BNP, il lui suffisait de réaliser huit retraits sur des comptes différents, quitte à les décaler d'une journée ou deux.

Il avait déjà effectué des demandes dans ce sens, et si les délais de mise à disposition étaient respectés il aurait, sous quarante-huit heures, la totalité des deux cent mille euros en espèces.

Cette somme, évidemment conséquente, ne représentait heureusement qu'une très petite partie de sa richesse, mais il était prêt à tout pour sauver Julie, désormais convaincu que payer la rançon était la solution la plus raisonnable et la plus sûre d'y parvenir.

Cette décision ne l'avait rasséréné qu'un court instant, car d'autres pensées sombres lui avaient aussitôt occupé l'esprit, comme si le cerveau avait lui aussi horreur du vide !

Antoine n'avait pas donné de nouvelles depuis quatre jours. C'était plus que le temps qu'il faut pour se rendre en Suisse ou en Italie, escalader le Cervin et revenir à Paris. En effet, l'une des faces du troisième plus haut sommet des Alpes se situe en Italie et Charles avait appris qu'elle n'est pas la plus facile !

Il s'était à nouveau renseigné sur le net. *« L'ascension et la descente sont toutes deux techniquement et physiquement exigeantes, étant donné le terrain mixte et les conditions météorologiques de haute altitude. Les pistes comportent des sections très raides, recouvertes de neige ou de glace, et il existe un risque d'éboulement. De plus, bien qu'il y ait des cordes fixes sur certaines parties de la voie pour aider les alpinistes, ceux-ci doivent souvent grimper à découvert. Tous les itinéraires vers le Cervin nécessitent d'avoir, une expérience préalable de l'alpinisme en haute altitude, une excellente condition physique et de s'acclimater préalablement aux conditions sur l'un des sommets environnants ».*

Bien sûr, comme d'habitude, Antoine ne s'était habitué à rien et Charles ignorait la voie qu'il avait empruntée. Était-il en Suisse ou en Italie ?

La lecture de cet article ne l'avait pas rassuré.

Cette expédition, organisée à la va-vite, lui déplaisait depuis l'instant où il l'avait apprise !

Certes, Antoine pratiquait l'escalade, mais Charles doutait de ses véritables compétences. Il était une sorte de touche à tout impulsif souvent incontrôlable, aux fréquentations parfois douteuses. À part l'existence de ce projet, révélé succinctement par Julie, Charles ignorait tout de son contenu et s'inquiétait quant à sa réalisation.

Il avait joint le bureau des guides de Zermatt et celui de Cervinia, afin de savoir si, sur le Matterhorn (*nom allemand du Cervin*), une cordée avait pu être en difficulté ou victime d'un accident. Il leur avait également demandé si un Français, nommé Antoine Jeanselme, avait notifié son ascension, mais à chaque fois les réponses avaient été négatives.

À l'angoisse du rapt de sa femme s'ajoutait désormais une très forte inquiétude pour son fils…

*

11

Joseph Rabitt était un habitué des affaires sombres, complexes et parfois tordues, mais la personnalité de son client et l'absolue discrétion que lui avait réclamée la Chancellerie rajoutaient du mystère à une mission qui lui apparaissait limpide.

En fait, elle se résumait à deux propositions. La première, celle qui lui semblait la moins probable, malgré le SMS menaçant, était un enlèvement avec demande de rançon. La seconde, plus crédible à ses yeux, était la fugue volontaire de sa femme, sans doute partie rejoindre son amant.

Le Commissaire de police possédait des atouts indéniables pour mener à bien les missions que le pouvoir lui confiait. Il avait de l'expérience et des qualités reconnues dans la fonction. Il connaissait parfaitement le monde de la politique, avait fréquemment démontré sa capacité à rapporter les renseignements qu'on lui réclamait et savait régler les situations les plus délicates et de tous genres.

Avant d'être au service des puissants, il avait roulé sa bosse dans de nombreux domaines. Après son Bac et trois ans de droit, il s'était engagé au 8e Régiment de parachutistes d'infanterie de marine de Castres. Avec sa compagnie, il était intervenu au Liban, au Tchad, en Ouganda et au Zaïre. Il avait quitté l'armée à 30 ans avec le grade d'adjudant-chef et avait terminé ses études par un master de droit. Puis il s'était présenté et avait été reçu au concours de Commissaire de police. Après avoir été affecté au commissariat de Dijon, puis à celui du 7e arrondissement de Marseille et enfin à celui de Nanterre, il était entré à la Direction générale de la sécurité intérieure à Paris. C'est là qu'il avait noué des contacts particuliers avec les élites et qu'à la demande du pouvoir il était devenu un électron libre, à son service pour toutes sortes de missions, rarement officielles et souvent confidentielles. Une sorte d'agent secret !

Avachi dans son divan, les deux pieds sur un pouf, Rabitt réfléchissait en mâchonnant un chewing-gum…

Charles l'avait informé des infidélités de Julie, mais aussi de la complicité qui les unissait. Il expliquait ce paradoxe par leur différence d'âge. « *Si je veux la garder, je suis obligé de comprendre cela* », lui avait-il précisé. Pour lui, cette phrase semblait résumer sa disparition, mais il ne pouvait pas s'en contenter sans fournir de preuves.

La première recherche qu'il fit fut de savoir si cette femme s'était bien rendue à Lyon. Il fut étonné de constater que d'après les données de la SNCF, aucun titre de voyage n'avait été attribué à Julie Jeanselme depuis plus de deux mois. Il fallait remonter au 13 mars pour retrouver un billet à son nom pour un aller et retour Paris/Lyon dans la journée ! Charles lui avait effectivement confirmé que sa femme avait effectué ce trajet pour rendre visite à Louise à cette période. Donc, soit son épouse n'avait pas pris le TGV cette dernière semaine, soit elle avait usé d'un faux nom, soit elle avait acheté son billet au guichet et payé en espèces. Dans tous les cas, elle semblait avoir voulu voyager discrètement, peut-être avec le souci de ne pas laisser de traces !

Après quoi, Joseph avait appelé la mère de Julie afin de savoir si sa fille était bien venue la voir, il y a quatre jours. Elle lui avait confirmé sa visite, mais avait indiqué que Julie était arrivée en début de soirée et qu'elle l'avait quittée dans l'après-midi du lendemain. Or, Charles avait précisé à Joseph qu'il avait accompagné sa femme au train à 6 heures 30 pour un départ en direction de Lyon prévu à 7 heures. L'entrée du TGV à Lyon Part-Dieu était annoncée à 8 heures 56. Même si madame Jeanselme avait profité de la matinée pour faire quelques emplettes, au centre commercial qui jouxte la gare, Rabitt trouvait étrange qu'elle n'ait rejoint sa mère que vers 17 heures, alors qu'elle prétendait être pressée d'être à son chevet !

*

12

Avec son adjoint, Maggie Charbonnel établissait le bilan de la journée.

Elle était assise sur un coin de son bureau, les jambes pendantes et croisées. Du coin de l'œil, elle survolait les photos de la valise bleue et de sa cargaison de billets qui étaient étalées sur le plateau métallique. Ces photos, elle les avait examinées cent fois dans les moindres détails.

À côté d'elle, penché au-dessus des clichés, William Delavoy affichait lui aussi sa perplexité. La manière dont le contenu de ce bagage avait été découvert l'intriguait presque autant que le contenu lui-même !

L'équipe de la Commandante avait déjà réalisé plusieurs importantes saisies d'argent, mais en général elles résultaient de longues investigations et concluaient la traque de gangsters ou de trafiquants dans le cadre d'enquêtes précises. Jamais une telle somme n'avait été trouvée abandonnée dans un train.

Quant à son propriétaire, il avait disparu sans laisser le moindre indice.

Les maigres informations recueillies à partir des billets, des empreintes et de l'analyse ADN du cheveu extrait de la charnière étaient tout à fait insuffisantes pour ouvrir une piste. D'autant plus que le visionnage des enregistrements d'une centaine de caméras de surveillance, comme le témoignage des passagers, n'avait lui non plus rien donné de probant.

L'unique quasi-certitude des enquêteurs était que ce pactole était au cœur d'une affaire louche et qu'il était de leur devoir de découvrir laquelle.

— Si l'on diffusait la photo de cette valise, proposa William.

— Il y a des milliers de valises bleues de cette marque, répondit Maggie.

— Oui, mais sans doute beaucoup moins avec un autocollant de Madagascar, rétorqua William.

— Tu as raison sur ce point.

— Ça ne coûte rien d'essayer puisque jusqu'à présent nous n'avons rien d'autre à nous mettre sous la dent.

— Je serais très étonnée que son propriétaire nous contacte après avoir reconnu son bagage. Tu rêves William, marmonna Maggie en regardant balancer ses pieds, chaussés des jolies sandales tressées achetées la veille en solde.

— Peut-être pas le possesseur, mais quelqu'un qui aurait vu cette valise. L'autocollant de Madagascar peut réveiller des souvenirs…

— Ce type de démarche est toujours fastidieux. On va avoir des centaines de témoignages à vérifier pour finalement faire chou blanc. Je connais la musique ! On a suffisamment de boulot comme ça sans s'inventer des recherches improbables.

— Maggie, on n'a rien de rien, répéta William ! Autorise-moi juste à publier deux ou trois photos sur les réseaux sociaux. Ça va me prendre cinq minutes, on ne sait jamais. Je gère…

— OK, vas-y tête de lard, mais ne me dis plus que tu n'as le temps de rien.

D'habitude, c'était plutôt Maggie qui imposait ses idées à son adjoint. Ce n'était cependant pas la première fois qu'il parvenait à lui faire abandonner ses convictions. Selon les circonstances, William savait être insistant, malin, complice ou soumis. Dans leur binôme son rôle n'était pas aussi anecdotique que certains collègues le pensaient.

*

13

La chaleur étouffante de ce début août était inhabituelle pour la capitale.

Dans plusieurs villes du nord de la France, on avait battu des records, mais grâce à la climatisation générale, à la Défense, au siège de DOGE aucune goutte de sueur ne perlait sur le front de Charles Jeanselme ni sur celui de la centaine d'employés qui travaillaient ici, au frais, derrière les immenses murs de verre de ce prestigieux bâtiment.

Au quarante-neuvième étage, à plus de cent soixante mètres de hauteur, son bureau offrait une vue exceptionnelle et unique sur Paris et la tour Eiffel.

Malgré la promesse qu'il s'était faite de consacrer tout son temps et toute son énergie à la recherche de sa femme, le Président-directeur général n'avait pas pu s'empêcher de revenir à son poste. Ce n'était pas véritablement de la conscience professionnelle, mais plutôt un immense besoin de se changer les idées. Seul dans sa maison il n'avait de cesse de penser à la douloureuse absence de Julie, et à celle non moins inquiétante d'Antoine.

Hachés par les lames du store vénitien, les rayons du soleil couchant zébraient le sol parqueté de son immense bureau. À l'image de l'homme, cette pièce était sobrement décorée. Les murs étaient uniformément blancs. Sur l'un d'eux, une simple, mais grande photographie d'art de l'artiste Po Chen, tirée sur verre, était pendue en son centre. Sur cette marine très épurée, intitulée « Before moon rise », le ciel rencontrait la mer et semblait former un couple inséparable. Une métaphore qui lui rappelait sa vie avec Julie. Sur l'autre, « La Pompadour » et son regard amoureux, une lithographie originale d'Henri Matisse. Ces deux œuvres avaient à ses yeux une valeur éminemment symbolique. Outre ces décorations murales, un grand bureau laqué noir, sur lequel reposait l'écran d'un ordinateur, trônait au centre de la pièce, encadré par deux bergères rouges. Une étagère murale, également laquée, et un bahut scandinave complétaient cet aménagement minimaliste.

Charles avait demandé de ne pas être dérangé.

Il était anéanti !

Immobile entre les bras d'un fauteuil en cuir noir, les yeux rivés sur le panorama grandiose qui s'étalait à ses pieds, il semblait hypnotisé, mais n'était pas pour autant apaisé.

Son changement de cadre n'opérait pas l'effet escompté.

Il demeurait rongé d'inquiétude !

Hier soir, le Commissaire Joseph Rabitt l'avait appelé pour l'informer que sa femme avait effectué le voyage à Lyon, soit incognito en TGV, soit par un autre moyen de locomotion que le train, et que, dans chacun des cas, cela alimentait l'hypothèse d'une disparition volontaire. Manifestement, la visite chez sa mère n'était qu'un prétexte. Elle n'y avait d'ailleurs passé qu'un court moment, lui avait-il précisé. Joseph était désolé de lui apprendre que son épouse lui avait menti et il lui avait demandé s'il estimait nécessaire de poursuivre les recherches. Maintenant qu'il savait que sa femme le trompait, voulait-il connaître le nom de son amant ? Après une longue hésitation, Charles avait répondu « oui ».

Il refusait toujours de croire à une fugue amoureuse. Si Julie avait voulu le quitter, il pensait qu'elle n'aurait jamais agi ainsi. Il était convaincu, ou tentait de se convaincre que la suite de l'enquête démontrerait une autre raison à sa disparition.

— Et la demande de rançon, avait questionné Charles, vous l'oubliez ?

— Ce n'est certainement qu'un subterfuge pour masquer son incartade, ou l'affaire d'un mauvais plaisantin, avait rétorqué Rabbit sûr de lui.

La conversation, d'une quinzaine de minutes, avait pris fin au moment où Charles, persuadé que la vie de Julie était menacée, avait haussé le ton pour enjoindre à son limier de prendre cette disparition avec plus de sérieux.

Face au panorama unique que lui offrait son bureau, Charles était dévasté, épuisé par des soucis qu'il n'avait pas l'habitude de gérer.

Il glissa ses fesses sur l'avant de l'assise de son fauteuil et dans cette attitude d'abattement, de multiples hypothèses lui trottaient dans la tête, sans qu'aucune lui apparaisse convaincante.

Doucement ses paupières s'affaissèrent et son esprit s'embruma …

De son ordinateur sortit une voix…

- *« Nous apprenons qu'une cordée d'alpinistes a été emportée par un terrible éboulement de glace et de roches, alors qu'elle atteignait l'arête sommitale du Mont-Cervin. Des témoins affirment avoir vu un gigantesque pan de montagne, s'effondrer sur les trois Français qui les avaient doublés quelques minutes auparavant. Pour l'instant, on ignore l'identité des victimes. Toujours d'après les témoins, l'espoir de retrouver des survivants reste mince. Nous vous donnerons plus d'informations dans notre prochain bulletin »*.

Le jingle imaginaire de cette station radio imaginaire fit sursauter Charles et le sortit de son cauchemar.

Cette fois, malgré la climatisation, de grosses gouttes de sueur perlaient sur son front et sur sa chemise des auréoles sombres s'étalaient largement autour des aisselles. Bien que conscient d'avoir été victime d'un mauvais rêve, Charles ne put s'empêcher d'ouvrir son ordinateur pour s'assurer de ne pas être en proie à une pensée prémonitoire.

Ce phénomène lui était déjà arrivé.

Il y a un an, alors que l'action Tesla grimpait sans cesse, il avait eu la vision d'une dégringolade imminente. Sans savoir pourquoi puisque tous les feux étaient au vert, il avait vendu toutes les siennes et anticipé leur chute vertigineuse, qui s'était amorcée deux mois plus tard à la surprise des investisseurs. Ce rêve lui avait évité de perdre une belle somme d'argent.

Charles appela une nouvelle fois le bureau des Guides de Cervinia, puis celui de Zermatt, mais aucun accident grave n'avait été signalé au cours des soixante-douze dernières heures. Après quoi, devant son ordinateur, il fit machinalement défiler les posts de Facebook, quand soudain, il revint en arrière.

La photo d'un sticker de Madagascar l'interpella.

Cet autocollant était spécifique à l'hôtel Tropical Paradise de Nocy Be. Un hôtel où Julie et lui avaient séjourné il y a environ deux ans. Il lut alors le message qui couronnait la photo : *« IMPORTANT ET URGENT : On recherche le possesseur de cette valise, sur laquelle l'autocollant ci-dessous est apposé. Tout renseignement bienvenu. Contact en MP »*

La deuxième photo était celle d'une valise bleue, la même que celle de Julie ! Pourrait-elle être la sienne ? C'était avec cette valise que Charles avait accompagné sa femme à la gare et c'était avec cette valise qu'il l'avait vue partir !

Charles écrivit aussitôt sur Messenger : *« Bonjour, ma femme a une valise identique avec le même sticker, merci de me contacter d'urgence au 06… ».*

Encore sous le coup de ce terrible rêve, il espérait avoir par retour une réponse à son message.

En attendant, il feuilleta en tremblant la pile de courrier que sa secrétaire avait déposée à son arrivée sur son bureau. Sous le dernier document, Charles découvrit une enveloppe à son nom, cachetée et non timbrée, barrée de la mention « Personnel ». Avec un petit sabre extrait de son tiroir, il ouvrit précautionneusement la missive. Depuis qu'il avait fait la Une des journaux économiques et financiers, il se méfiait de tout !

Il en sortit un papier au format A4 sur laquelle des lettres découpées et collées formaient sur ses deux faces un message : « *RV 10 08 20 h bato bonheur 17 cHem Halage Por-Marly cOnTre 100 000 € en billets 2 100 VIeNs sEul si tu veUx le RevoIr* ».

Malgré son étrangeté, Charles comprit rapidement qu'en fixant l'heure et le lieu de ce qu'il supposait être la remise de la rançon, cet étonnant courrier attestait définitivement le rapt de Julie !

À cet instant de nouvelles idées contradictoires s'entrechoquèrent dans son esprit.

Certes, Julie, retenue par un malfaiteur, était en danger, et cela l'épouvantait ! Mais, c'était aussi la preuve qu'elle n'était pas partie dans l'intention de le quitter, et cela le réjouissait ! Il eut honte d'y avoir songé !

Il appuya sur la touche de l'interphone qui le reliait à sa très dévouée secrétaire qui apparut presque instantanément.

— Dites-moi Valérie, est-ce vous qui avez posé cette lettre sur mon bureau ?

— Oui, c'est moi.

— Comment est-elle parvenue ici ?

— Un coursier me la remise ce matin, en précisant que c'était personnel.

— Il ressemblait à quoi ?

— Euh… à un coursier ! Avec son casque sur la tête, je n'ai pas eu le temps de le détailler.

— Il était quelle heure environ ?

— Vers 10 heures 30.

— Merci Valérie.

Charles reprit le courrier pour déchiffrer tous les éléments du message.

Après plusieurs lectures, il le traduisit ainsi. « *Rendez-vous… le 10 août à 20 heures, n° 17 sur le chemin de halage à Port-Marly. Ta femme sera libérée contre une rançon de 100 000 euros en billets de 100* ».

Il avait eu un peu de mal à expliquer « en billets 2 100 », car cela ne voulait rien dire, mais après une petite réflexion, il avait compris que la proposition « de » avait été substituée par le chiffre « 2 ».

Son plus grand étonnement avait concerné le montant de la rançon, diminué de moitié depuis le message précédent !

Dans un premier temps, il avait pensé à une erreur avant de supposer que le ravisseur avait revu ses prétentions à la baisse. Le plus important lui semblait être de pouvoir assurer le règlement, quel qu'il soit, et s'il était moindre tant mieux ! D'autant, qu'il n'avait pas encore pu rassembler la totalité des 200 000 euros réclamés initialement.

Réunir une telle somme en secret était une gageure qu'il n'avait pas résolue. Cette réduction était donc une aubaine !

Mais que signifiait « bato bonheur ». Il tapa « bato bonheur port Marly » sur le clavier de son PC sans obtenir de résultat. Il fit une nouvelle recherche avec « Bateau Bonheur Port Marly » et cette fois la photo d'une péniche baptisée « Bateau bonheur » apparut. Le post, vieux de cinq ans, annonçait la fermeture de la discothèque qu'elle abritait. Grâce à Google Street, il l'aperçut amarrée le long du chemin de halage de Port-Marly, éloignée des habitations et à distance d'autres bateaux. Cette péniche blanc et bleu mesurait plusieurs dizaines de mètres.

Elle était donc le lieu de rendez-vous que le ravisseur fixait pour la remise de la rançon.

Charles avait réuni cent soixante mille euros, qu'il aurait évidemment volontiers donnés pour retrouver sa femme, mais il était heureux de se départir seulement de cent mille !

Il espérait pouvoir agir discrètement et à l'insu de la police, sans tenir compte du conseil, largement répandu, de ne pas se soumettre à ce type de chantage. L'essentiel était de satisfaire le ravisseur, afin qu'il n'attente rien contre son épouse et la relâche au plus vite.

Il n'avait jamais eu affaire à un malfrat. Il supposait que celui-ci pouvait être sans foi ni loi et capable d'encaisser l'argent sans libérer son otage, voire de le tuer pour éviter qu'il témoigne ! Cette pensée le glaçait. Il n'imaginait pas la vie sans Julie. Leur rencontre avait été une évidence et l'idée de la perdre lui était insupportable.

À cet instant, il réalisait avoir construit l'empire DOJE pour elle, mais aussi grâce à elle. Le sourire de

Julie illuminait chacune de ses journées et la confiance qu'elle lui accordait était son moteur.

Charles traversa la pièce et ouvrit la porte du bahut. Sur une de ses étagères, il empoigna d'une main le col d'une bouteille de whisky et de l'autre un tumbler, puis se servit une rasade qu'il avala d'un trait. L'alcool lui brûla la poitrine et lui provoqua aussitôt une forte sensation de chaleur dans tout le corps.

Il n'aurait jamais pensé un jour consommer, seul et cul-sec, ce whisky offert par un fournisseur.

Il remplit un nouveau verre et le but en trois gorgées.

Quelques instants plus tard, l'esprit embrumé, il se jugeait parfaitement apte à négocier personnellement avec le ravisseur…

La douce griserie de l'alcool s'atténua dans l'heure qui suivit.

Charles reprit le cours de ses pensées et, progressivement, il changea d'avis.

Puisque Rabitt avait été mis à sa disposition pour l'aider à retrouver discrètement sa femme, il estimait dommage de ne pas profiter de son expérience. Mais aussi par respect pour son amie ministre, grâce à qui il avait pu obtenir son assistance, il avait le devoir d'informer le policier de ses intentions.

Dans la foulée, il composa le numéro de ce curieux bonhomme.

— Allo, Commissaire ?

— Oui.

— C'est Charles.

— Bonjour Charles. Je vous avais dit que je vous appellerais si j'avais du nouveau, mais pour l'instant je n'ai pas grand-chose de plus à vous révéler, excepté peut-être quelques détails qui ne prouvent toujours rien et ne font pas avancer les choses.

— Quels détails ?

— Je crois vous avoir déjà relaté que votre belle-mère m'avait confié qu'à l'occasion de sa visite expresse, Julie semblait soucieuse et beaucoup plus pressée qu'à l'accoutumée. Je vous confirme qu'elle ne lui a partagé aucun secret.

— Oui, je le savais et vous me l'avez répété.

— En revanche, je ne vous ai pas dit que lorsque je lui ai demandé si sa fille avait pu rejoindre un amant elle m'avait répondu « je n'en sais rien… Peut-être… En tout cas, elle n'était pas dans son état normal. Elle semblait inquiète ».

— Son inquiétude prouvait surtout qu'elle était face à un danger, rétorqua Charles !

Rabitt voulait, avec le maximum d'égards, instiller dans la tête de son client l'infidélité probable de sa femme, mais il paraissait fortement convaincu du contraire !

— J'ai également enquêté sur son entourage, poursuivit le policier, en interrogeant les quelques amies proches dont vous m'aviez confié les coordonnées. Elles, au contraire, ne m'ont signalé aucun changement de son comportement au cours de ces dernières semaines. Mais cela ne veut rien dire, rajouta-t-il.

— Commissaire, j'ai la certitude que ma femme a été enlevée. D'ailleurs, je viens de recevoir les modalités pour payer la rançon !

— Ah bon… susurra Rabitt, à la fois surpris et inquiet… Ne faites rien, il faut qu'on se voie tout de suite… J'arrive !

Rabitt n'aimait pas les situations au cours desquelles les choses se précipitaient à son insu, sans qu'il ait réussi à les deviner ou agir pour les provoquer. Grâce à son intuition, sa pratique des hommes, ses techniques de recherche, mais aussi beaucoup grâce à ses amis haut placés et quelques mafieux toujours prêts à lui fournir un renseignement, c'était souvent lui qui trouvait et proposait des solutions. Il détestait être le spectateur de l'affaire qu'on lui confiait et ressentait cela comme un échec. Cette histoire de rançon, qui se confirmait, changeait la dimension de son enquête. L'enlèvement de la femme d'un homme, classé parmi les quinze plus riches de France, prenait un tour politique et il comprenait désormais mieux pourquoi on l'avait propulsé sur cette affaire.

Il accéléra le pas et descendit dans la bouche de métro la plus proche pour rejoindre la ligne qui le conduirait au plus vite à la tour Montparnasse.

À cette heure, ce transport serait plus rapide que le taxi.

*

14

Après avoir posté la photo de la valise sur Facebook, William Delavoy avait été accaparé par sa supérieure. Elle lui avait demandé de se concentrer sur la liste des passagers de la rame et de retenter de contacter ceux qui n'avaient pas pu l'être.

— La réponse est forcément dans ce wagon ou dans ceux adjacents ! avait insisté Maggie en montant le ton. Même si le possesseur de la valise a acheté son billet sous un faux nom, il est impossible que personne ne l'ait remarqué, ne serait-ce que l'espace d'une seconde... Tu t'es renseigné sur les photos ou les vidéos que les passagers ont pu prendre ? Aujourd'hui plus rien n'échappe à un objectif. Il y a forcément une trace quelque part. Magne-toi de la trouver !

William n'appréciait guère d'être ainsi sermonné, surtout lorsqu'il estimait effectuer correctement son travail, mais en bon soldat il obéissait toujours et ne se rebellait jamais.

Il avait passé une bonne heure au téléphone avant de s'apercevoir qu'il avait reçu des notifications annonçant l'arrivée de messages. Dans l'un d'eux, son correspondant lui signalait qu'il connaissait l'hôtel d'où provenait le logo. Le suivant affirmait que cette valise ressemblait (sans le logo) à celle qu'on lui avait égarée lors d'un voyage en avion au retour de New York. Quant au dernier, il suscita sa plus grande attention et William le relut plusieurs fois.

— Maggie, j'ai une touche ! cria-t-il en bondissant dans le bureau de sa cheffe.

— Un témoin ?

— Non, un mec qui prétend que la valise bleue, décorée d'un sticker de Madagascar, correspond à celle de sa femme.

— Fais voir, lui dit-elle en lui arrachant le smartphone des mains pour consulter le message... Et en plus il a laissé son numéro ! Donc, sa nana serait partie avec une valise pleine de biffetons et l'aurait oubliée dans le train !

Maggie dubitative secouait la tête à chaque mot.

— Tu y crois à cette histoire ? Mais qu'est-ce que tu attends pour l'appeler ? lui ordonna-t-elle en souriant, ravie d'avoir enfin un fil sur lequel tirer...

William avait composé deux fois ce numéro dans les cinq minutes qui avaient suivi, mais il était tombé directement sur un répondeur...

Charles avait été alerté de deux doubles appels pendant qu'il conversait avec Rabitt, mais il ne rappelait jamais lorsque le numéro ne figurait pas dans ses contacts et qu'on ne lui laissait pas de message.

Concentré sur les propos du Commissaire, il avait oublié cette photo de valise et n'avait pas imaginé que l'appel émane de celui qui l'avait postée...

À cet instant, il pensait à la réaction de Rabitt, qui avait semblé très surpris et très inquiet à l'évocation d'un enlèvement et d'une rançon. Peut-être voulait-il le prévenir des dangers ou le conseiller sur les précautions à prendre dans cette situation.

Pensait-il que la vie de Julie puisse être en péril en faisant confiance au malfaiteur ?

Charles n'avait plus la posture du P.D.G. décisionnaire et sûr de lui qu'il s'efforçait d'avoir devant ses dizaines de milliers d'employés dans ses dizaines de sociétés. Il était aussi désemparé qu'un enfant à qui l'on demande s'il préfère son père ou sa mère !

Pour retrouver Julie, devait-il verser la rançon au ravisseur (il évoquait toujours un ravisseur, mais il gardait en tête qu'ils pouvaient être plusieurs), ou ne pas répondre à ses exigences ? Aucune réponse ne le satisfaisait. La priorité était de ne pas exposer Julie à un danger supplémentaire. Il n'osait pas penser aux conséquences possibles d'un mauvais choix.

La faute revenait à ce sacré magazine, qui l'avait publiquement révélé parmi les personnes les plus riches de France et aux journalistes qui avaient ensuite brodé sur cette histoire. Il était très heureux dans l'ombre et l'anonymat, et n'avait aucun besoin de cette exposition médiatique qu'il détestait.

Charles attendait Rabbit, qui selon ses dires devait arriver d'une minute à l'autre.

Il était avachi dans son fauteuil, dépourvu d'énergie. Pourtant très attaché à se présenter dans une attitude positive et une tenue toujours impeccable dans le cadre de son travail, il se sentait particulièrement négligé, avec le col de chemise grand ouvert, le souffle court et la peau moite. Malgré l'agréable fraîcheur de la pièce, entre ses rares cheveux en désordre, de fines gouttelettes glissaient lentement vers ses tempes.

Sans doute pour fuir cette triste vision de lui-même, son regard était figé sur un point de l'horizon, bien au-delà des toits de Paris. Il mordillait son auriculaire droit et sa salive épaisse avait un goût de rance.

Il était en colère et avait honte de sa posture.

Son optimisme habituel était au plus bas.

Il lui était exceptionnel de se retrouver aussi longtemps seul dans son bureau, sans un appel et sans être sollicité par sa secrétaire ! Il est vrai que, chose rarissime, il avait demandé de n'être dérangé que pour des motifs urgents et importants.

Abattu, Charles semblait résigné lorsque la sonnerie de son smartphone le fit sursauter.

Il se redressa, s'apprêtant à saisir l'appareil qui vibrait sur le bureau, quand le téléphone intérieur bipa. Il jugea préférable de décrocher ce dernier.

C'était la voix suave de Valérie : « Monsieur Joseph Rabitt est au secrétariat, il prétend avoir un rendez-vous avec vous et il insiste. Dois-je le faire entrer ? ».

15

William avait étalé devant lui une carte des voies TGV afin de mieux comprendre où cette fameuse valise aux cent mille euros avait pu être introduite dans le wagon.

Marseille était le point de départ du TGV INOUI 6624. Il s'arrêtait seulement dans les gares de Valence, Lyon-Part-Dieu et Montchanin/Le Creusot avant d'atteindre Paris. À Valence et à Lyon, il y avait de nombreuses correspondances depuis, ou vers, des directions très diverses.

Les possibilités paraissaient cependant limitées, car on ne laisse pas voyager longtemps et sans surveillance une telle somme d'argent ! Selon le raisonnement hypothético-déductif de son équipe, le contenu de cette valise était le règlement d'une marchandise ou d'un service inconnu, dont un problème avait empêché la livraison. Le contact avait tout simplement failli à son rendez-vous. Seule l'explication manquait ! En revanche le lieu de l'échange semblait prévu à Paris.

L'enquête téléphonique que William avait approfondie auprès des occupants du wagon numéro deux, élargie à ceux des numéros un et trois, lui avait permis de déterminer que le bagage n'était pas dans le wagon avant Lyon, puisqu'il n'avait laissé aucun souvenir aux personnes qui avaient voyagé depuis Marseille, alors que deux autres avaient finalement constaté sa présence entre Lyon et Paris.

En bon limier, William pensait au cheveu retrouvé dans la charnière de la valise. Si l'affaire avait été criminelle, il ne fait aucun doute que son ADN aurait été comparé à celui des passagers de la rame, mais pour un simple trafic et sans élément nouveau, de telles recherches étaient bien sûr excessives. Beaucoup trop compliquées et coûteuses.

Il en était à ce stade de réflexion lorsque la porte de son bureau s'entrebâilla et que la tête de sa cheffe apparut.

— Alors, as-tu pu contacter l'homme à la valise ? clama Maggie Charbonnel.

— Non, j'ai essayé trois fois, je tombe toujours sur son répondeur.

— Insiste !

— Je lui ai laissé un message lors de mon dernier appel…

William eut un petit sourire intérieur. Maggie l'avait brocardé lorsqu'il lui avait proposé de publier la photo de la valise sur les réseaux sociaux et maintenant elle le poussait à explorer la seule piste que son idée permettrait peut-être d'ouvrir.

Il était assez fier de lui !

William respectait et admirait sa cheffe, qui sous des allures écolo-baba-cool possédait de vraies compétences professionnelles et une énorme capacité de travail. Entraînée par la passion du métier, elle ne comptait pas ses heures et ne comprenait pas ceux qui avaient toujours un œil rivé sur leur montre. C'est l'enquête qui régit l'emploi du temps d'un policier, répétait-elle à l'envi. Facile à dire lorsque l'on est célibataire et sans enfants, pensait William. Lui appréciait sa profession et essayait de l'exercer du mieux possible, mais il aimait aussi être aux côtés de sa femme et de ses deux gosses qu'il n'oubliait jamais.

Il reprochait parfois à Maggie son caractère excessif et sans bienveillance envers ceux qui ne pensent pas ou ne font pas comme elle. Il regrettait également son manque de féminité, voire de sensibilité… Il gardait cependant pour lui les sentiments qu'il avait à son égard. En fait, il avait parfaitement compris son mode de fonctionnement et se comportait avec indulgence et diplomatie pour maintenir le climat de confiance et d'amitié nécessaire à un travail efficace.

Cela expliquait pourquoi, malgré ou grâce à leurs grandes différences de caractère, leur binôme marchait bien.

*

16

Presqu'au sommet de la tour Montparnasse, Rabitt était maintenant assis de l'autre côté du bureau de Charles.

Il fit une moue explicite en lisant le document sur lequel les lettres du message adhéraient plus ou moins bien. Il était assez clair et, sauf canular, ne laissait place à aucun doute sur les intentions de l'auteur. Les lettres, apparemment découpées dans des revues, étaient collées sur le recto et le verso d'une feuille blanche au format A4.

Le Commissaire interpréta à son tour ce message et le comprit comme son client.

Cela changeait considérablement la donne ! Il ne s'agissait plus de pister une épouse volage, mais de rechercher son ravisseur et de protéger sa vie.

Cette histoire de mœurs mutait en prise d'otage avec un danger de mort potentiel ! La mission, que Rabitt avait plutôt prise à la légère, devenait subitement beaucoup plus périlleuse.

— Comment vous a-t-on transmis ce courrier ? Est-il arrivé par la poste ? questionna le commissaire.

— Non, non, pas du tout. Un commissionnaire l'a remis à ma secrétaire à mon intention personnelle. Elle me l'a posé sur mon bureau en fin de matinée.

— Vous avez gardé l'enveloppe ?

— Elle est dans la corbeille. C'est un banal papier kraft.

— Donnez-la-moi, s'il vous plaît.

Charles la récupéra, mais alors qu'il allait la défroisser pour la tendre à Rabitt, celui-ci s'écria :

— Ne touchez plus à rien. Donnez-la-moi comme ça et trouvez-moi un sachet.

N'ayant rien à proposer, Charles sollicita sa secrétaire, qui, quelques instants plus tard, revint (fidèle au cliché !) en se dandinant sur ses hauts talons avec une grande enveloppe blanche à la main.

Rabitt s'en saisit et y glissa précautionneusement la lettre et son enveloppe.

— Qu'allez-vous en faire ? questionna Charles.

— Je ne sais pas encore, mais la police scientifique sera sûrement capable de nous révéler beaucoup d'informations à partir de ce simple bout de papier : traces papillaires, type de colle, nature des journaux…

— Je ne veux pas que vous transmettiez ce document à la police, s'exclama Charles avec une autorité qu'il ne lui connaissait pas. Le ravisseur me réclame d'agir seul et c'est ce que je vais faire ! Je compte satisfaire à toutes ses demandes afin de ne pas mettre la vie de Julie en péril. En aucune manière ! rajouta-t-il d'un ton ferme. Cette affaire doit rester entre nous jusqu'à sa conclusion.

— Vous avez l'intention de payer la rançon ? questionna le Commissaire très surpris.

— Oui. J'ai réuni la somme. Je veux opérer discrètement. J'ai juste besoin de vos conseils.

— Le meilleur conseil que je puisse vous donner et d'avertir officiellement la police du rapt de votre épouse et de la demande de rançon. Et bien sûr de ne pas la régler comme vous souhaitez le faire.

— Je n'ai pas l'intention de suivre vos recommandations ! s'exclama Charles sur un ton encore plus péremptoire. Le ravisseur sera évidemment plus enclin à libérer ma femme s'il obtient ce qu'il réclame, surtout si l'échange se fait discrètement. D'autre part, je veux éviter une exposition médiatique susceptible de nuire à mes affaires. De plus, je n'ai aucune envie de voir les journaleux fouiller dans ma vie privée. Si vous ne pouvez pas m'aider en cela, je n'ai plus besoin de vous.

Charles semblait très déterminé !

Rabitt resta un moment silencieux, hésitant entre se lever et partir, ou réfléchir encore à ce qu'il pourrait proposer à ce type. C'était la première fois qu'il se trouvait confronté à ce genre de situation et de décision.

C'était une forme d'échec. Ne lui avait-on pas demandé de retrouver la femme de ce patron du CAC 40 et d'agir dans le plus grand secret ? Habituellement, son orgueil le poussait jusqu'à la réussite de ses missions. C'était son entêtement, sa détermination et ses succès qui l'avaient propulsé dans l'antichambre du pouvoir. Mais, à cet instant, il ignorait le service qu'il pourrait apporter à son client. C'est peut-être le moment de contacter mes indics, pensa-t-il.

Le monde de la pègre est poreux !

— Je vais essayer de vous aider. Il faut que je réfléchisse. Donnez-moi une demi-journée. OK ?

Charles hésita quelques secondes, car une nouvelle fois il allait devoir attendre. En toutes circonstances, l'attente était pour lui un temps gaspillé détestable. Un moment de vie perdu.

Mais, à cet instant, que pouvait-il espérer de mieux ?

Patienter ou continuer à agir seul ?

— OK, mais promettez-moi de n'en parler à personne. Vraiment personne ! insista Charles. J'attends de vos nouvelles dans les prochaines heures et des conseils sur la meilleure manière de libérer Julie dans les plus brefs délais.

— Promis. J'étudie tout ça et je reviens vers vous au plus vite, dit Rabitt en se levant et en glissant l'enveloppe blanche dans la poche intérieure de son blouson.

— Au fait, rajouta-t-il en partant, je peux voir votre secrétaire quelques instants. Je souhaiterais en savoir un peu plus sur ce fameux coursier.

— Vous n'apprendrez rien d'autre. Le mec avait le visage couvert et il était pressé !

Malgré tout, en sortant, Rabitt conversa un court moment avec la jolie Valérie. Elle ne lui notifia rien d'essentiel, sinon que l'homme était grand, svelte et que de longs cheveux bruns dépassaient de son casque.

Il enregistra ces quelques détails.

À 13 heures 30, Charles anéanti n'avait pas faim...

Sa rencontre avec Rabitt l'avait totalement déboussolé.

La rançon devait être versée dans deux jours et le Commissaire lui avait demandé de patienter, sans définitivement l'assurer de son assistance ni même de ses conseils ! Cette attente était une angoisse supplémentaire.

Il avait bien sûr compris qu'en refusant d'éventer l'affaire il se mettait en danger, mais, à l'inverse, sa divulgation lui semblait beaucoup plus risquée pour Julie et très certainement catastrophique pour ses sociétés. Il avait conscience que ce rapt allait le confronter à un (ou des...) malfrat, peut-être déterminé, amoral et violent, alors qu'il ne connaissait rien de ce milieu et en ignorait les codes.

Si tant est qu'il y en ait !

Au-delà de l'immense baie vitrée qui s'ouvrait sur les toits de Paris, à hauteur des yeux de Charles, de gros nuages noirs roulaient dans le ciel et barraient l'horizon. Peut-être la fin de ces insupportables chaleurs, maugréa-t-il.

D'une angoisse à l'autre, son esprit vagabonda.

Alors que sa vie avait été une succession de réussites, une conjugaison d'inquiétudes le conduisait à traverser le pire moment de son existence.

Il repensa à son fils dont il était sans nouvelles depuis près d'une semaine.

Antoine le préoccupait, mais bien sûr il l'aimait.

Il regrettait la distance que les années avaient instaurée entre eux et il jalousait secrètement la complicité qu'il avait toujours eue avec sa mère. Il avait conscience de ne pas avoir été un père exemplaire.

Depuis des années, en raison de ses occupations professionnelles, il avait été trop souvent absent aux moments importants de la vie d'Antoine.

Cela avait commencé dès sa naissance.

Il était en Belgique pour ses affaires lorsque Julie avait accouché et il n'avait fait la connaissance de son fils que deux jours après. Plus tard, il s'était rarement levé pour calmer le petit nourrisson, qui pleurait parfois des nuits entières. Il reconnaissait ne pas être attiré par les bébés... Ensuite, Julie s'était occupée de ses devoirs et avait participé aux réunions de parents d'élèves. Il lui avait laissé la complète responsabilité de l'éducation d'Antoine en lui déléguant le rôle que lui-même n'avait pas le temps d'assumer. Lorsque son garçon avait commencé le foot, Charles ne l'avait jamais accompagné à ses entraînements et il n'avait assisté qu'à un seul de ses matchs. Il se rappelait d'ailleurs que, ce jour-là, il lui avait acheté son premier smartphone pour le récompenser de la victoire à laquelle il avait largement contribué en marquant l'unique but.

Offrir des cadeaux était une manière, rapide et concrète de lui exprimer son amour. Mais une manière qu'Antoine n'appréciait pas. Pour lui, aucun cadeau ne remplaçait la tendresse, l'écoute et la complicité qu'il attendait de son père. Le garçon enrageait de ses absences et détestait l'espèce de reconnaissance qu'il essayait de monnayer par des attentions qu'il imaginait compensatrices. Désormais, il ne voulait plus rien partager avec lui et surtout pas son business auquel depuis longtemps il rêvait de l'associer !

Il y a des années que l'un et l'autre ne se comprennent plus et la moindre discussion tourne immanquablement à l'affrontement. Du coup, Antoine a choisi de faire sa vie, seul, et surtout différemment.

Bien que leur relation soit froide et distante, Charles reste très attaché à son garçon et à cet instant il aurait aimé l'avoir à ses côtés.

Sans lui et sans Julie, il se sent amputé d'une partie de lui-même. Il a de nombreuses connaissances, mais ses vrais amis sont très rares, et peut-être pour conserver son image d'homme fort et invulnérable, il a exclu de se confier à eux.

Quant à la famille, elle se résume à peu.

Les parents de Charles sont décédés tous les deux en 1989, dans le crash du Fairchild FH-227B en provenance de Paris et à destination de Valence.

À la suite d'une erreur de pilotage, l'avion a percuté le col de Tourniol, à moins de dix kilomètres de la piste d'atterrissage et à cinq kilomètres de leur domicile ! Il n'y eu aucun survivant. Vingt-deux morts !

Il reste à Charles un frère qui vit en Irlande et une nièce à Saint-Étienne. Il est sans nouvelles de ce frère, avec qui il est brouillé depuis la succession de leurs parents et sa belle-sœur est décédée.

De son côté, Julie a encore sa mère et deux sœurs installées dans le Bordelais. Cependant, la distance et leur différence de milieu les ont quelque peu éloignées.

Charles est donc seul pour affronter les terribles difficultés qui l'accablent aujourd'hui.

À moins que Rabitt lui apporte une solution miracle !

Il en était à ce stade de pensée lorsque la sonnerie de son portable le fit sursauter. Il se redressa et tendit la main pour saisir le smartphone qui oscillait en vibrant sur son bureau.

Le correspondant n'était pas identifié. Un court instant, il hésita à répondre, avant de finalement glisser son doigt sur l'écran pour prendre la communication.

— Bonjour ! Capitaine William Delavoy de la police judiciaire, commissariat du 12ᵉ. Je vous appelle au sujet du message publié sur Facebook, pour lequel vous m'avez laissé un commentaire.

Charles se souvint soudain de cette photo sur laquelle il avait vu la valise de Julie. Il pensa immédiatement que ce correspondant allait pouvoir lui fournir des informations concernant son épouse lorsque, dans la seconde suivante, le mot « police » résonna dans sa tête.

Si un policier le contactait, cela signifiait très certainement que la nouvelle du rapt courrait déjà dans la ville !

Il réalisa que cela pouvait faire échouer la remise de la rançon et mettre la vie de Julie en péril ! Aussi, il resta un moment silencieux avant de répondre du bout des lèvres, « Je vous écoute ».

— Vous confirmez la ressemblance avec la valise de votre épouse ?

— Euh… Et bien non, dit Charles en traînant la voix.

— Dans votre message, vous sembliez pourtant sûr du contraire.

— Oui, mais maintenant je sais que ce n'est pas la sienne.

— Votre femme, vous l'a confirmé ?

— Euh… En fait, je ne lui ai pas demandé. Elle est absente.

— Vous l'avez jointe récemment ?

— Oui, elle est chez sa mère à Lyon.

— Comment s'y est-elle rendue ?

— En TGV.

— Cela ne vous a pas inquiété de voir la photo de la valise de votre femme publiée sur Facebook ? Il est curieux que vous ne lui en ayez pas parlé ?

Charles comprend que ce policier ignore le rapt de Julie, mais pressent que cette question est un piège.

— Oui, bien sûr, je me suis inquiété, mais j'ai eu ma femme au téléphone. Elle est partie et bien arrivée…Si elle avait perdu un bagage, elle me l'aurait évidemment signalé. Je me suis trompé, affirme-t-il avec un regain d'assurance.

— Quand votre épouse s'est-elle absentée ?

— Il y a deux jours, bluffe-t-il.

— Votre belle-mère vous a-t-elle confirmé sa présence ?

— Oui, oui, ma belle-mère est malade et ma femme s'est rendue à son chevet.

— Quand avez-vous eu votre femme au téléphone pour la dernière fois ?

— Hier soir, mentit une nouvelle fois Charles.

— Du coup, vous pensez vraiment vous être trompé au sujet de cette valise ?

— Oui, c'est ça ! C'est surtout l'auto-collant de Madagascar qui m'a induit en erreur.

— Vous êtes déjà allés à Madagascar ?

— Oui.

— Quand ?

— Il y a trois ou quatre ans.

— Dans quel établissement ?

Toutes ces questions agaçaient fortement Charles qui, pour ne pas montrer ses tourments, tentait de répondre le plus naturellement possible, même si c'était en essayant de brouiller les pistes !

— Je crois me souvenir qu'il s'agissait de l'hôtel Orangina, dit-il en voyant une bouteille ventrue sur son bureau.

— Vous pouvez me donner votre nom et le numéro du portable de votre épouse, s'il vous plaît ? demande le Capitaine.

— Bien sûr. Je suis Charles Jeanselme. Et voici le numéro de ma femme 06……

— Au fait, savez-vous ce qu'elle avait dans sa valise ?

— Des vêtements et quelques affaires personnelles, je suppose. Je ne suis pas à côté d'elle lorsqu'elle prépare ses bagages.

— Rien d'autre, vous êtes certain ?

— Je l'ignore, mais pourquoi me demandez-vous cela ?

— Pour rien… Merci, monsieur Jeanselme, dit Delavoy en terminant la communication.

Charles, totalement bouleversé, raccrocha d'une main tremblante !

Il avait dû mentir au Capitaine afin de ne pas dévoiler le rapt de Julie. Il lui paraissait essentiel de le taire pour réussir à payer discrètement la rançon et obtenir sa libération avec un minimum de risques, tout en préservant sa vie avec un maximum de chances !

Il avait cependant le sentiment de s'être empêtré dans des explications fumeuses. Il lui restait à espérer que le policier se satisfasse de ses réponses et ne revienne pas à la charge pour approfondir certains détails. Le seul point positif était que, pour l'instant, la nouvelle de l'enlèvement ne semblait pas avoir fuité. En revanche, il avait cru comprendre que la valise de Julie avait été retrouvée dans un TGV. Cela l'avait surpris et il avait eu envie de demander plus d'explications à ce sujet, mais il s'était retenu.

Montrer trop d'intérêt pouvait paraître suspect !

Dans quelles conditions avait-on découvert cette valise ? La rame se dirigeait-elle vers Lyon ou vers Paris ? Était-ce dans un des trains qu'elle devait emprunter ? À l'aller ou au retour ?

Le lieu de la trouvaille le plus plausible lui semblait quand même être Paris, puisque Julie ne lui avait évoqué aucun oubli ou perte lors de leur rapide échange téléphonique, le soir où elle était chez sa mère. Elle avait donc dû être kidnappée à l'occasion de son retour. Il repensa à ce dernier appel, au cours duquel sa femme avait paru moins enjouée que d'habitude et plus prompte à abréger la conversation. Lui cachait-elle quelque chose ? Était-elle déjà menacée ? De multiples questions se bousculaient dans sa tête.

Un nouveau dilemme lui vint à l'esprit : devait-il dire à Rabitt que la police avait découvert la valise de sa femme dans un TGV ?

17

Les grandes baies vitrées de son bureau étaient heureusement occultées par des stores vénitiens, mais la chaleur restait forte et l'atmosphère pesante.

En manches de chemise, son indéboulonnable casquette vissée sur le crâne, le Capitaine William Delavoy relatait avec force détails l'entretien téléphonique qu'il avait eu avec un certain Charles Jeanselme.

— Je suis sûr qu'il mentait ! dit-il à sa cheffe qui, debout devant lui, se ventilait en agitant une fiche cartonnée devant le visage. En tout cas, il ne m'a certainement pas tout dit, poursuivit-il. Le type était très bizarre. Dans son message, il paraissait convaincu d'avoir reconnu la valise de sa femme, mais il a répondu à mes questions de manière très évasive, avant d'affirmer s'être trompé. Ça sonnait faux ! Plusieurs faits m'ont semblé curieux. Premièrement, il n'aurait pas parlé de la photo de la valise à son épouse ! Deuxièmement, sa femme est allée voir sa mère à Lyon en TGV et troisièmement, tous les deux sont allés à Madagascar il y a deux ou trois ans. De plus, le type ne semblait pas très à l'aise dans ses réponses.

— Si tu es sûr de toi, on va le convoquer et lui tirer les vers du nez, dit Maggie.

— Attends, j'ai vérifié. Ce mec est une des plus importantes fortunes de France. Il doit avoir un maximum de connaissances et d'appuis politiques. Il ne s'agit pas de faire une bourde.

— Effectivement, si c'est un gros poisson, avant de le ferrer il faut être certain de pouvoir le ramener sur la berge sans casser la canne, commenta Maggie en souriant.

— On doit vérifier certaines choses avant, précisa Delavoy.

— Quoi par exemple ?

— Il m'a donné le numéro du portable de son épouse. Je lui ai laissé un message. Elle ne répond pas. Il y a aussi ce fameux sticker de l'hôtel Tropical Paradise, collé sur la valise, bien que le type prétende être descendu à l'hôtel Orangina.

— En attendant, William, tu contactes les hôtels et tu me vérifies tout ça. Et puis avec l'ADN du cheveu et les empreintes papillaires relevées par le SNPS (*Service national de la police scientifique*) lorsque nos doutes friseront les certitudes, on pourra toujours les comparer avec celui de sa femme. Techniquement, c'est simple ! Il faut simplement ne pas se précipiter. Cela dit, je me demande bien ce que foutait sa femme avec une valise pleine de biftons.

— Peut-être voulait-elle juste les dissimuler au fisc. N'oublie pas que le type est blindé.

— Peut-être, murmura Maggie perplexe pendant que William tournicotait les longs poils de sa moustache, mais dans ce cas j'imagine que son mari est dans la combine. C'est sans doute pour cette raison que ton bonhomme est mal à l'aise.

18

En fin d'après-midi, miné par l'inquiétude, Charles a finalement quitté son bureau et regagné son domicile.

Sa maison a toujours été son refuge.

Ce lieu sacré est exclusivement réservé à sa vie personnelle. La bâtisse, cossue sans être ostentatoire, est au cœur d'une jolie clairière, dans un quartier résidentiel de Marne-La-Coquette. De style Île-de-France, elle est implantée sur un terrain de trois mille mètres carrés cerné d'une végétation dense, à l'abri des regards.

À l'extrémité nord de la propriété s'élève un petit pavillon qui n'a jamais accueilli le couple de gardiens auquel il était destiné. C'est Antoine qui, il y a presque deux ans, a décidé de profiter de cette vacance pour s'y installer. Grâce à son accès direct sur la rue, le garçon peut aller et venir discrètement sans rendre de comptes à son père ou sa mère. Il a ainsi acquis l'indépendance minimum qu'il souhaite, en attendant d'avoir les finances pour se libérer totalement du joug parental.

À cet instant, sur la terrasse ouest de la maison principale, Charles est avachi dans une balancelle matelassée. Sous ses yeux, jusqu'à un lointain bosquet, s'étale un gazon jauni par les épisodes caniculaires de l'été. Charles a largement ouvert sa chemise qui lui colle à la peau. Il fixe du regard ses pieds nus gonflés et ses orteils boudinés qu'il a extraits de ses Sebago.

L'atmosphère est étouffante.

Malgré les nuages qui masquent le soleil couchant, la température ne baisse pas. Il n'y a pas un souffle d'air. Depuis près d'une heure, le smartphone à la main, il attend impatiemment un message de Rabitt. Par intermittence, il zappe d'un réseau social à l'autre, afin de ne pas passer à côté d'une information pouvant concerner Julie ou Antoine.

Mais rien !

Et Rabitt qui ne le rappelle pas comme il le lui a promis…

Lorsque la sonnerie du téléphone le sort de sa léthargie, avant de décrocher, Charles note furtivement sur l'écran de son appareil qu'il est exactement 20 h 48.

— Monsieur Jeanselme ?

— Oui.

— Commissaire Rabitt, à l'appareil

— Alors ?

— J'ai interrogé le Milieu parisien. Personne n'a entendu parler de la préparation d'un rapt. Un contact m'avait promis de mieux se renseigner. Il m'a rappelé il y a seulement quelques minutes. Lui non plus n'a pas eu d'information par les malfrats qu'il côtoie. J'ai également étudié les deux messages que vous avez reçus. Ils ne me paraissent pas émaner de professionnels. La manière d'entrer en relation, les découpages enfantins, le lieu de la remise de la rançon, tout cela me semble relever de l'amateurisme… Vous ne souhaitez toujours pas avertir la police, ce serait plus sécure ?

— Non, non ! J'ai bien réfléchi, j'ai l'argent et je ne veux pas de bavure. Est-ce que je peux quand même compter sur votre aide ?

— Cela me paraît dépasser assez largement la mission qui m'a été confiée !

— On vous a demandé de contribuer à retrouver ma femme, je crois ! On est donc en plein dans le sujet, répliqua Charles avec un brin d'agacement.

Rabitt hésitait à poursuivre cette affaire. Si elle se terminait mal, sa carrière était foutue. En revanche, en cas de réussite, ce pourrait être une sacrée référence pour lui. Un court instant, il revisualisa le profil du ravisseur, qu'il pensait être celui d'un novice. Son orgueil le poussa à répondre.

— OK, je vous aide, à condition que vous fassiez exactement tout ce que je vous dis.

— C'est d'accord, répliqua aussitôt Charles, soulagé de ne pas devoir agir seul et surtout accompagné par un homme connaissant le milieu du banditisme.

La nuit était tombée. Les lumières de la ville enveloppaient la propriété d'un halo rassurant. Charles se rechaussa, quitta la balancelle et fit quelques pas sur la terrasse. Après avoir contourné la maison, il leva les yeux en direction du pavillon annexe dans lequel Antoine était installé.

Il ne décela aucun signe de son retour. Pour confirmer son impression, Charles composa le numéro de son fils et tomba une nouvelle fois sur son répondeur.

Le cauchemar continuait…

*

19

Rabitt n'avait pas d'horaire défini et, malgré l'heure tardive, il entreprit des recherches aussitôt sa conversation avec Charles achevée.

Quand il n'était pas sur le terrain, il travaillait depuis son domicile parisien du Marais, dans une des chambres qu'il avait aménagées.

En effet, lors de son recrutement, on lui avait bien précisé qu'on ne pourrait jamais lui attribuer de bureau dans un bâtiment officiel pour des missions qui, la plupart du temps, ne l'étaient pas. Les renseignements ou les enquêtes qu'on lui confiait relevaient souvent du secret d'État, c'était donc dans l'ombre qu'il devait se fondre pour agir. En compensation, le loyer de son appartement était pris en charge par ses commanditaires.

À vrai dire, il ignorait leur fonction et leur identité. Il avait simplement constaté que la plupart des missions émanaient du cabinet du garde des Sceaux. Une seule fois, durant l'épisode des Gilets jaunes, on lui avait passé un ministre qui, en personne, lui avait demandé de filer avec discrétion, mais avec attention, un homme politique impliqué dans ces événements. Rabitt avait ensuite adressé un rapport détaillé sur les activités militantes de cet individu selon la procédure habituelle.

Le plus souvent, c'était par téléphone qu'il était joint. Il identifiait facilement l'appel puisque le numéro figurait dans ses contacts. Son correspondant, qui n'annonçait ni son nom ni sa fonction, se présentait ainsi, « la Chancellerie à l'appareil », ou plus rarement « le cabinet du garde des Sceaux à l'appareil ». À l'issue de chaque mission, il rendait un rapport par mail crypté à une personne inconnue. Son téléphone était bien sûr codé ! L'essentiel de ses échanges devait s'effectuer dans la plus grande discrétion possible et on l'avait engagé à n'appeler la Chancellerie qu'en cas de raison grave.

La gravité étant une notion très floue, il avait jusqu'à présent réussi à remplir ses missions sans faire référence au cabinet ministériel. Sa carte de police lui avait suffi à ouvrir les portes nécessaires.

Son statut de célibataire avait été un atout majeur pour son embauche. On pouvait ainsi le solliciter à n'importe quel moment et il n'avait pas de compte à rendre à une personne qui aurait partagé sa vie. Il était en réalité une sorte d'agent secret au service du pouvoir en place. Cette souplesse et cette indépendance convenaient parfaitement à son tempérament de loup solitaire.

C'était la première fois que ce qu'il pensé être une banale histoire d'adultère s'avérait être un véritable enlèvement avec demande de rançon.

Et pas n'importe quel enlèvement !

L'épouse d'un riche patron d'un groupe côté en bourse ! Il avait conscience d'avoir très largement sous-estimé sa mission. Il était plus que temps de reconsidérer les choses. Un instant, il avait pensé lâcher l'affaire et laisser la police faire son job, avant de réaliser que si on l'avait sollicité pour retrouver cette femme, il devait y avoir des raisons. De plus, il exécrait l'échec !

Il avait donc décidé de s'investir à fond pour aboutir.

Rabitt était assis devant l'écran de son ordinateur dans la lumière douce de sa superbe lampe Kartell.

Le mobilier design et les produits high-tech sont les principales passions du Commissaire et sont à l'origine de ses plus grosses dépenses.

Ce soir, il avait commencé quelques repérages et localisé la péniche baptisée « bateau Bonheur » grâce à Google Maps,

Elle était ancrée sur la rive gauche de la Seine, face à l'extrémité nord-ouest de l'île de la Loge. Une langue de terre d'un peu plus d'une centaine de mètres de large sur environ un kilomètre et demi de long, sertie entre deux bras de la Seine, dans la concavité de l'un de ses méandres. Le lieu avait l'air bucolique et relativement paisible.

De part et d'autre de la péniche « Bonheur », des bateaux étaient amarrés à la queue leu leu, devant et surtout derrière, en regard de bâtiments qui ne semblaient pas à usage d'habitation. Ce n'était cependant pas l'endroit le plus isolé de la région. Pourquoi donc le ravisseur avait-il fixé le rendez-vous ici, se demandait le Commissaire en se frottant le crâne ?

Et ce rendez-vous était-il prévu sur cette fameuse péniche ou sur le chemin de halage, en face du bateau ?

Après avoir parfaitement examiné et mémorisé le plan du quartier, Rabitt s'attarda sur Street View. Il positionna le petit bonhomme en différents endroits pour appréhender l'environnement de cette zone sous différents angles et en trois dimensions. Cette première approche lui donnait une idée des lieux, mais elle ne le dispensait pas d'une reconnaissance sur le terrain.

Il devait étudier les accès, les perspectives, les points de vue, les caches et les échappatoires. Ces précisions étaient absolument nécessaires pour élaborer la stratégie la plus sécuritaire.

La libération de Julie exige impérativement de garder son sang-froid. Elle nécessite de rassurer le ravisseur, afin de lui éviter de soupçonner un traquenard. Ce qui n'exclut pas de prendre un maximum d'informations pour, ultérieurement, tenter de l'appréhender et de récupérer la rançon, pensait-il à cet instant. Certes, cet objectif était éloigné de sa mission initiale, mais il pourrait être la cerise sur le gâteau !

Rabitt était conscient qu'agir seul dans une intervention de ce type relevait du coup de poker, mais c'était aussi une formidable manière de prouver l'étendue de ses capacités. Et bien sûr de renforcer son ego ! Il n'oubliait pas que son client était un personnage important, protégé par le pouvoir !

Demain matin, il prévoyait de se lever tôt pour faire un semblant de tourisme sur le chemin de halage de Port-Marly. Un lieu qu'il n'avait jamais fréquenté.

Avant de se coucher, Rabitt régla l'alarme de son portable sur six heures trente. Il mit ensuite beaucoup de temps à s'endormir, car son esprit était déjà sur les bords de Seine !

*

20

Il ne s'était pas écoulé plus de vingt minutes depuis la fin de leur discussion lorsque sa cheffe poussa vivement la porte du bureau de William.

Depuis ce matin elle le tenait sous pression. La patience n'était pas la qualité principale de Maggie.

— Alors, où en es-tu ?

Il était au téléphone, assis devant un ventilateur. Depuis le haut d'un classeur il lui agitait les cheveux qui s'échappaient de sa casquette et lui projetait l'air en plein visage.

William avait glissé les fesses sur l'avant de sa chaise. Avec un stylo bille dans la main droite il gribouillait machinalement des formes géométriques sur une feuille blanche et de sa main gauche il maintenait le combiné collé à son oreille en ponctuant l'échange de « oui »… de « ok »… de « je l'ignore ». Il finit par conclure par « merci » en notant un numéro sur le papier, qu'il bloquait sous son poignet afin qu'il ne s'envole pas.

— C'était l'hôtel Tropical Paradise à Nocy Be, dit William à sa cheffe en mâchouillant l'extrémité de son stylo.

— Alors ?

— Pour tout te dire j'ai d'abord essayé d'appeler l'hôtel Orangina, afin de savoir si un nommé Charles Jeanselme y avait séjourné. Mais j'ai eu la surprise d'apprendre qu'il n'y avait aucun hôtel de ce nom ni à Nocy Be ni sur Grande-Terre ! Le seul hôtel Orangina est aux États-Unis.

— Merde, en plus il t'a raconté des casques ce type !

— En revanche, au Tropical Paradise, le réceptionniste m'a confirmé que l'hôtel avait bien édité un auto-collant il y a deux ou trois ans. Il m'a cependant expliqué ne pas pouvoir retrouver immédiatement un client ayant fréquenté l'établissement, au-delà de cette période, car le logiciel des entrées et des sorties a été changé depuis. Il faut qu'il demande la copie de sauvegarde à son patron. Le problème est qu'il s'est absenté pour aller voir de la famille sur Grande Terre, et qu'il ne sera de retour que dans vingt-quatre heures.

— He bien, appelle le patron !

— C'est ce que je vais faire. Le gars m'a communiqué son numéro personnel. Cet établissement semble être la bonne pioche ! Le réceptionniste, qui est employé à l'hôtel depuis six ans, croit avoir eu des clients de ce nom, mais il n'a plus aucun souvenir de leur tête.

— On peut donc soupçonner ce fameux Charles d'avoir fréquenté l'hôtel Tropical Paradise et de t'avoir donné un autre nom pour se dédouaner.

— C'est ça !

— Reste à savoir s'il l'a fait sciemment ou par erreur.

— Je n'en sais rien, mais ce qui est sûr c'est qu'il ne me semblait pas spécialement enclin à vouloir reconnaître la valise de sa femme. Tu te souviens de son propos sur Messenger ?

— Oui, je me souviens très bien, tu me l'as montré ce matin ! J'ai encore un brin de mémoire, répliqua Maggie, feignant l'agacement. As-tu pu contacter son épouse ? poursuivit-elle.

— Je tombe immédiatement sur sa messagerie, comme si son portable était éteint.

— Il faut absolument approfondir nos recherches sur ce type. Il ne me semble vraiment pas net...

Maggie fit une pause avant de reprendre.

— Pendant que tu enquêtais sur ton bonhomme, je me suis intéressée à la valise. J'ai appris que tous les modèles Samsonite étaient référencés et numérotés. La PTS m'a fourni une copie de l'étiquette, ce qui m'a permis de retrouver le lieu d'achat de cette valise.

— Super ! Alors, où est-ce ?

— Dans le 11ᵉ. Une petite boutique, rue du Faubourg Saint-Antoine.

— On a pu te donner le nom de l'acheteur ?

— Eh bien non ! Paiement en espèces, le 13 mars 2020. Certificat de garantie non rempli !

— Je pense à un truc... Si l'on découvre que cette valise a été acquise juste avant son séjour à Madagascar, cela pourrait faciliter l'ouverture de « pourparlers » avec Jeanselme. Tu ne crois pas ?

— Certes, mais comme tu me l'as judicieusement fait remarquer, il nous faut un maximum de biscuits pour le serrer. Il doit avoir de bons avocats. Et puis pour l'instant rien ne prouve que cet argent et cette valise appartiennent au couple. Par ailleurs je te rappelle que si le portage de cet argent a été déclaré, il n'y a pas de délit.

— Je connais la loi ! coupa William avant de réciter d'un seul souffle : « On ne peut pas transporter plus de 10 000 euros sans faire de déclaration, faute de quoi, le porteur risque au minimum une amende d'un montant équivalent à cinquante pour cent de la somme, à condition que son origine puisse être justifiée… dans le cas inverse, cela entraîne la confiscation automatique de la somme et peut aller jusqu'à une peine de prison si l'argent résulte d'une transaction irrégulière ou d'une dissimulation au fisc… Article L-152-1 du code monétaire et financier ». Ai-je bien retenu ma leçon, madame la Commandante ?

— Bravo mec ! Tu connais parfaitement ton droit… Mais magne-toi de me trouver les dates et le vrai lieu de séjour de ton patron du Cac 40.

— Je te précise que je me suis renseigné au sujet du fric, il n'a rien déclaré du tout… !

William passa le restant de sa journée à tenter de joindre le directeur du Tropical Paradise. En vain !

Il avait rappelé le réceptionniste, avec qui il avait échangé quelques heures auparavant, pour savoir s'il existait une autre manière d'entrer en contact avec son patron. Il lui avait malheureusement confirmé que non. La famille de son boss habitait dans une vallée de Basse-Terre (*l'île principale de Madagascar*), où ne passent ni le téléphone ni Internet. L'employé lui avait cependant précisé que lorsque son patron allait chez ses parents c'était généralement lui qui se manifestait pour prendre des nouvelles de l'hôtel.

— Laissez-moi votre téléphone, si je l'ai en ligne, je lui dirai de vous appeler, lui avait spécifié l'employé.

— Personnellement, vous n'avez pas cette sauvegarde ? piaffa William ?

— Habituellement si, mais il m'a emprunté la clef USB pour faire des statistiques et ne me l'a pas rendue. Et comme je n'ai pas accès à son bureau… De toute façon, il rentre demain. Je pourrai vous donner toutes les informations que vous souhaitez… Vous n'aurez pas longtemps à attendre.

On est bien dans l'esprit des tropiques, avait pensé William qui, depuis un séjour au Sénégal, imaginait toutes les populations vivant sous ces latitudes dotées d'une égale insouciance et d'une comparable nonchalance.

Rien ne presse pour ces gens-là ! pesta-t-il.

— Tu sais ce qu'on va faire ? On ne va pas attendre la réponse de l'hôtel. On va y aller au culot, dit Maggie. Il est trop étonnant que ce type, dans un premier temps, se précipite pour te confirmer avoir reconnu la valise de sa femme, puis que dans un second il se rétracte, sûr de lui et sans réclamer d'éléments d'appréciation supplémentaire, avant de mentir sur son séjour à Madagascar, ajouta-t-elle. De plus, on ne sait pas vraiment où est sa femme… On ne peut pas convoquer le bonhomme au commissariat « *pour une affaire vous concernant* », selon la formule consacrée, car il pourrait ne pas répondre ou repousser notre demande à la Saint-Glinglin… On verra plus tard si on réclame au procureur de saisir le juge d'instruction pour qu'il nous délivre une commission rogatoire. Que d'ailleurs en l'état des choses il refuserait sans doute ! Tu es bien d'accord que ce type nous mène en bateau ?

— Oui, oui, répondit timidement William, toujours dans l'attente de ce que Maggie allait lui proposer.

— Nous allons lui rendre une petite visite, « amicale » bien sûr, précisa Maggie en quittant son siège. Il est 10 heures 45, on prend un sandwich et une bière à l'Arrosoir et on se pointe chez lui vers 13 heures. J'imagine que tu as repéré l'endroit où il crèche ?

— Évidemment, mais il est fort probable qu'il ne rentre pas à son domicile entre midi et deux.

— Tant pis, on y retournera ce soir s'il le faut, mais pour l'instant on ne peut pas assiéger son lieu de travail avec aussi peu de matière. Et puis, on aura déjà une petite idée de l'environnement du monsieur. Prends les clefs de la bagnole. Je te rejoins.

*

21

La nuit avait porté conseil au Commissaire.

Durant quelques heures, il avait imaginé se substituer à son client pour remettre lui-même la rançon, avant d'estimer ce choix incohérent. Finalement, il pensa que la présence d'un tiers inconnu pouvait laisser croire à un traquenard et compromettre l'échange.

C'était à Charles de se présenter au rendez-vous, dans le strict respect des consignes.

Il devait donc le préparer psychologiquement et le contraindre à reconnaître les lieux.

Dès son réveil, un peu avant 7 heures, Rabitt avait appelé Charles en lui expliquant qu'il passerait le prendre à son domicile aux environs de 8 heures 30. Il lui avait précisé que ce n'était pas une option, mais un impératif pour revoir sa femme au plus vite en limitant les complications !

Charles, qui la veille lui avait promis d'agir selon ses consignes, s'était plié à son exigence.

À 8 heures 25, il l'attendait patiemment devant le portail de sa propriété.

Deux heures de route plus tard, ils étaient à Port-Marly.

Il était 10 heures 45, lorsque Rabitt gara sa Citroën C5 grise le long du trottoir.

La rue du Val-André est perpendiculaire au chemin de halage de Port-Marly, mais n'y conduit pas.

Hier soir, sur Street-View, le commissaire a constaté que la première rue à gauche de cette artère débouche au cœur d'un ensemble d'immeubles bas et d'habitations individuelles, formant un petit quartier en cul-de-sac dont la limite nord est une haie commune avec le chemin de halage. Et, au travers de cette haie, il a décelé un passage piéton qui permet d'accéder directement au bord de Seine.

Le Commissaire a sciemment choisi de stationner à distance du fameux bateau « Bonheur ». À vol d'oiseau, il en est à guère plus de deux cents mètres, mais sans doute à plus du double en empruntant les voies routières.

Rabitt n'est pas seul !

À son tour, l'homme qui l'accompagne claque la portière de la voiture avant d'inspecter l'environnement d'un regard circulaire.

— C'est par là, lui intime un peu sèchement Rabitt.

Ils s'éloignent de leur véhicule en marchant, tels de simples promeneurs, en s'obligeant à papoter pour ne pas attirer l'attention.

Ils traversent le petit quartier d'habitations et à cet instant, ils débouchent sur le chemin de halage, de l'autre côté de la haie. Exactement comme Rabitt l'a prévu.

Ils forment un duo étonnant !

Rabitt, grand, sec, taiseux, visage émacié, yeux métalliques encastrés dans des orbites profondes, est cependant doté d'une élégance naturelle et d'une prestance déroutante qui en imposent. Il exerce son métier de manière atypique et individuelle, dans l'ombre et souvent sans filet. Il vit et bosse en solitaire.

Charles, d'allure plutôt rondouillarde, affiche à l'inverse une bonhomie patriarcale qui attire la sympathie. Il travaille en équipe au contact de nombreux collaborateurs qui admirent son efficacité. Il ne s'oblige à l'élégance que par nécessité, préférant de beaucoup les tenues décontractées. C'est d'ailleurs en tee-shirt et en bermuda, la calvitie masquée par une casquette irlandaise, qu'il marche avec Rabitt le long d'un bras de la Seine. Cependant, son état psychique est inversement proportionnel à l'esprit détendu que suggèrent ses habits de vacancier !

En fait, ces deux hommes n'ont que Julie pour point commun, mais il faut reconnaître à l'un et à l'autre une certaine habileté pour ne pas paraître ce qu'ils sont véritablement. Et à cet instant, c'est plutôt le barbouze qui a l'allure et les manières d'un grand patron.

Sur le bas-côté de la voie, de rares voitures stationnent dans l'herbe, à proximité des pontons. La circulation routière semble limitée aux seuls riverains. Les plus nombreux doivent être les résidents des péniches qui, amarrées le long du quai, forment un mini village flottant tout en longueur.

Les deux hommes se déplacent en mode repérage, à la découverte progressive de l'environnement. Charles, extrêmement tendu et angoissé, marche comme un automate…

Sorti d'on ne sait où, à une cinquantaine de mètres devant lui, apparaît un garçon qui trottine derrière son chien. En croisant son regard, Charles a soudain l'impression d'être épié par des centaines d'yeux !

La voie est bordée de part et d'autre d'une végétation dense.

Côté Seine, des platanes touffus et des taillis d'arbustes forment un écran entre les bateaux et le chemin de halage. Entre les branches de ce mur de verdure, sur la rive d'en face, on aperçoit d'énormes barges amarrées à l'aplomb de ce qui semble être une importante entreprise de construction. Sur la gauche de la rue, derrière un grillage en partie occulté par une longue haie, on devine des terrains de sports. Un grand bâtiment abrite sans doute des courts de tennis. Cet immense complexe de loisirs s'étale sur plusieurs centaines de mètres. En approchant du numéro 17, le chemin se glisse sous une voûte végétale. Au pied des arbres, quelques fleurs sauvages ont survécu à la sécheresse.

Seule la raison de la présence des deux hommes rend cet endroit flippant. En d'autres circonstances, il leur paraîtrait éminemment bucolique.

Sur cette partie, les uniques résidents semblent être ceux des bateaux.

En regard de chacun d'eux est planté un numéro. Devant le numéro 15 est amarrée une péniche ventrue et décatie nommée Blue Moon. Sur le pont, du mobilier abandonné aux intempéries laisse supposer qu'elle est inhabitée.

Charles et Rabitt ralentissent leur marche en approchant du numéro 17. Taillé dans la verdure, l'étroit passage qui conduit à l'appontement leur permet de distinguer un bateau d'une trentaine de mètres de long. Les vitres de son carré sont occultées par de petits rideaux blancs. Cette péniche semble inoccupée, mais pas désertée. Sur l'avant de la coque, les grosses lettres noires peintes sur le flanc blanc dessinent le mot « Bonheur ».

Tous deux se posent mentalement la même question.

La remise de la rançon s'effectuera-t-elle à l'intérieur de ce bateau ou à proximité ?

Malgré tout, la précision de ce lieu de rendez-vous les étonne. Il est trop bien défini pour être cohérent ! Comment fuir cet endroit sans être vu et sans laisser de trace ?

Rabitt et Charles se regardent un instant sans émettre le moindre mot, mais ils semblent s'être compris. Ce n'est certainement pas ici qu'ils se seraient fait remettre la rançon s'ils avaient été dans la peau du ravisseur !

— Vous croyez que Julie est là-dedans ? chuchote Charles à l'oreille du Commissaire.

En guise de réponse, Rabitt se contente de faire une moue évocatrice. Il n'en sait bien sûr rien, mais il en doute. En lui rentrant délicatement le coude dans les côtes et en avançant furtivement le menton, il lui signifie de continuer à marcher, sans montrer plus d'intérêt pour ce bateau.

Charles espère que ce n'est pas là que Julie est séquestrée, car avec la chaleur qui monte déjà, la cale de cette coque d'acier doit être un véritable four.

Bien sûr, Rabitt a tous ses sens en éveil ! Il scrute attentivement, mais avec discrétion, le moindre détail de l'environnement : les entrées sur la voie, les échappatoires, les postes d'observation et les cachettes possibles… Cet endroit improbable n'a sans doute pas été choisi au hasard, pense-t-il. Il soupçonne ce lieu de rendez-vous de faire appel à la navigation. Une embarcation rapide pourrait venir à la rencontre de Charles pour récupérer la rançon. Cette option lui semble cependant curieuse. Un échange qui se veut clandestin s'organise habituellement dans un espace désert et dégagé afin d'offrir le maximum de sécurité. Surtout de jour, car à 20 heures la nuit n'est pas tombée !

Depuis le début, le Commissaire trouve cette affaire un peu foutraque.

Outre son erreur d'appréciation initiale sur la disparition de Julie, le message qu'a reçu son client lui paraît étrange. Il a étudié attentivement les lettres découpées et collées avec lesquelles il a été écrit. Leur police, la texture et le grammage du papier laissent à penser qu'elles proviennent d'une même source, qui peut être un catalogue de vente.

Rabitt ne sait pas pourquoi mais, pour lui, cette feuille transpire l'amateurisme. Cela n'exclut pas pour autant de prendre les précautions nécessaires pour faire face à toutes les situations, songe-t-il aussitôt !

Une centaine de mètres après le numéro 17, ils passent à l'arrière d'un centre de conférence que le chemin principal contourne en s'éloignant perpendiculairement de la Seine. Une section non bitumée se poursuit le long du fleuve.

Dans le virage, ils croisent trois cyclistes. Vraisemblablement des retraités qui, les genoux écartés et le poitrail à l'air, pédalent en discutant, sans leur prêter la moindre attention.

Au niveau de cet embranchement les deux bras de la Seine qui enserrent l'île de la Loge se rejoignent. Au loin, un pont relie les deux rives.

Les deux hommes longent des parkings avant de tourner à nouveau à gauche pour emprunter une petite route qui selon le GPS de Rabitt doit les ramener à leur véhicule. Ils marchent désormais sans se parler. Chacun est dans ses pensées.

À la hauteur de l'entrée du centre de loisirs, Rabitt s'arrête.

— Allez m'attendre dans la voiture. C'est tout droit jusqu'au Lidl. Ensuite, vous retrouverez notre stationnement dans la première rue à gauche. Voici mes clefs. Je vous rejoins dans une vingtaine de minutes. J'ai à faire ici, dit Rabitt à son client.

— Je ne peux pas rester avec vous ? demande Charles.

— Non, répond Rabitt, en s'éloignant vers l'accueil.

*

22

Maggie n'a rencontré aucune difficulté pour se garer devant l'entrée de la propriété des Jeanselme.

Un renfoncement, empiétant sur leur terrain, lui a permis d'avancer la voiture jusqu'au portail, sans entraver le passage sur le trottoir.

Devant elle, une haute fermeture métallique coulissante et télécommandée, occulte le domaine. Derrière le pilier gauche s'élève un mât, au sommet duquel une caméra les fixe.

William et sa cheffe sortent du véhicule et se dirigent à droite de l'entrée. Dans ce pilier est encastrée une boîte à lettres surmontée d'une discrète plaque en cuivre où sont gravés les noms de Julie et Charles Jeanselme.

À côté, un carillon inclut l'optique d'une seconde caméra de surveillance.

De part et d'autre du portail, un mur doublé d'une haie de thuyas ceinture la propriété. Au-dessus, la cime de plusieurs grands arbres se balance dans la brise.

Au cœur de ce quartier huppé, ce résident ne paraît pas miséreux, mais n'affiche pas l'extrême richesse qu'on lui connaît désormais. En tout cas, pas plus que ses proches voisins.

Par un interstice du portail, William tente de regarder à l'intérieur, mais un bosquet judicieusement planté barre la vue. Il est impossible de distinguer le moindre bâtiment, même en montant sur la pointe des pieds ! La famille semble vivre secrètement.

— Qu'est-ce que tu attends pour sonner, William ?

— L'adjoint attend l'ordre de sa cheffe, répond-il sur un ton railleur.

— Ta cheffe observe et réfléchit ! Elle fait ce que tu ne fais pas, réplique Maggie narquoise.

William, qui a heureusement l'habitude de ces petites vannes sans fondement, active le carillon. Quelques vingt secondes plus tard, sans signe de vie, il réitère sa manœuvre sans plus de résultat.

— Tu vois, je te l'avais dit. La plupart des gens ne déjeunent plus chez eux, mais sur leur lieu de travail ou à proximité, dit William.

— Tu ne m'apprends rien, mais cette visite présente l'intérêt de nous renseigner sur le fonctionnement du bonhomme. Il est riche, protégé, mais pas surprotégé, et discret... Nous avons aussi la preuve que sa femme, elle non plus, n'est pas à son domicile.

— Sauf si les caméras de surveillance nous ont repérés ! rajoute William.

— Selon toi, un flic se devine à sa gueule ? raille Maggie en mimant de replacer une mèche de cheveux.

— Non, mais peut-être qu'ici on n'ouvre pas aux inconnus.

— Peut-être, répond la Commandante en s'accroupissant pour observer le sol.

À ses pieds, presque contre le portail, il y a un petit amas de mégots auquel elle s'intéresse. Ce sont ceux de très fines cigarettes. Ils sont tous marqués d'un minuscule rond vert.

Sans commentaire, Maggie va à la voiture et en revient avec un sachet transparent. Elle l'ouvre, le pose à terre, et à l'aide d'un gravier y pousse trois mégots à l'intérieur. Puis elle le referme délicatement et le glisse dans sa poche.

— J'ai compris ! Tu fumes à nouveau, mais avec ton trop petit salaire tu ne peux plus t'acheter un paquet de clopes ? plaisante William.

— C'est ça, répond simplement Maggie. Trêve de conneries, rendons-nous plutôt à l'autre entrée.

Avant de quitter son bureau, la Commandante avait pris soin d'afficher sur Google Maps l'adresse que son adjoint lui avait communiquée. La vue satellite lui avait permis d'avoir une première idée de la résidence de l'homme d'affaires. Elle avait ainsi détecté dans une rue adjacente une entrée secondaire qui semblait donner sur une maisonnette.

Il s'agit cette fois d'un simple portillon. Lui aussi est occultant et sécurisé par une caméra de surveillance. Malgré tout, à une dizaine de mètres, ils peuvent apercevoir le mur aveugle d'une petite construction, mais rien de plus. Les deux policiers constatent l'absence de sonnette.

— Allez, on rentre au poste. Nous n'en apprendrons pas plus pour le moment, dit Maggie, avant de proposer à William de prendre le volant.

Quelques minutes après leur retour au commissariat, depuis son bureau, Maggie appelle son adjoint et lui tend le sachet de mégots.

— Tu te débrouilles comme tu veux, mais tu me fais parvenir cet échantillon au plus vite à l'IPS de Lyon (Institut de police scientifique). Le génotypage automatisé devrait permettre un résultat plus rapide qu'en local, mais s'ils sont débordés tu n'hésites pas à t'adresser à un labo privé. Tu leur expliques qu'il y a urgence, cent mille euros en jeu, et tu peux même rajouter qu'il y a peut-être mort d'homme.

— Attends, c'est quoi l'urgence pour ces trois mégots ?

— Mon cher William, parfois ton manque de discernement me déconcerte. Le petit tas de mégots dans lequel j'ai prélevé cet échantillon est vraisemblablement issu du cendrier d'une voiture. Si tu réfléchissais un peu tu comprendrais que pour le vider par la fenêtre ou par la portière d'un véhicule, à la verticale d'une barrière, il est nécessaire que l'avant ou l'arrière du véhicule soit à l'intérieur de la propriété. Pour cela, le portail doit donc être ouvert. J'espère que tu me suis ?

William hoche la tête.

— Il est ainsi cohérent de penser que l'auteur de cette décharge sauvage de mégots est le conducteur ou le passager d'une des voitures qui est entrée ou sortie du domaine, peut-être celle du propriétaire lui-même. Et si tu avais observé correctement ces mégots, tu aurais pu constater leur faible diamètre. Ces cigarettes s'appellent des slims, ou des minces, et sont presque exclusivement fumées par des femmes.

— Et alors ? questionne William.

— Et alors… Alors, si l'ADN retrouvé sur ces mégots est le même que celui du cheveu de la valise, on pourra quasiment affirmer que ce bagage appartient à madame Jeanselme… et que son mari ment.

William, subjugué, secoue lentement la tête pour attester la pertinence de ce raisonnement qui lui a échappé…

*

23

Alors que Charles s'éloigne, décontenancé d'avoir été planté sans explication, Rabitt s'est dirigé vers le bâtiment d'accueil du centre de loisirs.

À la réception, il a prétexté être curieux de découvrir cette structure et une jeune fille lui détaille le fonctionnement du centre.

— Il existe des abonnements au mois ou à l'année et des formules à la journée qui donnent accès à toutes les activités : la piscine, le SPA, le tennis, le paddle, le beach-volley, le ping-pong et même la pétanque. Il est également possible de louer à l'heure et les tarifs sont variables selon les pratiques.

Rabitt écoute plus la forme que le fond, hypnotisé par la douceur du visage de son interlocutrice et par l'aisance de son élocution. La réceptionniste remplit son rôle avec talent. Il lui explique qu'il souhaite visiter les installations avant de s'inscrire.

— Bien sûr, vous pouvez faire le tour gratuitement et juger par vous-même. Je vais vous mettre un bracelet rouge, ainsi, vous pourrez circuler presque partout. Je vais également vous donner un plan pour vous repérer.

— À quelle heure fermez-vous ? questionne Rabitt subjugué par le parfum fleuri qu'exhale cette fille qui, penchée au-dessus de son poignet, lui noue un ruban.

— Le centre est ouvert jusqu'à 22 heures 30.

— Je fais une brève reconnaissance maintenant, mais je repasserai sans doute demain en fin d'après-midi pour finir la visite. C'est possible ?

— Oui, bien sûr. Prenez votre temps. L'accès général est par ici, lui dit-elle en lui désignant l'entrée d'un couloir.

Le Commissaire entre dans une immense salle, dans laquelle sont tracés une demi-douzaine de courts de tennis. Derrière des filets il suit un passage qui sur une cinquantaine de mètres longe les courts, avant de se retrouver à l'extérieur. Là, des chemins en gravette partent dans diverses directions, tous identifiés par l'activité vers laquelle ils conduisent.

Rabitt a une idée en tête, mais elle n'a rien à voir avec le sport. Il est avant tout intéressé par la situation de ce complexe de loisirs, en regard du lieu choisi pour la remise de la rançon. Certes, il a prévu que son client la gère, mais il a l'intention de l'accompagner discrètement, pour veiller à sa sécurité, et peut-être en apprendre un peu plus sur le ravisseur.

Cet endroit semble idéal pour voir sans être vu. C'est ce dont il est venu s'assurer.

Le seul itinéraire qui l'intéresse est celui qui le rapproche du chemin de halage. Cette voie est assez facile à repérer grâce aux grands arbres qui s'élèvent sur la rive de la Seine. Rabitt parvient à l'arrière de la haie qui longe le chemin en moins de trois minutes.

Quelques instants plus tard, il se glisse entre des branches de thuya, exactement en face du ponton de la péniche « Bonheur » !

Malgré la grille qui le séparera de Charles, ce poste de surveillance sera parfait…

Rabitt a le curieux sentiment de retomber en enfance en jouant aux cow-boys et aux Indiens ! Il sourit, mais chasse aussitôt cette pensée inopportune.

Charles a rejoint la voiture et s'y est installé en attendant ce Commissaire peu expansif qui a pris les choses en main, sans lui fournir beaucoup d'explications.

Dans un état second tout à fait inhabituel, il se sent soumis aux consignes que lui donne ce type et, étrangement, il n'a aucune envie de les discuter, mais éprouve plutôt le besoin de les exécuter sans réfléchir. Il s'est abandonné aux événements et accepte de les subir.

Il n'a jamais ressenti un tel sentiment de fatalité.

À l'opposé de son souhait initial d'agir seul, il a remis sa destinée et celle de sa femme entre les mains de ce policier. Ce n'est pas de la confiance, mais plutôt une forme de démission, voire de désespérance. Sans vraiment savoir pourquoi, plus le temps passe, plus sa crainte de ne jamais revoir Julie grandit.

Cet état d'esprit est récent. Quelques heures à peine.

Malgré le courant d'air créé par les vitres largement ouvertes, dans le véhicule, la chaleur est suffocante. Charles transpire.

Il ne peut pas contrôler le discret tremblement qui agite les muscles de ses cuisses…

Il extirpe un mouchoir en papier de la boîte entreposée sur le tableau de bord et s'essuie le front.

Le sang lui cogne dans les tempes.

L'homme qui l'accompagne est censé lui apporter de l'aide, mais il se sent terriblement seul.

Il repense à son fils dont il est toujours sans nouvelles. Ce garçon est injuste avec lui. Pourquoi a-t-il autant de désinvolture et d'ingratitude à son égard ?

Il se demande s'il n'aurait pas été préférable de divulguer toute l'affaire à la police, lorsque Rabitt ouvre la portière et s'installe au volant.

Au cours du trajet retour, le Commissaire n'est pas plus loquace. Il semble réfléchir.

Pour sa part, Charles ne lui pose pas de questions.

L'un est concentré. L'autre, désabusé, se laisse porter.

L'intermède du centre de loisirs n'est même pas évoqué entre les deux hommes.

La circulation est fluide et la température bien plus supportable avec la climatisation. Charles se surprend à dodeliner de la tête, prêt à somnoler, comme si aucun souci ne le tracassait. Cet état lui est étrange et nouveau. À la fois plaisant en raison de l'espèce de béatitude dans laquelle il évolue et inquiétant tellement il diffère de son caractère.

Il sort de sa léthargie lorsque le Commissaire stoppe devant son portail.

Rabitt, lui-même, trouve curieuse l'apathie de son client. La remise de la rançon doit avoir lieu demain soir et il est pressant d'organiser l'opération afin qu'elle se déroule dans des conditions de sécurité optimum pour Charles et pour sa femme.

Dans la voiture, il a senti Charles déboussolé et le trajet ne lui a pas paru être le meilleur moment pour lui dévoiler sa stratégie et le mobiliser efficacement.

Il souhaite lui parler calmement, les yeux dans les yeux.

— On peut prendre quelques minutes pour discuter ?

— Oui. Vous voulez entrer ?

— Je préférerais que l'on ne me voie pas chez vous. On ne sait jamais. Vous êtes peut-être surveillé. On pourrait aller grignoter quelque chose…

*

24

— Bonjour ! Je suis bien avec le Capitaine Delavoy ?

— Oui, répondit William qui, dans son bureau du 12ᵉ, attentivement penché sur dossier, tortillait les poils de sa moustache entre le pouce et l'index.

— Jean-Philippe Gosse, je suis le directeur de l'hôtel Tropical Paradise. Mon réceptionniste m'a fait part de vos recherches au sujet de personnes qui auraient séjourné chez nous. Que voulez-vous savoir en fait ?

— Merci de m'avoir rappelé. Nous enquêtons actuellement sur un couple et nous souhaiterions savoir si ces personnes ont été vos clientes.

— De qui s'agit-il ?

— De Charles Jeanselme et de son épouse Julie.

— Comme vous l'a dit mon employé, nous avons changé de logiciel, mais à cet instant j'ai sous les yeux le listing et le tableau d'occupation de l'établissement depuis son ouverture. Une seconde s'il vous plaît… Effectivement ces deux personnes ont séjourné à l'hôtel du 7 au 18 octobre 2020.

Cette confirmation fit balbutier William qui ne trouvait plus ses mots.

— Vous, vous… vous êtes sûr ?

— Je ne vois pas pourquoi je vous raconterais des histoires, Inspecteur.

— Capitaine, monsieur Gosse… Capitaine…

— Excusez-moi, Capitaine.

— Vous pouvez m'envoyer une copie de votre cahier de réservation ?

— Bien sûr. Je vous adresse cela dans l'heure qui suit. Par SMS, sur votre portable, c'est bon ?

— Parfait. Merci, merci beaucoup !

William était euphorique. Cette confirmation renforçait ses suspicions et prouvait que Jeanselme lui avait raconté des salades. Il était désormais certain que, bien qu'il se soit désavoué dans la foulée, le type avait reconnu la valise de sa femme ! Du bout des lèvres, il avait admis un séjour sur l'île de Nocy Be, mais lui avait menti sur le nom de l'hôtel. Ses semi-confessions et ses dissimulations, confrontées à la révélation du patron de l'établissement, attestaient quasi définitivement l'appartenance de cette fameuse valise bleue. La question était de savoir pourquoi cet homme cherchait à détourner l'attention de ce bagage ?

William, qui avait ôté sa casquette, glissa ses cheveux grisonnants à l'intérieur d'un élastique pour réajuster son catogan. Ainsi coiffé, il avait l'air moins bohème. Puis, il épousseta les pellicules tombées sur ses épaules, après quoi, il se précipita dans le bureau de sa cheffe.

— Je pense avoir retrouvé le propriétaire de la valise, clama-t-il triomphalement en tapant le plat de la main sur la table de travail de Maggie.

— Tu crois ou tu es sûr ? rétorqua Maggie qui, lentement, quitta son écran des yeux pour les braquer dans ceux de son adjoint.

— Presque sûr ! Je viens d'avoir le directeur du Tropical Paradise, il m'a confirmé que le couple Jeanselme a séjourné dans son établissement, il y a environ trois ans. J'ai compris que le type m'avait menti parce qu'il avait deviné que j'étais de la police.

— Bravo mon petit William ! Mais fais gaffe aux conclusions hâtives. Nous pouvons seulement déduire qu'il ne souhaite pas qu'on le mêle à cette histoire de valise. C'est certainement la raison qui le pousse à refuser de reconnaître le bagage de sa femme. Pour l'instant, cela ne le rend coupable de rien, mais bien sûr, il ne faut pas le lâcher. Tu l'as rappelé ?

— Non, j'attendais d'avoir ton avis.

— Ne le mettons pas en alerte. Il me semble préférable de le rencontrer le plus innocemment possible. Il ne doit pas se douter qu'on le soupçonne de nous cacher des choses. Ce soir, on va à nouveau se pointer chez lui. On finira bien par le trouver… Préviens ta femme que tu rentreras sans doute un peu tard !

25

À Ville-d'Avray, c'était un des rares endroits du coin où il était possible de manger à presque n'importe quelle heure.

À l'arrière de la salle de restaurant, dans une petite cour, un majestueux tilleul ombrageait trois tables. C'est là que Charles Jeanselme et Joseph Rabitt s'étaient installés pour discuter.

Charles avait conduit son protecteur à ce burger situé dans la Grande-Rue de Ville-d'Avray, à dix minutes de sa demeure. Il y était venu une fois et avait apprécié le calme de cette partie de l'établissement qui, comme il l'avait pensé, était désert en ce début d'après-midi. Dans cette cour, l'atmosphère était moins fraîche que dans la salle climatisée qu'ils avaient traversée, mais leurs propos étaient plus à l'abri d'une indiscrétion.

Dès leur commande passée, Rabitt avait posé les deux coudes sur la table et avait incliné son buste au-dessus de ses couverts, afin de parler au plus près de l'oreille de son client. Charles avait croisé les jambes et avait fait de même dans sa direction. Il semblait beaucoup plus attentif et éveillé que ces dernières minutes. Peut-être en raison d'un sursaut de curiosité, à moins que ce soit d'un regain d'angoisse, à guère plus de vingt-quatre heures d'une échéance qui pouvait être vitale ?

— Vous êtes prêt ? chuchota Rabitt.

— Euh… Oui, mais à quoi ?

— Ben… À assumer le versement… À éventuellement affronter le ravisseur… À garder votre sang-froid… ?

— Je vais essayer. Je crois que je n'ai plus d'autre choix, répondit Charles, un peu paniqué. Quels conseils pouvez-vous me donner ?

— Il faudra faire exactement ce qu'il vous demande dans son message. Vous avez la somme en billets de cent euros ?

— Oui.

— Je pense que cela ne représente pas un gros volume ?

— C'est vrai, 100 000 euros en billets de cent euros, ça fait une pile d'une dizaine de centimètres et ça pèse moins d'un kilo.

— Oui, j'avais cette notion, commenta le Commissaire. D'ailleurs, je crois que c'est une des raisons pour lesquelles on a supprimé les billets de cinq cents euros. Il était trop facile de transporter des sommes énormes dans une poche de veste. Je vous conseille de faire deux ou trois liasses. Emballez-les dans un plastique transparent et mettez-les dans une grande enveloppe. Concernant le rendez-vous, vous avez pu constater que le lieu est peu fréquenté, mais pas désert. Vous n'êtes donc pas à l'abri d'une rencontre. C'est d'ailleurs ce qui m'intrigue ! J'imagine difficilement un échange sur le quai à la vue des passants et encore moins dans la fameuse péniche. Il faut peut-être vous attendre à effectuer un jeu de piste.

— Et vous ? s'enquit Charles.

— Tranquillisez-vous, je vous aurai à l'œil et je vous sécuriserai.

— Comment ça ?

— Je préfère ne rien vous dire, afin que votre attitude n'éveille aucun soupçon. Mais rassurez-vous, je serai dans les parages. Si ça vient à mal tourner, vous pourrez compter sur moi. Il n'y a pas de raison, mais il vaut mieux tout prévoir, dit-il pour apaiser Charles.

Mais il regretta aussitôt ses dernières paroles susceptibles d'accroître son stress !

— Je passerai chez vous en fin de matinée. Habillez-vous sobrement. Mettez un blouson léger dans lequel vous cacherez le paquet. Et surtout, à partir de maintenant, vous coupez votre téléphone, vous vous cloîtrez dans votre maison, vous ne consultez pas Internet, vous ne regardez pas la télé et vous n'ouvrez à personne, jusqu'à demain. Promis ?

— Promis, lui dit-il à l'instant même où le serveur arrivait avec deux énormes hamburgers dégoulinants de Cheddar, de salade, de viande hachée et de sauce.

Charles ne comprenait pas vraiment la nécessité de toutes ces précautions, mais il s'y plierait.

*

26

Après avoir rejoint son domicile, Rabitt était aussitôt allé sur son ordinateur.

Le lieu du rendez-vous était à présent affiché à l'écran, sur la page de Google Maps.

Il essayait de comprendre ce qui avait poussé le kidnappeur à choisir cet endroit.

La seule explication qu'il voyait était le fleuve. Sa proximité permettait d'arriver avec une vedette rapide et la présence de cette île entre les deux bras de la Seine renforçait ses convictions. Une fois le butin en poche, le ravisseur pouvait contourner cette bande de terre et débarquer à l'abri des regards sur l'île elle-même ou sur la berge d'en face, très près ou très loin de son point de départ. Sauf à posséder un engin du même type pour engager des poursuites, les échappatoires étaient donc nombreuses, d'autant qu'il n'était pas exclu qu'un complice trouble ou favorise sa fuite. La densité de l'habitat et les multiples rues et chemins qui parcouraient l'ensemble des rives étaient des atouts supplémentaires.

En fait, le ponton du bateau « Bonheur » était idéalement situé, à proximité de la pointe nord de l'île de la Loge et à distance du premier pont permettant d'accéder à cette bande de terre de près de deux kilomètres.

Cette fameuse vedette se mettrait probablement à couple avec la péniche « Bonheur ».

Le poste d'observation qu'il avait trouvé était donc parfait.

Il l'avait tu à Charles, mais il ne pensait pas que sa femme soit relâchée sur le champ.

Tant qu'elle était détenue, elle sécurisait la fuite du ravisseur. Elle ne serait sans doute libérée que lorsqu'il se sentirait hors de la zone de recherches.

Le Commissaire était toujours convaincu que ce rapt était le fait d'un amateur et il n'imaginait pas que cela puisse se terminer par l'exécution de Julie, mais il n'envisageait pas pour autant de partir à la poursuite de ce minable maître chanteur. Il avait surtout l'intention de veiller au bon déroulement de l'opération et espérait ne pas avoir besoin d'intervenir. Mais si une possibilité de le pister se présentait, il n'hésiterait pas.

Rabitt se leva de son siège et se dirigea vers un placard mural. Il en sortit une caisse à outils dans laquelle il prit une pince coupante. Puis il se rendit dans sa chambre, ouvrit le tiroir médian d'une belle commode en chêne, et écarta les paires de chaussettes qui y étaient entassées pour faire apparaître un étui en cuir dans lequel était logé son pistolet de service. L'arme était toujours en parfait état de marche. Rabitt fréquentait peu le stand de tir, mais il prenait soin de nettoyer son Sig-Sauer après chaque utilisation. Il glisserait les balles dans sa poche juste avant de partir. Enfin, il revint dans son salon. Sur l'étagère d'une console, il prit le boîtier de son appareil photo et vissa le zoom Nikon de 28/300 qui était à côté. Une petite folie à mille cinq cents euros qu'il ne regrettait pas.

Il songea ensuite aux vêtements qu'il mettrait demain soir, puis disposa le reflex, la pince coupante et l'arme sur la table. Il eut soudain une pensée pour son commanditaire et un léger sourire intérieur. Il ne l'imaginait certainement pas en train de préparer de tels outils pour satisfaire la mission plutôt banale qu'il lui avait confiée : retrouver la femme volage d'un riche patron !

Il était d'ailleurs temps pour lui d'envoyer un état de ses activités à la Chancellerie, faute de quoi il ne tarderait pas à recevoir un rappel à l'ordre. Il n'avait cependant pas envie de donner tous les détails de ses prochaines occupations.

Un court instant, Rabitt douta.

Ne s'était-il pas engagé dans une affaire trop complexe pour un homme seul ?

La surveillance de l'ensemble des rives du fleuve et un ou deux bateaux rapides auraient été certainement judicieux pour assurer une parfaite sécurité et éventuellement appréhender le malfrat.

Il espérait ne pas avoir à regretter son individualisme et son excès d'ambition.

*

27

Malgré les courants d'air et les rares ventilateurs poussés à leur plus haut régime, la chaleur avait fini par franchir les murs épais du commissariat et ne ressortait plus. Elle plongeait le personnel dans une forme de léthargie peu propice aux efforts de réflexion. Exception faite de la Commandante qui semblait conserver son énergie intacte !

Il était un peu plus de 16 heures lorsque Maggie Charbonnel réclama à William de la rejoindre dans son bureau.

— J'ai pu obtenir des renseignements sur Julie Jeanselme et même quelques photos, lui dit-elle. Son profil correspond parfaitement au décryptage de l'ADN du cheveu retrouvé dans la charnière de la valise. Par ailleurs, la copie du cahier de réservation confirme la présence du couple dans cet hôtel à une date cohérente avec l'édition du sticker collé sur la valise. Tu as donc raison, la valise est bien celle de madame Jeanselme ! À nous de découvrir pourquoi son mari ne veut pas que cela se sache.

— O.K, acquiesça William, ravi d'être à l'origine de ce que sa cheffe considérait désormais comme un élément majeur.

— Vers 20 heures 30, nous allons retourner à leur domicile, poursuivit Maggie. C'est à ce moment-là que nous aurons le plus de chances de trouver le mari ou la femme, voire les deux. L'objectif de notre visite ne sera ni de prouver que madame transportait illégalement des fonds ni d'assigner monsieur pour faux témoignage. Il sera principalement de découvrir la raison de ce déplacement d'argent. D'où provient-il et à qui était-il destiné ? N'oublions pas que cette valise peut nous conduire sur la piste d'un commerce illicite.

William secouait lentement la tête pour accompagner les paroles de sa cheffe. Il savait ce qu'elle voulait lui dire mais ne la coupa pas.

— Tu sais comme moi, continua-t-elle, que certains notables n'hésitent pas à s'impliquer dans des trafics mafieux, voire même à prendre la tête de réseaux. Ça me ferait vraiment plaisir de faire tomber un gros bonnet ! dit Maggie en ponctuant sa phrase d'un coup de poing rageur sur la table. Mais, poursuivit-elle, rappelons-nous que ces gens-là ont inévitablement de fortes relations dans le monde de la politique et même de la justice. Alors, on y va sur la pointe des pieds ! Pas question de nous ramasser une gamelle. Je compte sur ta diplomatie et ton sens du devoir… On se présente avec une belle photo A4 de la valise… Si on a la chance de tomber sur madame, elle devra nous confirmer qu'il ne s'agit pas d'un de ses bagages. Ensuite, on lui demandera de nous montrer celui qui pourrait lui ressembler. Par simple curiosité, bien sûr, dit-elle en faisant un clin d'œil à son adjoint ! Si l'homme est seul, ce sera à lui de nous répéter qu'il y a erreur sur la valise de sa femme. On analyse les réactions de chacun, après quoi nous aviserons en fonction. C'est clair, William ?

Pour l'instant, on y va juste « Pour voir », comme au poker, et on ne se comporte pas en bourrin… L'objectif est de remonter le fil. O.K ?

— O.K. répondit William.

Durant tout ce long monologue, William avait caressé sa moustache en hochant du chef.

Si lui transpirait à grosses gouttes, cette chaleur suffocante ne semblait pas ralentir l'ardeur de sa patronne.

Cela faisait plusieurs fois qu'elle lui tenait le même discours de précaution, exactement comme si elle craignait des représailles, mais c'était son habitude. Cette fille n'avançait jamais la tête baissée et surtout pas sans arguments ! En revanche, lorsqu'elle estimait avoir réuni suffisamment d'éléments pour résoudre un problème, plus rien ne l'arrêtait. Surtout pas les combines ou les pressions venues d'en haut ! Maggie était une incorruptible que certains auraient aimé faire tomber.

Cela lui donnait une bonne raison de ne pas faillir.

William pensa qu'elle flairait une grosse affaire. Il pressentait son ambition d'aboutir aux commanditaires, mais la condition du suspect l'obligeait à avancer sur la pointe des pieds. Il avait souvent constaté que Maggie ne s'intéressait aux apparences que pour déceler ce qu'elles cachent.

Pour obtenir le résultat escompté, elle allait toujours au fond des choses, patiemment, obstinément et sans esbroufe. Rien ne l'agaçait autant qu'un flagrant délit qui se terminait par un non-lieu ou une libération sans peine. Cela lui donnait l'impression de bosser pour rien et de perdre son temps.

Lui reconnaissait être beaucoup moins perfectionniste, mais il se demandait quand même si, parfois, elle ne le prenait pas pour un benêt en lui martelant des évidences !

*

28

Il était environ 17 heures lorsque Rabitt avait déposé Charles devant le portail de sa propriété.

En suivant le chemin gravillonné qui conduisait à l'habitation, il avait aperçu le pavillon dans lequel logeait son fils et avait tenté d'y détecter un signe de présence.

En vain !

Les rideaux étaient tirés et les stores vénitiens toujours à moitié baissés.

Dépité, Charles n'avait même pas eu l'envie de s'approcher pour confirmer l'absence d'Antoine. Il s'était avachi dans le canapé du salon et, face à l'écran géant de sa télévision, se demandait pourquoi Rabitt l'avait enjoint à ne pas l'allumer. C'est en se remémorant ses autres recommandations (pas de téléphone, pas d'Internet...) qu'il avait compris la nécessité de n'être ni localisé ni importuné jusqu'à l'aboutissement de leur plan.

Pour se faire oublier, il ne devait utiliser aucun objet connecté !

Vis-à-vis du Commissaire, Charles avait des sentiments à géométrie variable qui oscillaient depuis la détestation totale jusqu'à la confiance aveugle. Un comble pour un grand patron aux idées habituellement bien arrêtées !

Comme quoi, un contexte particulier est à même de changer radicalement un caractère, même lorsqu'il est bien trempé !

Ce soir, Charles jugeait extrême l'interdiction des objets connectés, mais il respecterait la règle malgré sa terrible envie d'appeler Julie.

Après une période d'apathie, d'abandon et de fatalisme, l'inquiétude de Charles grandissait d'heure en heure. Allait-il retrouver sa chérie bientôt ? Le ravisseur la libérerait-il dès qu'il serait en possession de la rançon ? Ne lui aura-t-il pas fait de mal ? Un piège est-il possible ?

Si seulement il pouvait parler à son fils ! Dans ces moments cauchemardesques, il aurait aimé l'avoir à ses côtés.

Charles pensa soudain qu'il ne devait même pas être au courant de l'enlèvement de sa mère, puisque dans les messages qu'il lui avait laissés, il ne l'avait jamais évoqué !

Seul dans cette grande maison vide, Charles n'avait plus l'envergure, le dynamisme, l'opportunisme, l'esprit décisionnaire et visionnaire du brillant patron qu'il était encore quatre jours auparavant. Sa posture n'était plus conquérante.

Il se leva, s'approcha du meuble-bar et se servit un verre de whisky, puis il s'affala dans un fauteuil, avant de déglutir le breuvage en trois gorgées.

À cet instant, il estimait avoir fait une grosse bêtise en refusant de se confier à la police. Cela aurait été sans doute plus simple et moins risqué.

Bien sûr, Rabitt était là pour le conseiller, le diriger et le protéger, mais il semblait avoir accepté ce rôle à contrecœur, sans véritable moyen d'action.

Charles avait choisi cette option avec l'espoir d'obtenir rapidement et discrètement la libération de Julie. Ne pas faire la Une des journaux était une raison secondaire tout aussi espérée.

Il avait pensé que cette décision était préférable pour négocier secrètement avec le ravisseur et assurer la sécurité de sa femme. Mais à présent, il doutait !

L'alcool l'avait un peu grisé, mais pas suffisamment pour lui faire oublier le présent et les heures à venir.

Il se servit un nouveau verre, qu'il but plus lentement que le précédent, en se demandant comment il allait occuper le temps qui lui restait avant ce terrible rendez-vous de demain sur les bords de Seine.

Il alluma sa vieille chaîne Hi-fi et positionna le curseur sur France Info. Son subconscient le poussait à s'assurer qu'aucun enlèvement n'était signalé et surtout qu'aucun cadavre de femme n'avait été découvert.

Après vingt minutes d'informations qui tournaient en boucle, et une troisième dose de whisky, rasséréné, il s'était assoupi les mains croisées sur l'abdomen...

29

Un important embouteillage avait retardé William et Maggie.

Le soleil était déjà bas sur l'horizon lorsque, bien plus tard que prévu, ils s'étaient arrêtés devant le portail de la famille Jeanselme ! Malgré cette heure avancée, cet interminable trajet les avait incités à ne pas renoncer à rencontrer les propriétaires.

Ils justifieraient leur visite par la nécessité de quelques renseignements.

Ils les interrogeraient le plus naïvement possible, sans les alerter, comme s'il s'agissait d'une banale routine administrative.

— L'objectif se limite à faire répéter ses mensonges à monsieur et avoir par madame la confirmation qu'elle est toujours en possession de sa valise bleue, répéta Maggie. Ce sera l'occasion d'observer leurs réactions. Si nos soupçons sont fondés, plus tard, nous aurons le temps de convoquer ces personnes, de les pister et même de les mettre sur écoute. Tu as bien saisi, William ? martela sa cheffe. On ne les serre pas ce soir !

En sortant du véhicule, William acquiesça d'un signe de tête, manifestement agacé par la répétition de ces consignes.

La caméra placée au sommet du poteau et celle intégrée dans le boîtier de la sonnette fixaient les policiers. Maggie se demanda si elles étaient opérationnelles et si leur arrivée avait été détectée.

William appuya sur le bouton et entendit les notes du carillon.

Sans réponse, il le pressa à nouveau quelques secondes plus tard, sans qu'aucune présence ne se manifeste. Dans les jours du portail, l'un et l'autre tentèrent de percevoir de la lumière, une voiture, un signe de vie, mais à quatre ou cinq mètres, la vue butait toujours sur un taillis qui ne laissait rien percer.

La veille, ils avaient constaté la double protection de la propriété, qui était cachée derrière un muret et une haie. Il était impossible de distinguer le moindre bâtiment.

Maggie proposa d'aller à l'arrière du domaine, jusqu'au portillon qu'ils avaient repéré hier. La maisonnette était plus proche de la clôture et peut-être y détecteraient-ils la preuve d'une présence.

Ils remontèrent dans leur voiture. Trois virages et deux rues plus loin, ils s'arrêtèrent sur le trottoir à quelques mètres de l'entrée. Derrière la grille, de part et d'autre du perron du pavillon, les hortensias étaient toujours en souffrance. Rien n'avait bougé depuis leur dernière visite. Aucune lumière n'était perceptible et il était impossible de savoir si un véhicule stationnait à l'intérieur de l'enceinte.

— Apparemment, il n'y a personne, dit William, mais il ne semble pas très difficile d'escalader le portillon pour en avoir le cœur net.

— Tu plaisantes, j'espère ! rétorqua fermement Maggie. D'abord en raison de ton embonpoint je ne suis pas sûre que tu y parviennes, poursuivit-elle avec ironie, ensuite, ça m'étonnerait que le maître des lieux ait oublié d'équiper de caméras l'arrière de son domaine... Je vois déjà le titre demain dans la presse : « un Capitaine de police pris en flagrant délit d'incursion dans la propriété d'un patron du CAC 40 » ! Je te rappelle qu'à cette heure nous n'avons aucun élément d'accusation à l'encontre de ce monsieur. Seulement un gros doute sur ses déclarations. Par ailleurs, souviens-toi qu'il ne s'agit pas de n'importe qui.

Une nouvelle fois, William trouva sa cheffe d'une prudence inhabituelle. Il l'avait connue beaucoup plus déterminée et entreprenante dans des situations similaires. Il s'en étonna, mais ne le formalisa pas.

— On pourrait interroger les voisins. Ils ont pu être témoins d'allées et venues...

— Tu arrêtes de dire des conneries ! Pour l'instant, on fait profil bas. En revanche, puisque tu as son téléphone, appelle-le ! On aura peut-être la chance de lui parler, à défaut de savoir où il est... Tu lui demandes juste si sa femme est toujours en possession de sa valise.

— Si ça se trouve, ils sont chez eux, mais ils nous ont repérés avec les caméras.

— C'est possible.

William composa deux fois le numéro. Pour chacun des appels, le répondeur se déclencha dès la première sonnerie. Le téléphone était sans doute éteint. En agitant son index, devant sa bouche, puis en le posant sur ses lèvres, Maggie lui fit comprendre de ne pas laisser de message.

— On va attendre d'avoir le retour ADN des mégots avant d'aller plus loin, lui signifia sa cheffe. Assez pour aujourd'hui, on rentre, lui dit Maggie.

Au même instant, un cabot se mit à aboyer furieusement dans une propriété voisine.

*

30

Avachi sur son canapé, bercé par le ronronnement de la radio, Charles avait dormi plusieurs heures.

Il se rappelait avoir eu maille à partir avec un moustique qui l'avait sorti d'un cauchemar au cours duquel il se noyait en tentant de remonter à la surface le corps inerte de Julie qui gisait au fond d'un lac. La piqûre de la bestiole l'avait réveillé, mais les résidus d'alcool l'avaient à nouveau ensommeillé. Plus tard, il avait entendu les aboiements répétés du chien du voisin. C'est alors que, sans sortir de sa torpeur, Charles avait éteint la radio, puis s'était rendormi sans éprouver le besoin de rejoindre son lit.

Vers 3 heures, en raison de la climatisation, il eut des frissons, ouvrit grand les yeux et retrouva un brin de conscience.

Il récupéra le plaid qui traînait sur un fauteuil et s'y lova sans pouvoir trouver le sommeil. Il pensa à la péniche, au chemin de halage, à Rabitt, à Julie bien sûr.

Où était-elle maintenant ? Lui avait-on fait du mal ? Il s'inquiétait pour la journée à venir. Une journée capitale ! Peut-être la plus importante de sa vie. Il se questionnait toujours sur son choix. Était-il encore temps de changer d'option ?

Et son fils, où était-il lui aussi ? Un accident était certainement la raison de son silence. Hospitalisé peut-être ? Il n'avait aucun moyen de lui venir en aide, de lui dire « je t'aime » !

Charles gambergea également au sujet de ses affaires... Son adjoint suppléait-il convenablement à son absence à l'entreprise ? Ses équipes devaient s'inquiéter...

Soudain, il songea à la valise de Julie. Il était sûr que cette valise était celle de son épouse. Pourquoi ce policier s'y était-il intéressé ? Quelle raison le poussait à retrouver son propriétaire ? Pourquoi Julie avait-elle abandonné son bagage ? Et où ? Quel rapport y avait-il avec son enlèvement ? La police était-elle déjà au courant ? Il n'aurait peut-être pas dû mentir...

De peur que cela complique les choses, il n'avait toujours pas envie de parler de cette histoire de valise au commissaire Rabitt...

Seuls les insomniaques savent la multitude et le nombre de pensées que l'on peut ressasser lorsque le sommeil ne parvient pas à déconnecter le cerveau. Si pour certains la nuit est une source d'inspiration, pour la plupart elle est le terreau d'angoisses et de remises en question.

Charles était dans ce deuxième cas de figure.

Pour chasser ses idées noires, vers 5 heures 30, il tenta de se rendormir après avoir tiré les rideaux et baissé les volets roulants pour se protéger du soleil matinal, qui déjà inondait le salon. Sans succès !

Finalement, à 6 heures, il décida de quitter le canapé, se rendit à la cuisine et mit en route la machine à café. Il n'avait pas faim, mais s'obligea à manger une biscotte beurrée qu'il trempa dans sa tasse fumante et non sucrée.

Chaque jour au petit déjeuner il avait pour habitude de prendre le sachet de Kardégic que son cardiologue lui prescrivait depuis ses 50 ans, mais ce matin il n'avait pas envie de se plier à cette contrainte. À quoi bon s'astreindre à un rituel aussi dérisoire, lorsqu'on ignore son efficacité et que l'on croule sous les emmerdes ?

Dans le hall, il s'immobilisa devant le miroir et y trouva une raison supplémentaire de déprime. Il avait la tête d'un SDF qui a passé la nuit sur un banc public. Cheveux en bataille, teint blême, yeux vitreux, paupières lourdes et une barbe grise de deux jours. Mais plus encore que son visage fatigué, c'est le reflet de son allure négligée qui le choqua.

Il ne se reconnaissait plus. Même son dos était plus voûté qu'à l'accoutumée... Comble de la déchéance, il sentait le chacal !

L'idée lui vint de se cloîtrer dans l'obscurité de sa chambre et de fermer son esprit à toute pensée.

Ne plus subir les événements, s'abandonner, se laisser aller.

Mourir peut-être, et oublier...

Quand soudain dans le miroir apparut l'image de Julie...

Avec ses longs cheveux bruns flottants au vent, elle était magnifique ! Son sourire était le plus formidable symbole du bonheur, ses yeux noirs brillaient d'amour...

Victime d'un choc émotionnel, Charles se mit à tressaillir. Un éclair lui transperça le crâne et cet électrochoc sembla le ramener à la vraie vie !

Il est fou de constater que parfois une pensée subite, et souvent simple, peut faire basculer la destinée du bon ou du mauvais côté. Il suffit d'un mot, d'une vision, d'une contraction musculaire, d'une odeur même, en tout cas de guère plus d'une seconde, pour que l'on tombe, ou pas, dans le vide...

Julie l'aimait, il l'aimait et cela, rien que cela, mais tout cela justifiait qu'il s'accroche, qu'il reprenne pied et se batte pour la retrouver.

Pour elle, pour lui !

Bien plus que ses affaires, sa femme donnait un sens à sa vie. Il se redressa, fit un timide sourire au miroir, d'un coup de main il repoussa une mèche sur l'arrière du crâne et d'un pas décidé fila à la douche.

*

31

Il était 10 heures 50.

L'atmosphère moite avait une curieuse odeur salée.

Un rayon de soleil dardait un coin du plancher.

La chaleur commençait à monter.

Charles, parfaitement soigné, habillé et parfumé, était assis devant l'imposante table en chêne de sa salle à manger. Il avait terminé le recomptage des billets et les avait glissés dans une grande enveloppe Kraft, étonné qu'une aussi grosse somme puisse se résumer à un si petit volume.

L'homme d'affaires était habitué aux importants transferts d'argent, mais ils étaient presque toujours virtuels et il n'avait jamais manipulé autant de coupures lui-même.

C'est alors qu'avait retenti le carillon de l'entrée.

Charles s'était rendu dans le hall pour vérifier sur l'écran de contrôle s'il s'agissait bien du visiteur attendu et avait commandé l'ouverture du portail.

En suivant le chemin gravillonné, la voiture grise se glissa entre les bosquets et se gara sur la pelouse, en face du perron depuis lequel Charles observait Rabitt faire sa manœuvre.

Le Commissaire claqua la portière et le rejoignit d'un pas alerte.

— Salut, Charles, ça va ?

— Super !

Charles affichait un visage souriant et un entrain que Rabitt ne lui avait jamais connus. Il prit Rabitt par l'épaule et le conduisit dans le séjour. L'immense baie vitrée de cette vaste pièce ouvrait directement sur la terrasse.

— Tout est là-dedans, signifia Charles d'un air réjoui en montrant la pochette posée sur la table.

— Il faudra la glisser sous votre polo avant d'arriver au lieu de rendez-vous et ne surtout pas vous balader avec l'enveloppe à la main.

— On peut se tutoyer ? s'enquit soudainement Charles.

— Bien sûr, je n'osais pas te le proposer, rétorqua Rabitt en affichant un sourire complice.

Cette forme de connivence était un atout supplémentaire pour affronter l'épreuve à venir.

Charles, qui jusqu'à présent subissait les événements, donnait à cet instant l'impression de vouloir en prendre la direction, non seulement par des questions précises, mais en devançant les réponses.

Ce tutoiement qui rapprochait les deux hommes semblait le bienvenu.

— J'imagine que tu as tout prévu pour ma sécurité, dit Charles. Je te fais confiance. Le type va, d'une manière qu'on ignore encore, récupérer le paquet et je suppose qu'il ne libérera Julie qu'après s'être mis à l'abri. Il n'a pas de raison d'en vouloir à ma personne, conclut-il apparemment tranquillisé.

— En principe, non. Mais on ne sait jamais, il y a parfois des dingues. Il te faudra quand même être très vigilant et, si besoin, te montrer humble et docile jusqu'au bout. Le ravisseur doit rester convaincu qu'il dirige tout. Nous n'avons aucune information sur la façon dont il envisage l'échange. J'imagine qu'il va arriver en bateau, ou du moins par le biais du fleuve, mais il peut te proposer un véritable jeu de piste. Il y a de fortes chances pour que tu ne le rencontres pas, car il va forcément prendre des précautions pour éviter d'être identifié. En revanche, on ignore s'il te connaît personnellement.

— Effectivement, cette donnée est un vrai mystère. Je doute cependant que ce soit quelqu'un de mon entourage, mais il semble savoir qui je suis et où je travaille.

— Il ne t'a pas échappé que c'est ton fric qui l'intéresse. Il n'a pas choisi ta femme au hasard et le montant de la rançon est à la mesure de ce qu'il imagine pouvoir te soutirer facilement.

— Oui, ça, je l'ai compris… Tu veux un café ?

Charles et Rabitt se dirigèrent ensemble vers la cuisine, jusqu'à l'imposante machine à café semi-professionnelle du couple Jeanselme.

Malgré les inconnues de cette indéfinissable fin de journée, les deux hommes semblaient sereins.

Curieusement, c'était Charles qui, désormais, en affichant sa confiance et sa détermination, contribuait à instaurer ce climat.

Rabitt était conscient du numéro d'équilibriste qu'il avait imprudemment choisi et savait qu'en cas d'échec ses commanditaires seraient aux abonnés absents. Il pensa indispensable de répéter une nouvelle fois le scénario prévu.

Charles l'écouta attentivement.

— Nous partirons tôt afin d'éviter tout problème de circulation et nous nous garerons dans le même secteur qu'hier. Vers 19 heures 30, je te quitterai pour aller me poster. À 19 heures 45 précises, tu sortiras de la voiture et tu rentreras dans le lotissement. Tu emprunteras le passage que tu connais, pour rejoindre le bateau « Bonheur ». Tu patienteras sur le quai, exactement en face du ponton.

— Où seras-tu ? questionna Charles.

— Pas très loin de toi, mais je préfère ne rien te dire afin que ton regard ne me cherche pas. Cela pourrait mettre le ravisseur en alerte.

— Et après ?

— Après, on attendra… D'ici là, je te propose que nous demeurions ensemble. Tu me fais visiter ton domaine, après quoi je t'invite au resto, clama Rabitt en tapant sur l'épaule de son nouveau complice. On ne panique pas et on reste concentré, mais cela n'interdit pas de se changer les idées, conclut Rabitt en adressant à Charles un clin d'œil de connivence.

32

Depuis le début de la matinée, les yeux rivés sur l'écran de son ordinateur, le capitaine William Delavoy avait multiplié les recherches. Puisque monsieur et madame Jeanselme s'avéraient injoignables, sa cheffe lui avait demandé d'établir une fiche de renseignements sur le couple.

William avait assez rapidement trouvé des photos de l'épouse qui, il y a quelques années sous le nom de Julie Vernal, avait tenu un blog. Elle était toujours très présente sur les réseaux sociaux et il lui avait été facile de découvrir des clichés d'elle, et même de reconstituer quelques bribes de sa vie.

Cette très jolie fille aux longs cheveux bruns, aux traits fins, était dotée d'un corps de rêve. C'est du moins ce qui transpirait sur le blog dont il avait retrouvé une ancienne trace. À l'époque, elle y prodiguait des conseils de beauté. William avait également appris qu'elle était fan de sport et pratiquait la peinture. Elle devait avoir la quarantaine et avait de la famille dans la région lyonnaise.

Curieusement, il lui avait été beaucoup plus difficile d'obtenir des informations sur son mari.

Bien sûr, William connaissait le siège de son groupe à La Défense. Il avait même pu parler à sa secrétaire et à son bras droit.

L'une et l'autre lui avaient appris qu'il n'avait fait qu'un bref passage au cours de cette semaine et qu'il ne répondait plus au téléphone.

Il lui arrivait parfois de partir en province ou à l'étranger, pour rencontrer des chefs d'entreprise et des politiques et de ne pas appeler son bureau, mais cette fois c'était différent. Lors de sa dernière apparition, il était bizarre, avaient-ils dit. « Il a pour habitude de nous faire confiance, mais là, on a eu l'impression qu'il ne s'intéressait à rien ».

Cet homme, qui était pourtant une de plus grosses fortunes françaises, semblait diriger son empire avec une discrétion absolue. Les seuls articles de presse que le Capitaine avait découverts à son sujet étaient très récents et relatifs au classement Forbes France paru il y a quelques semaines. Même sur le site Société.com, son nom n'apparaissait nulle part !

Après plusieurs heures, William avait fini par dénicher une photo sur laquelle on voyait Charles Jeanselme de profil au milieu d'un groupe de personnalités au cours d'une inauguration. De fil en aiguille, il avait pu retrouver son lieu de naissance. Il avait ainsi découvert ses origines grâce à l'état civil de la commune de Chabeuil. Cela lui avait permis de glaner quelques informations sur sa jeunesse drômoise, au pied du Vercors.

Après le Lycée et HEC, il avait commencé sa vie professionnelle en rachetant deux entreprises alimentaires locales avant de s'installer à Paris. Depuis ce nouveau siège, il avait ensuite multiplié les reprises de sociétés en difficulté et monté une chaîne de supermarchés d'hypercentre. L'homme n'avait pas de compte Facebook et n'apparaissait sur aucun réseau social. L'Inspecteur n'avait pas trouvé d'information personnelle, que même son épouse semblait cacher en s'exposant toujours seule, sans jamais évoquer son mari !

William estimait que le riche patron devait avoir une quinzaine d'années de plus que sa jolie femme. En tout cas elle paraissait beaucoup plus jeune que lui !

Sur un post, il avait aperçu Julie avec une cigarette à la main. Il en avait déduit qu'elle fumait, ou avait fumé, ce qui l'avait amené à repenser aux mégots que Maggie avait récupérés devant le portail de leur propriété.

Savoir qu'elle fumait ou avait fumé était certes insuffisant pour affirmer que ces fameux mégots provenaient du cendrier de sa voiture, mais comme l'avait si bien noté sa cheffe, si l'ADN matchait avec celui du cheveu l'étau se refermerait encore plus fortement.

*

33

Rabitt voulait mettre son client dans les meilleures dispositions mentales et il n'avait pas fait dans la demi-mesure !

Il l'avait invité à l'hôtel restaurant les Étangs-de-Corot, à Ville-d'Avray, un établissement étoilé, classé « Relais et châteaux ». Après un excellent repas (sans alcool !) pris sur la terrasse ombragée, face au lac, ils étaient allés marcher dans la forêt toute proche de Fausses Reposes. Sous les ramures, l'atmosphère rafraîchissante était propice à la balade, à l'apaisement et à la concentration.

Depuis quelques heures, Charles trouvait Rabitt beaucoup plus accessible, plus ouvert, moins disert. Un climat de copinage s'était installé entre eux. Grâce à cette complicité, il avait à présent le sentiment d'avoir un vrai co-équipier, et il retrouvait la confiance qu'il avait perdue.

Les deux hommes déambulaient sans but, en bavardant, sans pour autant évoquer les heures à venir.

Sans doute avaient-ils le besoin inconscient de mettre leur cerveau en pause avant le moment fatidique. Leurs discussions tournaient autour des promeneurs, des chiens, de la nature, des rares chants d'oiseaux et des odeurs de résine, mais parfois de longs silences trahissaient l'envol de leurs pensées vers le rapt de Julie. En réalité, leur décontraction n'était qu'apparente. Charles, qui espérait toujours pouvoir joindre Julie ou son fils, demanda à Rabitt de lui prêter son portable, puisqu'il lui avait interdit de prendre le sien.

— Désolé, mais, au cas où une enquête de police serait secondairement lancée, je ne peux pas me permettre d'être tracé et localisé. Mon téléphone est éteint, protégé, et il doit le rester.

Charles ressentit une nouvelle frustration, mais il se doutait de la réponse.

Ils marchèrent longtemps au hasard, et même s'égarèrent avant de retrouver la direction de leur véhicule grâce à un promeneur avisé. Cependant, à quelques centaines de mètres de la clairière aménagée en parking où stationnait leur voiture, Charles décela sur le flan de Rabitt une boursouflure qui déformait son polo Lacoste. Jusque-là, il n'y avait pas porté attention, mais à cet instant il eut l'impression que son compagnon cachait quelque chose.

— Tu veux me faire concurrence ? Tu t'entraînes au transport clandestin de billets ? ironisa Charles à l'adresse de son nouveau compère.

Rabitt se contenta de soulever légèrement son polo, pour découvrir une sorte d'étui, suspendu à des bretelles

— C'est un pistolet ! s'exclama Charles qui avait déjà vu ce type de holster dans des séries policières.

— Oui… Je dois assurer ta protection, il me semble !

Charles n'avait pas un seul instant pensé aux armes à feu dans le contexte de cet échange et surtout pas pour sa défense.

Rabitt ne lui avait-il pas expliqué qu'il ne serait très probablement jamais en contact avec le ravisseur ? Quel besoin avait-il donc de s'armer ? Si ce fameux ravisseur s'apercevait qu'il est menacé, ne serait-il pas furieux et ne deviendrait-il pas plus violent, plus radical, moins enclin à libérer Julie ?

Mais surtout, il n'avait jamais imaginé être protégé par un pistolet…

Un engin susceptible d'entraîner la mort !

Durant une bonne minute, Charles assaillit Rabitt sous un flot de questions et de mots indignés, sans lui laisser de temps de réponse. Le Commissaire sentant que son client perdait confiance en lui et en son plan, prit alors Charles par le bras et l'entraîna vers le tronc d'un arbre abattu, couché à quelques mètres du sentier.

Il l'incita à s'asseoir à ses côtés.

— Charles, je n'imaginais pas m'engager dans une entreprise si complexe lorsqu'on m'a sollicité pour t'aider à retrouver ta femme, lui dit-il calmement en lui posant la main sur le genou. Sans doute aurais-je dû refuser de poursuivre dès que j'ai eu connaissance de la réalité du rapt. En fait, je n'ai accepté de t'accompagner que parce que tu voulais agir seul et que cela aurait été une catastrophe. Je dois aussi t'avouer que si j'arrive à te sortir d'affaire sans autre dégât qu'une perte financière, ce sera une ligne supplémentaire sur mon CV. Je suis un peu mégalo, tu sais ! poursuivit-il en reposant sa main sur son propre genou. Mais maintenant, je dois aller au bout. J'ai également l'ambition, certes secondaire, mais l'ambition quand même, de retrouver le coupable et de t'aider à récupérer ton argent. Ce qui pourrait me valoir une petite récompense, lui dit-il en le fixant avec un sourire explicite.

— Ce qui compte avant tout pour moi, c'est de revoir ma femme. Je ne souhaite surtout pas que tu fasses du zèle, répliqua aussitôt Charles.

— Ne t'inquiète pas. Dans mon métier, le zèle est généralement contre-productif, mon objectif est de te protéger et ne pas laisser passer une occasion de réunir des indices pour après. Je veux dire, une fois que tu auras Julie dans tes bras. Mon flingue, c'est juste une sécurité supplémentaire. On ne sait jamais ! Mais je peux t'affirmer qu'il a très rarement servi…

— Tu as déjà tiré sur une personne ?

— Ce n'est pas une question que l'on pose à un policier… Pour finir de te rassurer, j'ai le sentiment que le ravisseur n'est pas un gangster aguerri, mais plutôt un opportuniste débutant. Il n'est pas à l'abri d'une erreur qui pourrait le faire tomber.

— Qu'est-ce qui te fait dire ça ?

— Une prémonition, une simple prémonition…

*

34

Maggie tressauta, puis frappa son bureau du plat de la main.

Les yeux rivés sur l'écran de son ordinateur, elle lisait le mail qu'elle venait de recevoir du laboratoire.

Pour une fois, les résultats arrivaient rapidement !

L'analyse des restes de cigarette était claire ! L'ADN présent sur les filtres était de sexe féminin et surtout identique à celui du cheveu retrouvé dans la valise.

Les mégots prélevés devant l'entrée du domaine ne pouvaient ainsi être que ceux de cigarettes fumées par madame Jeanselme, ou éventuellement du personnel de maison. Mais le voyage du couple à Madagascar et le sticker éliminaient en partie cette dernière hypothèse.

Monsieur Jeanselme avait donc bien reconnu le bagage de son épouse, mais, pour une raison inconnue, il avait secondairement affirmé le contraire.

Ce ne pouvait être que dans le but de protéger sa femme. Il n'y avait pas d'autre alternative crédible.

La découverte de 100 000 euros en espèces, dans une valise appartenant à la famille d'un riche patron, corsait singulièrement l'affaire.

D'autant plus qu'aucun de ses membres n'était joignable !

Maggie réalisa que ce qu'elle supposait être une banale histoire de trafic évoluait dangereusement vers une disparition de personnes.

— Tu ne m'as pas dit que le couple avait un fils, hurla Maggie à l'intention de William à travers les portes entrebâillées de leur bureau respectif ?

— Oui. Un dénommé Antoine.

— Il fait quoi ce gosse ?

— Je n'en sais rien. Pas grand-chose, je crois ! En tout cas, il ne travaille pas chez Doge, répondit William en pénétrant dans le bureau de sa cheffe pour lui éviter de crier à travers les cloisons.

— Tu n'as pas réussi à le joindre ?

— Non, je te l'ai dit. Mais on doit pouvoir obtenir son numéro par l'assistante de son père.

— Fais-le tout de suite et demande-lui où sont ses parents.

À 17 heures 45, le secrétariat risquait d'être fermé, mais William tenta malgré tout sa chance.

La bonne surprise fut d'avoir immédiatement un interlocuteur en la personne de Pascal Dujardin, le directeur principal du siège de la Défense, avec qui il avait déjà conversé.

En deux mots, il lui expliqua que ne pouvant pas entrer en contact avec monsieur Jeanselme, il avait le besoin urgent de joindre son fils. Avait-il son numéro ?

L'affaire apparut grave à monsieur Dujardin, qui depuis quelques heures s'inquiétait lui-même de ne pas pouvoir communiquer avec son boss. Aussi, il n'hésita pas un instant à lui confier le 06 d'Antoine.

William composa aussitôt ce même numéro qui bascula immédiatement sur le répondeur…

Les trois membres de la famille Jeanselme étaient aux abonnés absents et personne ne les avait vus depuis plusieurs jours !

William revint dans le bureau de sa cheffe.

— Maggie, cette fois il me semble indispensable de demander au procureur l'ouverture d'une enquête préliminaire ciblant le couple Jeanselme !

*

35

Ils avaient quitté la forêt de Fausses Reposes vers 18 heures 45.

Après leur marche, ils étaient revenus au restaurant pour récupérer le sac que le Commissaire avait confié au directeur de l'établissement. Sous recommandations, mais pas trop pour ne pas éveiller l'attention !

En effet, dans ce sac à dos, il y avait une enveloppe contenant 100 000 euros et un appareil photo d'une valeur approximative de 3000 euros ! Avec raison, Rabitt avait préféré ne pas se balader avec ni tenter les pickpockets en laissant le sac dans la voiture !

À cette heure-là en août, le Commissaire avait évalué le trajet entre Ville-d'Avray et Port-Marly à une vingtaine de minutes, mais il voulait prendre de la marge afin de ne pas se retrouver dans un embouteillage ou même être la victime d'une panne ou d'une crevaison, qui aurait bouleversé leur plan.

Avant de quitter la forêt, Joseph avait quelque peu rassuré Charles au sujet de son Sig Sauer, qu'il espérait ne pas avoir à utiliser, mais à l'approche de l'heure fatidique, il le sentait redevenir fébrile.

Durant tout le parcours, Charles n'avait pas pipé mot.

Il était resté figé, le regard fixé sur un point du pare-brise, les mains posées sur l'enveloppe aux 100 000 euros qu'il tenait à plat sur les cuisses.

Rabitt avait constaté son profil soucieux, ses traits étaient tirés, sa peau brillante et sa respiration haletante.

Des signes d'angoisse…

Avec ses habits froissés par la transpiration et ses cheveux blancs, Charles paraissait dix ans de plus que sa proche soixantaine.

À quelques centaines de mètres de leur destination, le Commissaire rompit le silence.

— On va se garer un peu à l'écart de la résidence et on attendra dans la voiture. Nous avons une demi-heure devant nous.

Rabitt trouva facilement une place, non isolée, à l'ombre et à proximité du magasin Lidl. Charles n'aurait qu'à descendre la rue puis tourner à gauche. Il lui suffirait d'être naturel et décontracté, pour avoir l'air d'un riverain… Ce qui n'est pas gagné, pensa Rabitt, en jugeant nécessaire de lui répéter les consignes.

— Tu glisseras l'enveloppe dans ta ceinture, sous ta chemise. Tu quitteras la voiture à 19 heures 45. Tu arriveras en feignant de flâner à 19 heures 59 minutes devant le ponton du bateau « bonheur ». Ni avant ni après ! Là, tu attendras en faisant mine d'admirer le paysage, sans montrer d'impatience. Le ravisseur te joindra sans doute après 20 heures.

Regarde cependant bien l'environnement, car il va probablement te laisser un message du type : « marche 500 mètres en direction du sud et dépose le colis dans la poubelle bleue ». C'est un exemple, mais ça peut être plus compliqué, ou plus simple. Le message peut être écrit sur un mur ou arriver de n'importe où. Peut-être du fleuve ! Il te faudra rester très vigilant, sans montrer d'inquiétude ni d'arrogance. De ton calme et de l'observation des consignes dépendra la réussite de l'échange. Rappelle-toi que le ravisseur n'a rien contre toi ni contre ton épouse, il en veut seulement à ton argent. Donc, si tu lui donnes ce qu'il réclame, tout devrait bien se passer. Et pour éviter la réclusion criminelle à perpétuité, il a tout intérêt à avoir dorloté ta femme…

Charles avait écouté religieusement en secouant parfois la tête pour acquiescer.

Dans un étrange état de soumission, il semblait désormais s'abandonner aux événements, tel un pantin suspendu aux ficelles d'un Commissaire marionnettiste.

Ce n'était pas la posture qu'imaginait Rabitt de la part d'un grand patron. Cette attitude l'inquiétait, mais il poursuivit.

— Je vais aller me poster. Je t'aurai à l'œil et je pourrai éventuellement intervenir selon les circonstances. Mais je préférerais ne pas avoir à le faire ! Tu dois me faire confiance.

Charles ne réclama pas d'explication complémentaire et ne fit aucun commentaire.

— Tu vas quitter la voiture dans exactement huit minutes. Je te laisse un double des clefs. À tout à l'heure. Tu penses bien à tout ce que je t'ai dit. OK ?

— OK, répondit Charles à voix basse.

Rabitt claqua la portière, mit son sac à dos en bandoulière et remonta la rue. Il passa devant l'entrée du supermarché, puis continua vers le nord par une artère parallèle à la Seine. Il marcha environ cinq minutes avant d'arriver en vue du centre de loisirs.

De loin, le portail semblait fermé... De près aussi !

Un panonceau fixé sur la grille annonçait : « *En raison de la rupture d'une canalisation, le centre est exceptionnellement fermé jusqu'à nouvel ordre. Nous mettons tout ce qui est en notre pouvoir pour permettre une réouverture rapide. Nous vous présentons nos excuses pour cette fermeture momentanée. La direction* ».

Une jeune femme vint à son tour lire l'affichette et maugréa...

À l'intérieur, une mini pelle et deux camionnettes d'entreprises étaient garées. Des ouvriers s'affairaient autour d'une tranchée. Il était bien sûr exclu d'escalader le portail et impossible de traverser la réception et. Or, l'unique endroit permettant de pénétrer discrètement dans l'enceinte se situait derrière le bâtiment, le long du chemin de halage, non loin du bateau « Bonheur » !

Malgré la chaleur toujours forte de cette fin de journée, Rabitt sentit son sang se glacer. Son plan était fichu.

Pour autant, il ne concevait pas laisser Charles seul !

Il se souvint de cette portion de grillage qui se développait sur plusieurs dizaines de mètres. Elle lui avait semblé légère...

Il devait trouver un coin tranquille pour s'y frayer un passage sans se faire remarquer par les passants. Le contournement du centre lui imposait un trajet beaucoup plus long, mais il pouvait être une solution pour rejoindre sa planque. En revanche, courir était l'unique chance d'arriver avant Charles qui, à 19 heures 50, était déjà en route...

Son sac bourlinguait d'une épaule à l'autre.

Ses « outils » lui percutaient la colonne vertébrale à chaque foulée. Il n'avait plus ni le souffle ni les jambes d'il y a quinze ans ! Il parcourut cependant plus de quatre cents mètres en cinq minutes. Haletant, il allait tourner et déboucher sur le quai de Seine, lorsqu'il décela une brèche dans la haie.

Au pied des thuyas, le grillage semblait avoir été soulevé par un animal. Il suffisait d'agrandir le passage de quelques centimètres pour pouvoir s'y introduire en rampant.

Avec sa pince coupante, Rabitt sectionna une petite portion de la clôture pour agrandir le passage et se glissa dans l'ouverture. Il tira son sac et se remit à galoper le long de la haie, mais cette fois à l'intérieur du centre de loisirs, à l'arrière des courts de tennis extérieurs.

À l'approche du fameux ponton, essoufflé, il ralentit sa course.

Il était 19 heures 58 lorsqu'il écarta avec précaution quelques ramures pour observer la rive.

Charles n'était pas là !

Son rythme cardiaque, déjà très rapide, s'accéléra encore.

Pourvu que mon bonhomme ait respecté les consignes ! pensa le Commissaire en posant machinalement la main sur son pistolet…

*

36

William était parti rejoindre sa femme et ses enfants vers 17 heures.

Depuis le début de l'été, en raison du travail supplémentaire occasionné par les congés de ses collègues, il n'a pas été très présent pour sa famille.

Dans quelques jours, il pourra enfin profiter des siens dans la petite maison de gardian qu'il a louée aux Saintes-Maries-de-la-Mer.

William adore la Camargue et s'y projette déjà. Depuis une semaine, Maggie le trouve fatigué et il a souvent la tête ailleurs. C'est pour cette raison que sa cheffe lui a ordonné de rentrer chez lui, car en fin de journée, il n'a plus son rendement habituel.

Inversement, Maggie aime travailler au bureau jusqu'à une heure tardive. Personne ne l'attend et elle apprécie de pouvoir réfléchir dans le calme qui, en général, s'instaure au commissariat après 19 heures.

Cette histoire de valise et cette famille dont on ne peut joindre aucun membre l'intriguent d'autant plus qu'elle met en cause un homme important et sans doute très influent.

Sur son bureau, elle a ouvert le dossier que William compile sur l'affaire. Dans les informations qu'il a notées, elle relève que la mère de Julie habite Lyon.

Maintenant, il est évidemment impossible de joindre l'état civil. Elle pense d'ailleurs que trouver dans Lyon, et sans autre détail, une Madame Vernal est illusoire, avant de se raviser. Les Vernal ayant une fille prénommée Julie ne doivent pas être nombreux !

Maggie consulte aussitôt les pages blanches.

Incroyable ! Dans l'annuaire de cette ville, aucun Vernal n'est recensé. Cela ne signifie pas pour autant que personne n'y réside sous ce nom. Cette fois dans la barre de recherche de Google, elle tape « Vernal Lyon ». En faisant défiler les résultats, elle découvre un Jean Vernal, libraire, et quelques clics plus bas, une Pauline Vernal se révèle dans le compte rendu d'une assemblée générale de copropriété qui se balade sur la toile.

Elle ouvre le document ! Elle concerne l'immeuble « Bellevue », situé dans le quartier de la Croix-Rousse. Le nom de Camille Rouveyrol, président de séance, est inscrit sur le procès-verbal. Cette personne étant très vraisemblablement une des propriétaires de la résidence, Maggie lance une recherche dans les Pages blanches. Et, miracle, cette fois, Camille Rouveyrol, domicilié rue Jacquart au Bellevue, apparaît, avec le numéro de sa ligne fixe qu'elle compose aussitôt.

– Bonsoir madame ! Commandante de police Maggie Charbonnel. Désolée de vous déranger à cette heure, mais je suis à la recherche de Camille Rouveyrol.

— Oui, c'est mon mari ! répond à la fois surprise et très inquiète, la femme qui a pris la communication. C'est pour quoi ?

— Rien de grave, et rien qui vous concerne directement. En fait, c'est surtout madame Vernal que je souhaite contacter. Cette dame habite bien votre immeuble ?

— Oui, c'est notre voisine du dessus.

— A-t-elle une fille qui se prénomme Julie ?

— Elle a une fille, mais je ne connais pas son prénom. Elle ne vient pas souvent.

— Pourriez-vous me donner le téléphone de cette personne s'il vous plaît. Sa fille semble avoir disparu. Nous la recherchons.

— Ah bon ! s'exclama l'interlocutrice. Pourtant je crois l'avoir croisée dans les escaliers très récemment.

— Vous rappelez-vous quand ?

— Il y a quatre ou cinq jours, une semaine peut-être !

— Merci pour ce témoignage… Le contact de madame Vernal, s'il vous plaît.

— Le voici 04… Ne le divulguez pas. Elle est en liste rouge.

Aussitôt en possession de ce contact, Maggie compose le numéro de madame Vernal.

— Que se passe-t-il pour que vous me dérangiez à cette heure ? Vous avez une mauvaise nouvelle à m'annoncer ? bougonna l'interlocutrice.

— Non, rassurez-vous.

— Je ne suis pas idiote, vous savez ! Julie, mon gendre et mon petit-fils sont injoignables et c'est la deuxième fois que j'ai la police au téléphone. Alors s'il est arrivé quelque chose de grave, il faut me le dire.

— Comment ça, la deuxième fois ?

— Oui, un policier m'a appelé il y a trois ou quatre jours pour me demander des renseignements au sujet de la visite de ma fille. Un Commissaire, je crois… Vous devez bien être au courant ?

— Un Commissaire ! Vous êtes sûre ?

— En tout cas, c'est ce qu'il m'a dit ! Il voulait savoir si Julie était bien venue à ma maison… Quand elle était partie… Et même si elle ne m'avait rien dit de particulier. Alors, vous comprenez, je veux savoir ce qui se passe. Je suis sa mère.

Maggie était stupéfaite.

Cette histoire de policier était ubuesque. Aucun collègue n'avait pu l'appeler, puisque personne n'avait son contact et qu'elle venait seulement d'obtenir son numéro…

Maggie tenta de rassurer la vieille dame.

Elle lui expliqua qu'une valise bleue avait été trouvée dans un train et qu'elle pourrait être celle de Julie.

— Ma fille avait effectivement sa valise bleue, mais ce n'est pas possible qu'elle l'ait oubliée !

Le jour du retour de Julie concordait avec la découverte de la valise dans le train venant de Lyon. Elle avait dormi une seule nuit, chez sa mère. Elle semblait pressée et soucieuse.

Madame Vernal se faisait un sang d'encre ! Elle ne voyait pas souvent Julie, mais en principe elle répondait à ses appels. Ce n'était pas sa façon d'agir. Elle avait tenté de contacter son gendre et son petit-fils, sans plus de réussite. Pour son gendre, c'était assez courant, car il était toujours occupé par ses affaires. Quant à son petit-fils, ça dépendait des périodes. Ils étaient proches, mais il était un peu fantasque.

Voilà ce que lui avait appris madame Louise Vernal.

Cette fois, il n'y avait plus aucun doute. Les fragments de l'enquête s'imbriquaient parfaitement.

Julie Jeanselme était descendue à la hâte chez sa mère, et y avait passé une nuit, avant de repartir précipitamment à Paris. Au terminus, en Gare de Lyon, elle avait abandonné une valise contenant 100 000 euros en espèces et son mari prétendait qu'elle n'appartenait pas à sa femme, malgré de nombreuses preuves du contraire.

Cerise sur le gâteau, toute la famille avait disparu et un type qui prétendait être policier enquêtait lui aussi !

Si une partie du scénario apparaissait plus clairement, rien ne se simplifiait pour autant !

Il était près de 20 heures. Maggie pensa que pour aujourd'hui elle ne pouvait pas pousser plus loin ses recherches. Elle referma le dossier, curieuse et impatiente d'en connaître la suite.

L'affaire avançait ! Demain, elle savait sur quel fil elle tirerait !

*

37

Rabitt avait très rapidement organisé son poste d'observation.

Deux branches le gênaient. Il avait discrètement cassé la plus petite et avait tordu l'autre, puis, il avait sorti son Nikon et dégagé son holster, avant de s'immobiliser le regard tendu vers la berge, avec le bateau Bonheur et son ponton en ligne de mire.

Il était 20 heures 02 et Charles n'était toujours pas là !

Deux ou trois promeneurs lui masquèrent la vue le temps d'une seconde. Ce n'était heureusement pas la foule.

Il trouva une nouvelle fois ce lieu totalement incongru pour une remise de rançon. Cette dernière heure, la passivité de Charles l'avait inquiété et il appréhendait ses réactions, mais à cet instant, il craignait qu'il ne soit pas au rendez-vous.

Il pensait pourtant l'avoir coaché de son mieux, mais ce type hypersensible et aux changements d'humeur soudains était compliqué à gérer. Même les puissants perdent leur self-contrôle dans des situations inconnues ! pensa-t-il.

Le commissaire en était à ce stade de réflexion lorsqu'une silhouette s'arrêta juste devant son poste d'observation. Il reconnut le blouson gris de son client.
Charles resta un moment immobile avant de se balancer d'un pied sur l'autre.
Joseph Rabitt était à moins de deux mètres de lui. Il aurait pu lui parler, mais il estima préférable de ne pas signaler sa présence.
Charles effectuait maintenant des allers-retours entre le ponton et la haie. Alors qu'il se dirigeait vers lui, Rabitt discerna le paquet de billets qui saillait sur son ventre rebondi. Il était 20 heures 13 et Charles ne semblait pas avoir reçu d'instruction.

L'attente se prolongeait.
À 20 heures 21, le Commissaire entendit soudain un étrange bourdonnement ! Il était comparable à celui d'un frelon et venait de nulle part, mais semblait trop aigu pour être le ronronnement d'un bateau à moteur.
Rabitt n'arrivait pas à en déterminer l'origine.
Alors que le vrombissement grandissait, son regard fut attiré vers le ciel.
Une forme sombre qui, en se rapprochant, prit l'aspect d'un drone de couleur orange apparut entre les cimes de thuyas !
L'appareil descendit lentement et se stabilisa à environ un mètre du sol, exactement à la verticale du ponton du bateau Bonheur. Une cordelette pendait sous la carlingue.

Charles eut un moment d'hésitation avant de s'avancer vers cet engin venu du ciel.

Grâce au zoom de son Nikon, Rabitt observait la scène avec précision.

Il espérait ne pas avoir été repéré.

Malgré la très légère brise, les quatre hélices stabilisaient parfaitement le drone. Seuls d'infimes mouvements de va-et-vient de la caméra indiquaient qu'elle suivait tous les déplacements de Charles.

À l'extrémité de la cordelette pendait un sac transparent, dans lequel on devinait une petite carte.

Durant quelques instants, Charles resta figé devant l'appareil, avant de réaliser qu'il pouvait être porteur d'un message à son intention.

En essayant d'accéder à la carte insérée dans la nasse, celle-ci se développa en dévoilant son ouverture. Il retira le bristol. Dessus était simplement écrit : « Mets l'argent dans le filet ». Charles regarda autour de lui avec le secret espoir d'apercevoir Rabitt et d'avoir son avis sur ce qu'il devait faire, mais il ne le devina nulle part.

C'était à lui de prendre seul la décision.

Rabitt, son appareil photographique à longue focale rivé à l'œil, mitraillait maintenant Charles et le drone. Il s'en voulait de n'avoir pas pensé à cette arrivée par le ciel.

Charles devait mettre le sachet aux 100 000 euros dans la nasse, mais il l'imaginait hésitant.

Rabitt détecta les petits mouvements latéraux qu'effectuait désormais le drone. Ils semblaient inciter

Charles à l'action. Sur son écran de contrôle, le pilote devait s'impatienter.

Finalement, Charles retira l'enveloppe de sa ceinture et l'inséra dans le filet.

Deux secondes plus tard, le drone s'éleva à la verticale à une très grande vitesse.

À contre-jour, avec les rayons du soleil couchant dans les yeux, Rabitt perdit très vite l'engin de vue. Impossible de savoir, ni même de deviner, dans quelle direction il s'éloignait.

En moins d'une minute trente, un peu en dehors du chemin de halage, sur le ponton du bateau Bonheur, 100 000 euros venaient ainsi de s'envoler, en douceur et sans contact, vers une destination inconnue.

C'est bien joué, pensa Rabitt, qui se demandait maintenant s'il n'avait pas sous-estimé le ravisseur !

Il quitta sa planque, convaincu qu'aucun complice n'était dans les parages, et il rejoignit Charles qui, sous le coup de l'émotion, n'avait pas bougé. Il était figé, les yeux rivés dans les nuages, à la fois stupéfait par la simplicité avec laquelle il s'était fait soustraire une belle somme d'argent et très satisfait que cela se soit déroulé sans heurts.

Il eut un mouvement de surprise empreint de peur, lorsque Rabitt lui posa la main sur l'épaule.

— C'est fait, dit-il.

— Oui, répondit Charles, soulagé. Maintenant, il faut espérer que le ravisseur relâche rapidement Julie.

— J'ai de nombreuses photos du drone. On va pouvoir retrouver son modèle, sa marque… qui possède un brevet de pilote, etc.

— Je me fous du drone, hurla Charles. La seule chose qui m'importe est de savoir quand je vais revoir Julie ?

— On s'inquiétera à partir de demain midi. Le ravisseur va d'abord sécuriser sa fuite avant de relâcher ta femme. Après, il tentera de se faire oublier, dit Rabitt en prenant Charles par l'épaule pour l'entraîner vers leur voiture.

Il pensait cependant que rien n'était gagné tant que Julie ne serait pas retrouvée vivante…

*

38

Rabitt avait ramené Charles à son domicile et lui avait proposé de rester avec lui jusqu'au dénouement de l'affaire. Mais il avait refusé sa compagnie, prétextant qu'il souhaitait se reposer.

L'épisode de la remise de rançon l'avait psychiquement épuisé et il préférait être seul.

Les gravillons du chemin craquaient sous ses pas. Les veilleuses solaires à détection de mouvements s'éclairaient au fur et à mesure qu'il approchait de sa villa. Dans sa vaste propriété, sans autre lueur que celle des bornes photovoltaïques et sans signe de vie, Charles se sentit soudain perdu.

Cette fin du jour l'angoissait terriblement.

Il se souvenait des soirs d'été quand Julie souriante l'attendait sur la terrasse illuminée par les lampions qu'elle aimait suspendre… Des apéros et des grillades partagés avec quelques amis… Il avait en tête le fond musical qui résonnait toujours depuis la chambre de leur fils… Mais ce soir, seules les ombres fantasmagoriques des hautes branches de son vieux cèdre accompagnaient ses pas.

Le pavillon d'Antoine restait désespérément plongé dans le noir et le silence n'était troublé que par le bruissement des feuilles !

Charles était anéanti, mais pas en raison du préjudice financier.

La somme de 100 000 euros n'était pas négligeable, mais sa perte n'aurait aucune incidence sur son quotidien et sur le fonctionnement de ses sociétés.

À vrai dire, l'argent intéresse peu ce grand patron.

Certes, il a une existence confortable, mais il exècre l'abondance et déteste les agissements ostentatoires. Son plaisir réside avant tout dans l'acquisition et la valorisation de son capital. Ce jeu est devenu une drogue qu'il vit comme une sorte de Monopoly géant. Finalement, la compétition l'intéresse plus que la prime au vainqueur et l'augmentation de son train de vie. Il investit les gains réalisés par ses sociétés dans l'amélioration de leur rentabilité, le bien-être des salariés et dans de nouveaux rachats.

Bref, Charles Jeanselme ne correspond pas à l'image type du capitaliste !

Mais à cet instant, anéanti par un sentiment d'extrême solitude, le compétiteur a totalement disparu. Et le commissaire Rabitt, malgré les quelques liens qu'ils ont tissés, ne peut rien pour lui.

Charles n'est pas dupe. il sait depuis longtemps que la plupart des personnes qui se prétendent être ses amis n'en veulent qu'à sa richesse et au pouvoir qu'elle lui donne. C'est pourquoi il a volontairement restreint le cercle de ses proches à quelques fidèles et à sa famille. Il n'a, bien sûr, aucun doute sur le désintéressement de Julie et le détachement d'Antoine vis-à-vis de l'argent.

Pendant plusieurs années, avec sa femme et son fils, ils ont formé un trépied solide qui lui a permis de rester debout en toutes circonstances, mais ce trépied a perdu de sa stabilité depuis qu'Antoine s'est éloigné de lui, et sans Julie il s'effondre !

Il a besoin d'eux pour survivre.

Une chaude rafale agite la cime des arbres lorsque Charles introduit la clef dans la serrure.

Dans le hall d'entrée règne la fraîcheur bienfaisante dont il rêvait. Après avoir enclenché les lumières et désactivé l'alarme, il se dirige vers le canapé en cuir rouge du salon, et s'y laisse choir lourdement.

Il reste ainsi un long moment, les bras ballants, les yeux clos et l'esprit vide.

Cet air vivifiant le ressource.

Peu à peu, il se sent mieux. Une odeur subtile flotte dans la pièce. Il devine la touche légèrement poivrée du parfum de Julie.

À défaut de la retrouver aussitôt la rançon versée, il aurait aimé pouvoir l'appeler et être rassuré sur son sort et sur sa libération prochaine.

Cela lui fait penser à son smartphone, qu'il n'a pas consulté depuis presque 24 heures. Julie lui a peut-être laissé un message…

Il lui suffit de tendre le bras pour récupérer l'appareil, qui est toujours sur la tablette. Là où il l'a entreposé et éteint la veille, sur l'injonction du Commissaire.

Il le redémarre et tape le code Pin.

Charles, qui a horreur des systèmes de sécurité, les a tous désactivés. L'écran s'ouvre instantanément sur la page de notifications. Une dizaine de messages vocaux et presque autant de textos n'ont pas été consultés. Il se rend rapidement compte que ni Antoine ni Julie n'ont tenté de le joindre. Charles est dépité !

Il note des appels du bureau et de quelques amis, mais aussi un étrange SMS d'origine inconnue qu'il consulte.

« *Ta femme contre 200 000 € pour mardi minuit. Instructions à venir* ».

Qu'elle est donc cette nouvelle connerie !

Charles relit plusieurs fois le message. Le ravisseur veut encore plus d'argent… Cette histoire est folle !

Jusqu'à quand va-t-il me torturer, se demande-t-il ?

Est-il judicieux de continuer à s'y plier ?

Il n'aurait jamais dû faire confiance à un voyou.

Ce SMS, issu d'un numéro masqué, ne ressemble cependant pas à une plaisanterie.

Alors qu'il commençait à retrouver un brin de sérénité, après la tension suscitée par la remise de la rançon, son moral s'écroule à nouveau tel un château de cartes.

Effondré, Charles demeure sans réaction.

Avachi dans son canapé, le smartphone à la main et le regard toujours figé sur l'écran, il pensait avoir vécu les pires tourments et les plus douloureuses émotions, mais chaque heure de cette journée se révèle plus insupportable que la précédente.

Il est à bout et ne voit aucune issue à son calvaire.

Il ferme les yeux, espérant rendre son cerveau imperméable à toutes pensées.

Peut-être finira-t-il par se réveiller d'un long cauchemar.

Mais non ! Quelques minutes plus tard, il constate que rien ne peut le protéger des assauts de la réalité. Certes, il pourrait verser 200 000 euros supplémentaires s'il avait l'absolue certitude qu'ils suffisent à la libération définitive de Julie, mais cette fois, il lui est impossible de retirer une telle somme sans alerter les banquiers !

Et puis quand tout cela va-t-il finir ?

Après la stupeur et l'abattement, c'est maintenant la révolte qui anime Charles.

La faute en revient à ce satané Commissaire !

Ne lui avait-il pas promis que tout allait bien se dérouler, que le ravisseur était un débutant et qu'il se faisait fort de le démasquer puis de le remettre à la justice ? Tout n'était que du vent. Ce type, qui se targuait d'avoir résolu de nombreuses affaires de banditisme, l'avait bien berné. Il se faisait passer pour un cow-boy, mais il n'était qu'un clown.

Il allait lui dire ses quatre vérités.

Il regarda l'heure. Il était 23 heures 45.

Malgré cette heure tardive, il composa le numéro du fameux Commissaire Rabitt !

*

39

Ce matin, le soleil perçait à peine sur l'horizon lorsque Maggie arriva au bureau.

Cette affaire l'avait tracassé toute la nuit.

Il était 7 heures lorsqu'elle avait appelé son adjoint en lui demandant de la rejoindre au commissariat au plus vite.

William, qui sortait de sa douche, lui avait promis d'être là à 8 heures. Il ne voyait pas la nécessité d'une telle urgence. Il imagina que ce pouvait être en représailles au manque de concentration qu'elle lui avait reproché la veille.

Maggie était capable d'octroyer sa grâce et de sanctionner la même personne dans la même heure. Elle était rarement injuste, mais parfois excessive. Il avait appris à supporter ses sautes d'humeur et les lui pardonnait tant elle était exemplaire dans son travail. Il la respectait et lui accordait toute sa confiance. C'était, disait-il, une très bonne personne. N'empêche que ce matin, il aurait volontiers flemmardé…

Sur son ordinateur, Maggie récapitulait les charges qu'elle avait accumulées contre monsieur et madame Jeanselme : faux témoignage, transport illicite d'espèces, suspicion de trafic en bande organisée…

William avait raison, il était urgent d'informer le procureur de la République.

À 7 heures 55, William, débraillé, les cheveux en bataille débordant sa casquette, poussa en souriant la porte du bureau de sa cheffe.

Maggie lui résuma en quelques phrases ses découvertes de la veille, en resituant leur contexte : « Alors que depuis longtemps au milieu de ta petite famille, tu avais oublié le boulot », lui avait-elle lancé. Soit en clair « pendant que tu te la coulais douce, moi je bossais ! ».

William avait hésité à lui rétorquer « C'est ton choix ! », mais il n'avait rien dit, car Maggie était sa supérieure et il s'obligeait à l'humilité.

— Dès que l'on a l'aval du procureur, on fonce chez eux. S'il n'y a personne, on les convoque et si l'on ne peut pas les joindre, le mandat de comparution sera une évidence avec les éléments que nous possédons. Qu'en penses-tu ? questionna Maggie.

— Tout à fait d'accord, répondit William. Je suis convaincu que ce type n'est pas net et qu'il nous cache des choses. Indiscutablement, il connaît l'existence de cette valise et de son contenu !

Bien que ce soit le plus souvent Maggie qui prenne les décisions, cette fois, William appréciait d'être consulté pour confirmer les choix de sa cheffe.

*

40

Rabitt n'avait répondu à aucun moment de la nuit !

Ni à 11 heures 45, ni à 0 heure 03, ni à 0 heure 27. Après, Charles avait cessé de téléphoner. Il avait fini par penser que le mobile de son interlocuteur était éteint. « À moins que, devinant ma rage, il ait décidé de me blacklister », s'était-il dit.

Aux abois depuis ce nouveau SMS, Charles avait longtemps tourné en rond, exprimant en maugréant un mélange de colère, de déception, de désespoir et d'incompréhension.

Il n'avait pas mangé depuis près de douze heures, mais à aucun moment il n'avait eu l'envie d'ouvrir le réfrigérateur.

Les soucis sont indiscutablement de véritables coupe-faim !

Vers 01 heure 30, il avait rejoint sa chambre et avait tenté de s'endormir, mais les draps imprégnés de l'odeur de Julie, sa place vide dans le lit, le ronronnement incessant de la climatisation qu'habituellement il n'entendait pas et les aboiements lointains du chien du voisin, tout avait contribué à le maintenir éveillé et à penser.

C'est seulement, aux premières lueurs du jour, qu'il s'était enfin assoupi.

Épuisé !

Il était environ 8 heures lorsqu'un mince rayon de soleil vint lui caresser la joue.

Pétri de courbatures, il se précipita sous la douche. Il resta un long moment sous l'eau fraîche. Il s'y sentait bien, nimbé de l'étrange et faux sentiment de se débarrasser de ses ennuis.

Mais devant le miroir il se fit peur !

Son visage, fripé comme un vieux parchemin, et l'expression de tristesse qu'il y lut, l'effrayèrent.

Il aurait bien donné soixante-quinze ans au type qui le regardait !

Il enfila ses habits de la veille et, en traînant les pieds, se rendit à la cuisine pour se faire un café serré.

Aussitôt après, il appellerait ce mec qui l'avait mal conseillé. Et il allait l'entendre !

La tasse fumante à la main, il se dirigeait vers la terrasse pour la boire posément avant de faire exploser la colère et le dépit qu'il contenait difficilement depuis hier soir, mais en traversant le séjour, il vit sur la table une chose qui l'interloqua.

Et ce qui était à l'intérieur était encore plus fou !

*

41

La veille en rentrant, Rabitt avait rédigé son rapport d'activités à la Chancellerie, faisant volontairement l'impasse sur quelques détails !

Il avait expliqué que Julie Jeanselme était sur le point de revenir à son domicile, mais que l'affaire avait été cependant un peu plus complexe que prévu. Ce sera rentré dans l'ordre d'ici quelques heures, avait-il conclu en précisant qu'il adresserait un rapport complet dès que tout serait terminé.

Puis il avait envoyé ce bref état par mail.

Il avait mis son téléphone en charge, car il ne lui restait plus que deux pour cent de batterie et il ne voulait pas manquer un appel de Charles, au cas où il aurait du nouveau ! Ensuite, il s'était installé confortablement dans son fauteuil devant l'écran de sa télévision.

Dix minutes s'étaient écoulées avant qu'il appuie sur la télécommande pour lancer Netflix, car soudain, le film de sa journée lui était revenu.

Elle avait été dense et tendue, mais il était assez fier de lui.

Certes, il n'avait pas imaginé l'enlèvement de la rançon par les airs, mais finalement l'issue était conforme à son attente. Bien sûr, 100 000 euros s'étaient envolés, mais ils étaient la condition sine qua non pour obtenir la libération de l'otage. Il comptait sur ses nombreuses photos et ses connaissances pour, peut-être, remonter jusqu'au ravisseur.

D'ailleurs, il avait aussitôt effectué des recherches et avait facilement trouvé la marque et le modèle du drone, grâce à sa couleur orange très caractéristique. C'était un Autel Evo II pro. Le pilotage de ce type d'appareil était réglementé et soumis à une formation validée par un certificat. Par ce biais, il espérait ultérieurement permettre à Charles de retrouver son argent et à la justice de mettre la main sur le kidnappeur. Ces éléments constituaient une bonne base de recherche !

Rabitt ne doutait pas de la libération de Julie dans les prochaines heures. La réussite de cette mission ferait une belle ligne supplémentaire sur son CV.

Cette nouvelle personnalité, à qui il était venu en aide, allongeait la liste de ses contacts influents.

Il projetait d'appeler Charles dès le lendemain matin en lançant le treizième épisode de sa série préférée.

Finalement, il s'était couché fort tard.

*

42

Sa taille et sa couleur marron lui rappelèrent immédiatement quelque chose…

Elle était là, posée au milieu de la table du séjour, gonflée comme il l'avait connue et la vérification de son contenu alimenta un peu plus sa confusion.

C'était bien l'enveloppe kraft qu'il avait lui-même remplie de billets.

Et les billets étaient toujours à l'intérieur !

C'était totalement incompréhensible. Le ravisseur lui rendait l'argent qu'il lui avait substitué et simultanément lui en réclamait deux fois plus ! Cela n'avait aucun sens. Comment avait-il pu s'introduire dans sa propriété sous alarme et sous surveillance ?

Il se pinça, afin de vérifier qu'il était bien éveillé.

Quelqu'un pendant son sommeil avait donc pénétré son intimité pour « annuler la commande » et en « passer une autre ».

Dingue !

Cela signifiait aussi que Julie était toujours entre ses mains !

Pourquoi donc le ravisseur agissait-il ainsi ? Soupçonnait-il de faux billets ?

Charles se précipita sur son smartphone pour appeler Rabitt.

Peut-être avait-il une explication…

Encore une fois, la communication bascula sur le répondeur.

Son soi-disant protecteur était aux abonnés absents ! Cette fois, il en était sûr…

Ce type était un imposteur.

Avait-il lui-même manigancé l'affaire dont il était victime. Cela ne pouvait pas être autrement. Mais pour gagner quoi ?

Et si Julie, elle aussi, était dans le coup ! Non, c'était impossible et puis dans quel but ?

Il évacua aussitôt ces idées folles.

Il devenait dingue !

Charles s'assit devant la table, extirpa les billets de l'enveloppe et commença à les compter, mais il s'arrêta très rapidement. Au jugé, le compte y était.

Le ravisseur semblait avoir rendu la totalité des 100 000 euros !

Charles était au fond du trou. Il ne pensait même plus à ses affaires. D'ailleurs, il ne parvenait plus à penser. Ces événements étaient hallucinants, incohérents, chimériques… Il n'avait pas d'adjectifs pour qualifier la situation.

Les jours précédents, en prenant soin de ne pas se confier à la police, il s'était démené comme un diable pour satisfaire les exigences du ravisseur, et cela n'avait servi à rien !

Le cauchemar continuait.

*

43

De son côté, Rabitt avait passé une nuit calme et reposante.

Le sommeil du juste !

À 8 heures 45, il avait jugé le moment opportun pour appeler Charles.

Il doutait d'avoir déjà de bonnes nouvelles, persuadé que si Julie avait été de retour, Charles l'aurait contacté pour le lui annoncer.

Il se saisit de son smartphone, mais l'écran ne s'alluma pas !

Mince, la recharge était mal branchée et la batterie vide…

*

44

Charles en était à ce stade de pensée lorsque son téléphone sonna.

Il s'en saisit précipitamment et prit la conversation sans même authentifier le correspondant.

— Bonjour, mon ami. Alors bien dormi ? Pas encore de nouvelles ?

C'était Rabitt ! Et le plus dingue était qu'il avait le ton enjoué du type satisfait qui a un moral à toute épreuve et qui veut le montrer !

— Pas vraiment, non ! C'est quoi cette histoire ? Quelqu'un me rend mon argent et m'en réclame le double… Et je n'ai toujours aucune nouvelle de Julie ! Vous ne vous foutez pas un peu de moi, rétorqua Charles qui, sous le coup de la colère, avait repris le vouvoiement.

Stupéfait par les propos de Charles, Rabitt manifesta aussitôt son étonnement et demanda des explications.

Charles, furieux, lui relata, en bégayant et même parfois en postillonnant, la réception du dernier SMS et le retour des billets.

« Ne bougez pas, j'arrive », lui avait répondu Rabitt. Comme il y a trois jours !

Charles avait terminé sa conversation avec Rabitt depuis à peine cinq minutes lorsqu'il sursauta, surpris d'entendre claquer la porte d'entrée. Deux secondes plus tard, il aperçut Antoine !

— Salut P'pa.

— Ouah ! Chéri, que je suis content de te voir ! Je me suis fait un sang d'encre au sujet de ton expédition.

— Quelle expédition ?

— Ben… Le Cervin !

— Le Cervin ? Qu'est-ce que tu me racontes ?

— Tu n'es pas parti en expédition pour escalader le Mont-Cervin ?

— Pas du tout. J'en serais bien incapable.

— Désolé Antoine, je ne comprends rien.

— P'pa, le rapt, c'était un jeu… un test… Tout l'argent est sur la table. Je te le rends.

— Quoi ! C'est toi qui as organisé le rapt de ta mère ? s'écria Charles éberlué.

— Le rapt de ma mère ! Tu me parles de quoi, p'pa ? J'ai juste simulé mon propre enlèvement…

Charles était stupéfait par les propos d'Antoine, qui poursuivit :

— P'pa, depuis mon adolescence, j'ai l'impression de ne plus avoir de père. Ton unique ambition me concernant était de m'entraîner dans ton business, et lorsque tu as compris que ça ne matcherait pas, tu t'es fâché. Seul le travail semble compter pour toi… Nos relations se sont ensuite tellement distendues que j'ai eu besoin de savoir si tu tenais encore à moi… et si je valais 100 000 euros ! Je reconnais que la manière était sûrement un peu idiote, mais ta réaction m'a rassuré.

— Mais comment peux-tu penser ça ? J'ai pour ma part le sentiment que tu méprises tout ce que je dis et ce que je fais, et que tu n'en as que pour ta mère. Cela m'a souvent rendu très triste, tu sais… Malheureux, même… Mais je ne comprends pas Antoine, tu es en train de m'expliquer que tu as organisé ton propre enlèvement ? C'est une plaisanterie ?

— C'est ça ! Avec un copain, qui habite au Vésinet… C'est juste en face de Port-Marly, sur l'autre rive de la Seine. Pour s'amuser, on a voulu savoir à combien un « riche évaluait son fils rebelle ». C'est mon copain qui m'a poussé. Il m'a dit en se marrant « on va voir si on peut se faire du fric avec mon drone ». Il est fou de son nouveau joujou et se lance plein de défis. Il était hyper excité en sortant le paquet du hamac qu'il avait bidouillé sous la carlingue de son engin. Il n'aurait pas été plus heureux en réussissant pour de vrai le braquage d'une banque. Je reconnais que la blague est quand même un peu débile. Je suis désolé d'être allé aussi loin.

— Débile, c'est sûr, complètement débile ! répéta Charles dévasté. Mais du coup, où est ta mère ?

— Pourquoi me parles-tu de maman P'pa, je n'en sais rien. Elle a disparu ?

— Oui, depuis près d'une semaine, et j'avais la certitude que le rapt et la rançon la concernaient.

— J'ignorais que maman avait disparu. Je n'ai pas communiqué avec elle depuis une semaine pour rendre crédible mon enlèvement… Mais, dis-moi, du coup tu pensais verser la rançon pour libérer maman !

— Oui, mais sois sûr que j'aurais agi exactement de la même façon pour toi… Tu étais où, pendant tout ce temps ?

— Chez mon copain, au Vésinet.

— Tu n'es pas parti à la conquête du Cervin ?

— Mais non, jamais !

— Ta mère m'a raconté des salades alors ?

— J'ignore ce qu'elle t'a dit, mais je ne suis pas parti en escalade.

— Tu ne sais donc pas où ta mère !

Bien qu'abasourdi par les propos et les agissements de son fils, Charles était malgré tout soulagé de le retrouver.

Il le prend par le cou, lui dépose une bise sur le front et l'invite à s'asseoir en face de lui.

Antoine comprend que son père est heureux de le revoir et peut-être prêt à lui pardonner en échange d'explications…

— Il y a trois jours, un coursier a remis à ma secrétaire une lettre à mon intention. Ce message, fait de lettres découpées, me demandait de rassembler 100 000 euros en échange de la liberté de ta mère qui était soi-disant retenue en otage.

— Je sais. Papa, le message c'est moi qui l'ai fabriqué, mais il n'avait rien à voir avec la disparition de maman.

— Mais si… je vais te montrer.

Charles rechercha sur son smartphone la photo du message qu'il avait reçu et la montra à son fils.

— Tu vois !

— Oui, je vois… Mais il est écrit : « Viens seul si tu veux LE revoir », pas « LA » revoir !

Effectivement, le message évoquait un otage masculin. Charles avait mal traduit et transposé le texte, convaincu qu'il était en rapport avec la disparition de Julie.

Après un instant de réflexion, Charles reprit la parole.

— Soyons clairs ! Avec un copain, tu as organisé ton propre rapt et rédigé une demande de rançon dans l'idée d'évaluer la hauteur de mes sentiments à ton égard… Et cela avec l'aide du drone de ton copain… Pour « vous amuser » ! dit-il d'un ton sarcastique. Et ta mère était au courant ?

— Oui pour ton résumé, non pour maman, répondit Antoine mal à l'aise.

— Je ne comprends donc pas pourquoi elle m'a raconté cette histoire d'escalade du Cervin… Tu imagines que tu aurais pu finir en tôle si j'avais averti la police… Sans parler du bordel que tu as mis dans ma vie !

Antoine était déçu que son père n'ait pas versé les 100 000 euros « pour lui », mais il était honteux et désolé. Il ne pensait pas avoir autant compliqué les choses.

Pour sa part, Charles était éberlué par l'inconscience et l'immaturité de son fils, mais content de pouvoir à nouveau bavarder avec lui et parler de Julie.

— Tu n'as donc aucune idée de là où se trouve ta mère ?

— Non, p'pa, je te l'ai déjà dit, répondit piteusement Antoine en baissant les yeux.

Il se leva pour aller serrer son père dans ses bras.

Charles et Antoine échangèrent pendant quelques minutes leurs griefs respectifs, leurs incompréhensions et leurs regrets. Leur relation était en train de s'apaiser lorsque, le carillon sonna.

Antoine fut le premier à bondir vers l'écran de contrôle de la caméra du portail principal.

— C'est un mec, grand, mince, bien fringué. Tu attends quelqu'un p'pa ?

— Oui, c'est bon. Ouvre-lui.

Chemisette blanche impeccable, pantalon bleu marine, épaisse chevelure grisonnante, fraîchement rasé et parfumé, Rabitt avait l'élégance d'un mannequin senior et les atouts du séducteur.

Quel contraste avec le père débraillé et le fils en jogging !

À cet instant, le plus convenable n'était pas Charles Jeanselme, le très honorable patron du CAC 40, mais bien Joseph Rabitt, le barbouze.

Antoine est immédiatement impressionné par ce grand mec aux yeux d'acier et à l'air mystérieux. Charles fait les présentations, puis il désigne à Rabitt l'enveloppe et les billets qui sont sur la table.

Il lui explique le « jeu » auquel s'est livré son fils.

Antoine, penaud, regarde ses pieds…

Au fur et à mesure du récit, Rabitt sent monter une colère qu'il peine à contenir. Ses muscles se tendent et il doit faire preuve d'une parfaite maîtrise pour ne pas exploser.

Il comprend avoir été berné par un gosse…

Et le problème de la disparition de Julie reste entier !

Les avancées de sa mission n'ont plus rien de glorieux.

Antoine s'est réfugié sur le canapé.

Charles et Joseph, aussi crispés l'un que l'autre sont assis face à face dans les fauteuils club, lorsqu'une nouvelle fois le carillon résonne.

Maggie et William sont devant le portail avec l'espoir que cette fois il s'ouvre, ou que du moins quelqu'un réponde.

Depuis l'écran de contrôle, Antoine, décrit à son père le couple qui a sonné et qui stationne devant l'entrée.

— Demande-leur de se présenter et ce qu'ils veulent. Si ce sont des commerciaux, tu leur dis que nous n'avons besoin de rien.

— C'est la police, annonce quelques instants plus tard le garçon, apeuré et convaincu qu'elle vient pour lui.

— Qu'est-ce qu'ils viennent foutre ? marmonne Rabitt.

— La police ! s'exclame Charles.

Il échange un regard effaré avec le Commissaire. D'une infime grimace et d'un mouvement de tête, celui-ci l'incite à aller lui-même répondre à l'interphone.

— Bonjour. C'est pour quoi ?

— Nous voudrions parler à monsieur ou madame Jeanselme.

— À quel sujet ?

— Nous allons vous expliquer. Vous pouvez nous recevoir ?

— Oui, oui, balbutia Charles, en appuyant sur le boîtier d'ouverture de l'entrée. Suivez le chemin gravillonné, je vous attends.

En entendant ces mots, Antoine se faufile par la porte du cellier et, par l'arrière de la maison, il rejoint discrètement son pavillon. Il ne veut pas être confronté à la police qui doit avoir eu vent de sa blague ridicule. Bien qu'en y réfléchissant, il ne voit pas à qui d'autre qu'à son père il a pu créer du tracas !

Cette affaire privée ne devrait pas sortir de la famille.

Après avoir présenté leur carte de requise, barrée de bleu, de blanc et de rouge, Maggie et William entament dans le hall un début de conversation.

— Monsieur Jeanselme, jouons franc jeu. Nous enquêtons sur un bagage abandonné dans un train et, bien que vous ayez nié le reconnaître après nous avoir appelés pour nous dire que c'était celui de votre femme, nous avons la certitude qu'il lui appartient. Avant de vous auditionner dans le cadre officiel d'une garde à vue, pouvez-vous nous dire où se trouve votre épouse et pourquoi vous semblez la couvrir ?

— Mais pourquoi vous intéressez-vous à ce bagage ?

— Je vous retourne la question, monsieur Jeanselme, pourquoi ne voulez-vous pas admettre que cette valise est la sienne ? Contiendrait-elle des choses que vous souhaitez cacher ?

— Non, non, pas du tout. S'il s'agit réellement de son bagage, je pense qu'il doit y avoir ses vêtements et quelques objets personnels. Ce n'est pas moi qui lui prépare ses affaires, et encore moins cette fois où elle est partie précipitamment.

— Nous aimerions parler à votre épouse ? Où est-elle, monsieur Jeanselme ?

Depuis le salon, Rabitt a entendu la conversation. Quelle est donc cette histoire de valise et pourquoi la police recherche-t-elle Julie, se demande-t-il ?

Doit-il se présenter à son tour et expliquer qu'il est justement là au sujet de sa disparition.

Après tout, tel a bien été l'objet de sa mission… Il se lève et rejoint le trio qui palabre debout dans le hall.

— Bonjour. Commissaire Joseph Rabitt, se présente-t-il. J'ai moi-même été mandaté par le ministère pour aider discrètement ce monsieur à retrouver sa femme. Certes, il ne s'agit pas d'une enquête traditionnelle, mais plutôt d'une assistance qu'il m'a été demandé de lui apporter. Initialement, la disparition de cette personne ne semblait pas inquiétante.

— Vous êtes en train de nous dire que madame Jeanselme a disparu ?

— C'est exact. Depuis bientôt une semaine ! Je vous passe les détails, mais nous avons été orientés sur une fausse piste et à cet instant, nous ignorons totalement où elle se trouve.

— Nous ne savons pas où elle se trouve, mais on sait qu'elle est séquestrée, précisa Charles.

À ces mots, Rabitt se raidit, car il ne souhaitait pas évoquer aussi brutalement la situation.

— Un enlèvement ! Depuis une semaine... et vous n'avez rien signalé à nos services ! s'esclaffe William. Cela correspond à la date où nous avons retrouvé ce fameux bagage. Comment pouvez-vous affirmer qu'il s'agit d'un enlèvement ?

Ces emmerdes deviennent trop compliquées pour Charles qui décide de tout avouer.

— J'ai reçu un SMS me réclamant une rançon. De 200 000 euros, précise-t-il. Pour mardi minuit !

Maggie réalise aussitôt que l'affaire de la valise prend une tout autre tournure. Elle relève de l'Office central pour la répression du banditisme.

— Pourquoi vous intéressez-vous autant à ce bagage ? questionne Rabitt.

— Parce qu'il contenait 100 000 euros ! répond Maggie, désormais convaincue que le mari ignorait ce que transportait sa femme.

*

46

Les trois policiers, qui avaient encore de nombreuses choses à se dire, partirent simultanément, laissant Charles hébété !

Que faisait donc Julie avec 100 000 euros dans sa valise et pourquoi avait-elle disparu en abandonnant son précieux bagage ? À quoi cet argent allait-il, ou avait-il, servi ? D'où provenait-il ? Il n'avait aucune réponse à ces questions.

Quoique Julie ait fait, ou s'apprêtait à faire, il ne s'expliquait pas qu'elle ait pu agir sans l'informer.

En dehors de quelques incartades passagères, ils partageaient tout, ou presque tout. La connaissait-il vraiment ? Il pensait que oui, mais un doute s'était immiscé dans son esprit.

La remise des 200 000 euros, contre lesquels le ravisseur prétendait relâcher Julie, devait avoir lieu après-demain soir, et il ignorait ce qu'allait faire la police maintenant qu'elle était au courant du rapt.

La Commandante avait réclamé le téléphone de monsieur Jeanselme, dans l'espoir qu'un expert puisse déterminer l'origine du fameux SMS.

Il était lui-même convoqué au poste à 15 heures, pour établir un procès-verbal et définir la conduite à tenir.

Depuis leur départ, Charles se sentait étrangement seul et abandonné.

Certes, il avait récupéré 100 000 euros, mais il lui en manquait autant pour couvrir la demande du ravisseur et, cette fois, il était incapable de retirer de l'argent sans en déclarer l'usage.

Il pensa à Antoine qui s'était éclipsé dès l'arrivée des policiers.

Sans doute s'était-il réfugié dans son pavillon.

Charles s'y rendit.

Antoine était dans sa chambre, assis en tailleur sur un gros coussin. Il grattait quelques accords sur sa guitare, mais cessa instantanément de jouer en voyant son père.

Il releva la tête, inquiet de ce qu'il allait lui dire.

Charles pensa une nouvelle fois qu'il n'aimait décidément pas les dreads de son fils !

Il flottait une drôle d'odeur dans la maison. Le cannabis, peut-être…

— Ils sont tous partis, dit Charles.

— Tu leur as parlé de moi ? questionna Antoine.

— Non, peut-être serai-je amené à le faire, mais tu ne risques rien. C'est une histoire entre nous.

Antoine relâcha sa respiration. Il semblait soulagé.

— Seulement maintenant, tu dois entendre ce que je n'ai pas eu le temps de te dire. Et tu vas vite comprendre que tu as particulièrement compliqué les choses, car ta mère est, elle, la vraie victime d'un vrai rapt et on me demande 200 000 euros de rançon !

— Oh, putain !

*

47

Maggie avait averti l'OCLCLO (Office central de lutte contre le crime organisé).

Le chef de ce service l'avait informée que la brigade chargée de ce type d'affaire était intégralement mobilisée sur un gros coup et après un court échange, il lui avait demandé de prendre la direction de l'enquête et de gérer personnellement ce cas.

Elle n'avait pas pu et surtout pas souhaité s'y opposer.

Cette affaire complexe la passionnait déjà !

Après leur rencontre au domicile de Charles Jeanselme, Rabitt, Maggie et William s'étaient retrouvés au commissariat.

Rabitt, qui avait l'habitude d'agir seul et généralement incognito, n'était pas très à l'aise, mais dans le contexte actuel, il lui était impossible de ne pas collaborer.

Il avait résumé à Maggie Charbonnel et à son adjoint les événements de la veille et avait relaté la « blague » que le fils Jeanselme avait faite à son père, en précisant que cela l'avait orienté sur une piste totalement erronée. Ce qui avait sans doute fait perdre un temps précieux à l'enquête.

Il expliqua aussi que Charles n'avait pas voulu que soit révélé l'enlèvement de son épouse, car il pensait ainsi la retrouver plus vite. Il souhaitait également éviter toute médiatisation susceptible de nuire à ses affaires.

Le technicien, à qui la Commandante avait confié le portable de monsieur Jeanselme, frappa à la porte de son bureau.

— Maggie, on ne peut rien en tirer, dit l'homme en montrant le téléphone. Le SMS provient d'un appareil jetable prépayé et on ne parvient pas à le géolocaliser. On pourra juste déterminer le lieu d'achat, mais cela ne fera sans doute pas beaucoup avancer l'enquête. Il n'y a rien de plus à espérer. Vous pouvez rendre ce mobile à son propriétaire.

Maintenant qu'il avait révélé presque tout ce qu'il savait, et que la police « officielle » avait pris le relais, Rabitt estimait être arrivé au terme de sa mission.

— Je vais te laisser conclure cette affaire. Tu m'as l'air d'avoir les épaules qu'il faut, dit Rabitt à l'intention de sa collègue.

— Attends, ne m'as-tu pas dit qu'on t'avait mandaté pour retrouver « la dame du monsieur », rétorqua Maggie qui, avec ce trait d'humour, donnait l'impression de regretter le départ de son homologue.

Le travail d'équipe n'était pas dans les gènes de Rabitt, mais Maggie était sympa et possédait un charme particulier.

— J'ai besoin de téléphoner, dit Rabitt. Maintenant que l'affaire est quasiment publique, j'imagine que l'on va siffler la fin de ma partie. Je peux m'isoler quelque part ?

— Deux portes plus loin, à droite, tu trouveras l'endroit adéquat, répondit William en lui mimant le chemin.

À peine deux minutes plus tard, Rabitt réapparut dans le bureau où Maggie et son adjoint palabraient.

— Mon donneur d'ordre me demande de poursuivre jusqu'à ce que l'objectif soit atteint. Monsieur Jeanselme n'est, semble-t-il, pas n'importe qui et j'ai cru comprendre que des politiques étaient derrière. Il va donc falloir composer avec moi ! Attention, je ne suis pas l'équipier idéal. Je suis têtu, autoritaire et j'ai un sale caractère.

— Ça tombe bien. Moi aussi, ricana Maggie.

Charles se présenta sans enthousiasme au rendez-vous que lui avait fixé la policière à 15 heures.

À peine entré dans le bureau où un agent l'avait conduit, il eut le sentiment d'arriver devant un tribunal face à trois juges ! William et Rabitt formaient un arc de cercle autour de Maggie qui trônait au centre, derrière sa table de travail.

La Commandante l'invita à s'asseoir.

C'était la première fois que Charles Jeanselme avait affaire avec la police. En tout cas pour un tel objet. Bien que ne s'estimant coupable de rien, sauf peut-être d'avoir menti au sujet de la valise de sa femme, il sentit instantanément peser sur lui le poids de la justice sans bénéficier de la présomption d'innocence. Il aurait aimé avoir Rabbit à ses côtés, mais se trouva désappointé de le voir assis face à lui. Il donnait l'impression de ne plus être là pour l'aider, mais pour le juger.

Avec le sentiment d'être seul contre tous, Charles accueillit, contrarié et plutôt fermé à la discussion, les premières paroles de Maggie Charbonnel.

— Monsieur Jeanselme, j'ai été chargé de diriger l'enquête visant à traiter la prise d'otage dont votre femme est la victime. La priorité est évidemment d'obtenir sa libération sans sévices ni chantage supplémentaire. Le Commissaire Rabitt travaillera en collaboration avec moi, bien que nous n'ayons pas les mêmes supérieurs à qui rendre des comptes.

— Je reste bien naturellement à vos côtés pour résoudre cette affaire, précisa Rabitt qui avait parfaitement évalué l'état mental de Charles et son besoin d'être rassuré.

Rabitt avait jugé nécessaire la reprise du vouvoiement dans le cadre beaucoup plus officiel de ce commissariat.

Charles, tête basse, avait les coudes appuyés sur les genoux. Les doigts croisés, il regardait ses pieds, passif, en faisant mine d'être ailleurs.

— Avec mes collègues, nous supposons que le ravisseur ne vous indiquera l'endroit où déposer la rançon qu'au tout dernier moment pour éviter que se déploient des effectifs de police et surtout que s'organise un piège. À cette heure, nous pensons nécessaire de suivre ses instructions afin de ne pas mettre votre épouse dans une situation délicate. Nous n'avons aucun élément pour juger l'état mental et psychologique du preneur d'otage et il est donc préférable de ne pas aller contre ses volontés. Monsieur

Jeanselme, avez-vous l'argent et pouvez-vous l'avoir d'ici après-demain ?

— Je dois pouvoir réunir ce montant en effectuant des ventes d'action et des prélèvements sur plusieurs comptes, mais il va m'être impossible de faire cela sans en faire la déclaration à l'administration des douanes et surtout sans en justifier leur utilisation, marmonna Charles.

— Nous nous occuperons du volet juridique, coupa rapidement William.

— Outre le fait de rassembler la somme, il faudra nous prévenir aussitôt que vous aurez les instructions. De toute façon, nous serons prêts à intervenir discrètement avec une équipe volontairement réduite, précisa Maggie. Nous pourrons même servir d'intermédiaire si le ravisseur n'exige pas votre présence. Nous nous organiserons pour ça et aviserons au dernier moment.

Charles, tête relevée, écoutait cette fois la Commandante avec plus d'attention.

— Vous avez une idée de qui pourrait avoir enlevé votre épouse ? poursuivit Maggie.

Charles branla du chef pour signifier qu'il n'en avait aucune, avant de prendre la parole.

— J'aimerais que ce rapt ne soit pas médiatisé. Cela pourrait impacter directement plusieurs sociétés, susurra Charles sur un ton de supplique.

— Nous allons traiter cette affaire le plus discrètement possible, mais sachez que les journaleux parviennent parfois à débusquer les secrets les mieux gardés. L'intérêt général est bien sûr de ne faire aucune publicité autour d'un enlèvement. Surtout s'il est réussi !

Charles secoua à nouveau la tête en guise d'approbation. Après un long silence, Maggie poursuivit.

— Le Commissaire Rabitt m'a informé de l'organisation peu glorieuse qu'a imaginée votre fils pour simuler son propre kidnapping. On pourrait estimer qu'il a entravé la justice en détournant son attention d'un grave délit concomitant. À ce titre, il s'expose à une peine de prison et à plusieurs milliers d'euros d'amende, mais en raison de votre statut, cela restera entre nous, si vous voulez bien.

— Merci, balbutia Charles.

— Une dernière question Monsieur Jeanselme. Pourquoi votre femme transportait-elle 100 000 euros dans sa valise.

— Je n'en sais fichtre rien et je ne comprends pas.

*

48

De retour à son domicile, Charles se rendit dans le pavillon d'Antoine.

Il lui avoua le plaisir que lui procuraient ces retrouvailles et sa joie de pouvoir échanger à nouveau sans amertume ni arrière-pensées.

Antoine s'étonna, mais fut ravi, de ne recevoir aucun reproche de son père !

Dans le petit salon décoré à l'orientale, assis sur des poufs, le père et le fils discutèrent durant plus d'une heure sur un fond de musique africaine. L'ambiance sonore préférée d'Antoine.

Ce type d'échange n'était pas arrivé depuis…
En fait, jamais !

Ils admirent que leurs rêves respectifs différaient fondamentalement.

Charles s'excusa de ne pas avoir été plus présent et plus à son écoute. Il reconnut l'importance des rapports humains et du cocon familial et il concéda avoir trop privilégié le business.

Antoine justifia son irritabilité et sa réserve par son tempérament entier et sa volonté de choisir seul son avenir.

Ce dialogue, inimaginable il y a une semaine, impulsa aux deux hommes un énorme choc émotionnel et un sursaut de vitalité inespéré.

Charles se sentit soudain capable d'affronter les heures à venir avec force et détermination, tandis qu'Antoine espérait obtenir le pardon de son père pour son idiote machination.

— P'pa, je veux te dire un truc… s'exclama Antoine en se levant de son coussin préféré.

Même à deux, la soirée, la nuit et la journée du lendemain avaient été difficiles pour Charles et Antoine.

Le père s'était démené auprès des banques et grâce à l'intervention de la Commandante Charbonnel, il avait pu obtenir les 100 000 euros complémentaires avec l'assurance que leur emploi resterait confidentiel. Quant au fils, il était dans ses petits souliers, encore tourmenté par les conséquences possibles de son simulacre de rapt.

Antoine avait manifesté son souhait de remettre lui-même la rançon et sa proposition avait été acceptée par Charles et par la police.

Il avait eu cette idée la veille au soir, un peu pour se faire pardonner, beaucoup pour s'impliquer dans cette affaire qui concernait sa mère et qui désespérait son père. Il éprouvait le besoin de concrétiser sa solidarité par un acte fort et un engagement significatif.

Charles avait reçu cette proposition, les yeux humides d'émotion, convaincu qu'une page se tournait.

Elle attestait que la relation avec son fils se normalisait !

Il en était profondément heureux.

*

49

Maggie, Rabitt, William, Antoine et bien sûr Charles étaient réunis dans un bureau du commissariat, à l'affût de la moindre notification susceptible d'apparaître sur le mobile que Charles avait installé sur un guéridon à la vue de tous.

Le rendez-vous pour la remise de la rançon était prévu dans une paire d'heures et Charles n'avait toujours pas reçu d'information sur le lieu et le mode de livraison.

Tous étaient tendus et silencieux lorsqu'à 23 heures 31 le smartphone s'anima.

Le téléphone de Charles était sur écoute et les techniciens informatiques de la police scientifique avaient aussi sous les yeux la copie de son écran.

C'est ainsi que tous prirent connaissance en même temps du texto qui était arrivé.

« RV 72 rue du père Corentin »

Le message était bref, mais explicite. L'heure avait été préalablement fixée à minuit et maintenant le ravisseur précisait l'adresse exacte !

Dans les bureaux de la PJ, un informaticien tenta aussitôt de localiser l'émetteur du SMS, mais son espoir fut une nouvelle fois vain. Le malfrat avait encore pris la précaution d'utiliser un appareil jetable, de le désactiver après l'envoi de son SMS et sans doute l'avait-il isolé dans une boîte métallique pour éviter qu'il soit repéré !

Deux autres policiers étaient en train de se connecter aux caméras de surveillance du quartier.

Il y avait eu quelques différends entre Maggie et Rabitt au sujet de la stratégie et des moyens à mettre en œuvre, mais ils étaient finalement tombés d'accord.

Maggie semblait avoir un pouvoir magnétique sur son collègue qui finissait toujours par baisser les armes en vertu de son caractère un tantinet directif.

Charles avait été étonné par cette sorte de soumission qui n'avait absolument pas transpiré au cours de leurs premières relations. Il en avait déduit que Rabitt devait être plus faible avec les femmes !

Lors de la préparation, plusieurs suggestions avaient été émises. Celle d'un traceur GPS espion avait été adoptée à l'unanimité. Une minuscule puce avait ainsi été glissée dans la doublure du sac contenant l'argent. Cela permettrait de suivre son itinéraire et peut-être de conduire au ravisseur et à son otage.

L'idée d'un drone survolant le quartier à haute altitude avec une caméra infrarouge n'avait pas été retenue. Rabitt, qui ne voulait plus être surpris une deuxième fois, avait évoqué la possibilité d'une récupération de la rançon par les airs, mais on lui avait opposé que dans Paris intra-muros, il y avait déjà des systèmes de surveillance aérienne. C'était ainsi beaucoup plus compliqué et risqué qu'en banlieue.

En fin de compte, il fut décidé que seuls Maggie, Rabitt et William seraient en civil sur le terrain et qu'Antoine serait le porteur du sac, tandis que Charles resterait au commissariat où il pourrait suivre l'évolution des événements. Des motards seraient en faction discrète à chaque extrémité de l'artère pour pister ou intercepter le ravisseur, mais l'arrestation en flag n'était pas privilégiée.

À 23 heures 34 Maggie et son adjoint dans un véhicule banalisé sont les premiers à prendre la direction de la rue du père Corentin.

Ils envisagent de stationner à distance du n° 72, puis de quitter leur voiture et de circuler à pied, tels de simples promeneurs.

Il est 23 heures 40, lorsqu'Antoine, la sacoche aux 200 000 euros en bandoulière, enfourche son scooter, suivi de près par Rabitt, censé assurer sa sécurité en cas d'agression ou d'accident sur le parcours.

La rue Corentin est une petite artère paisible située dans le 14e arrondissement. Elle est bordée d'immeubles modernes. Depuis la Porte-d'Orléans, elle s'étire vers le nord-est, en sens unique vers le sud. Le n° 72 est à environ deux cents mètres de la Porte-d'Orléans. Les OPJ ont calculé, qu'à cette heure, il faut moins d'un quart d'heure pour atteindre le point de rendez-vous depuis le commissariat du 12e.

Antoine a stationné son scooter sur le trottoir d'en face.

À 23 heures 55, il est en regard du n° 72 de la rue du père Corentin.

Dans la façade de l'immeuble s'ouvre un vaste porche donnant accès à une cour au fond de laquelle sont alignés les autocars d'une société de transport. Dans cette relative obscurité, il est impossible de savoir s'il existe une autre sortie. Le ravisseur pourrait arriver par là pour récupérer la rançon, pense Antoine.

Ce lieu de rendez-vous lui semble bizarre. Il n'est pas à l'aise dans cette artère, silencieuse et peu passante. Va-t-il être directement confronté au gangster qui détient sa mère ?

Dans la moiteur de cette soirée d'août, sur les façades, de nombreuses fenêtres sont ouvertes et quelques-unes sont encore éclairées, mais Antoine a l'impression d'être seul au monde.

Les lampadaires diffusent une lumière blafarde…

Rabitt s'est garé à l'extrémité nord de la rue. Il attend minuit pour démarrer et parcourir au volant cette artère, le plus naturellement possible en direction de la Porte-d'Orléans. Il cherche, mais n'aperçoit pas, les motards censés être dans les parages.

Maggie ne va pas tarder à se mettre en chemin. Elle va circuler sur le trottoir telle une noctambule qui rejoint son domicile après une soirée chez des copains.

William est à la hauteur du n° 69, à quelques dizaines de mètres du n° 72 qu'il distingue aisément. Il fume une cigarette, en retrait dans l'ombre d'un renfoncement. Sous sa chemise, il a dissimulé son pistolet de service qu'il préférerait ne pas avoir à utiliser !

Dans un bureau de la PJ, Charles est à côté des inspecteurs qui visionnent les écrans sur lesquels sont retransmises les images des deux caméras de surveillance situées dans le voisinage du point de rendez-vous.
Le dispositif est en place.

Il est exactement minuit lorsqu'Antoine, en possession du portable de son père, reçoit le message suivant :
« *Dépose le sac sur la croix près de la poubelle et dégage* ».
Ce message est aussitôt lu par les policiers qui, au siège, ont la réplique du téléphone d'Antoine sous les yeux. Il est immédiatement retransmis aux personnes sur le terrain.
Il est une nouvelle fois impossible de géolocaliser l'origine de l'appel…

Antoine s'approche de la seule poubelle présente dans un rayon d'une trentaine de mètres. Effectivement, une croix blanche est tracée à la craie sur le sol. Il y dépose le sac parfaitement au centre et observe autour de lui.
Un véhicule passe.
Au loin, il distingue un piéton qui sur le trottoir vient dans sa direction.
Une nouvelle voiture arrive. C'est celle de Rabitt, qui le croise sans le regarder.

Depuis la façade d'un immeuble proche, un violent échange de paroles perce la nuit. Un couple se déchire…

Antoine, à la fois stressé et soulagé, traverse la chaussée, enfourche son deux-roues, démarre et quitte le lieu de rendez-vous.

Maggie remonte la rue en marchant. Elle a pris connaissance du SMS et se trouve à moins d'une centaine de mètres du n° 72, lorsqu'elle identifie Antoine sur son scooter.

Il la croise et s'éloigne.

De là où elle est située, elle distingue parfaitement la fameuse poubelle, mais beaucoup plus difficilement le sac, qu'elle croit deviner sur le trottoir. Bien que l'endroit soit mal éclairé, elle est cependant certaine qu'il n'a pas bougé, et qu'aucune silhouette ne s'en est approchée.

À cette distance, elle ne peut évidemment pas voir le long crochet métallique qui s'avance vers le magot en glissant sur la chaussée…

William est toujours planqué dans l'entrée de l'immeuble, depuis laquelle il surveille la poubelle derrière laquelle a été posé le sac. Il n'est pas un gros fumeur, mais, dans cette nuit à l'atmosphère particulière, il éprouve le besoin d'allumer une deuxième cigarette. Ses pensées divaguent en attendant que quelque chose se passe, mais le temps s'écoule et rien ne bouge.

Devant leurs écrans, les hommes de la PJ surveillent les mouvements de la rue. Par-dessus leurs épaules, Charles déplace son regard de l'un à l'autre sans en perdre une miette. Un cycliste approche, dépasse le n° 72 et file vers la porte d'Orléans.

Antoine ne devrait pas tarder à revenir au commissariat.

Rabitt est remonté au nord par l'avenue du Général Leclerc, puis par la rue de Sarrette.

Il s'apprête à faire son deuxième passage.

Il pense à Maggie ! Cette fille dégage quelque chose de particulier. Elle a du caractère, une allure singulière, semble déterminée et sûre d'elle. Elle est à la fois intrigante et rassurante. Alors qu'il n'a fait sa connaissance que depuis trente-six heures, il éprouve du plaisir à travailler avec elle et même simplement à la côtoyer. Il se demande si elle a un conjoint et à quoi il peut ressembler.

Sans doute va-t-il la croiser en approchant du n° 72.

La longue tige métallique avance toujours vers le sol. Le trident par lequel elle se termine parvient aisément à crocheter une lanière du sac à dos, et en un clin d'œil, il disparaît sous la chaussée.

Maggie et William n'ont rien vu, mais à l'instant où leur regard se porte au pied de la poubelle, la rançon n'y est plus !

Sur leurs écrans, seul un des officiers a remarqué que le sac avait été comme aspiré sous une plaque métallique située au milieu de la chaussée.

William sort de sa cache et rejoint Maggie.

En revenant, Rabitt les aperçoit.

Il stoppe et descend de son véhicule.

— Alors ? questionne Rabitt.

— C'est à n'y rien comprendre, dit Maggie. Tu as vu quelqu'un ? demande-t-elle à William.

— Personne !

Simultanément, ils reçoivent dans leur oreillette le même message.

« *La plaque d'égout, non de Dieu ! Il est dans les égouts* ».

En fait, il ne s'agit pas d'une plaque d'égout, mais d'une plaque IGC !

IGC est l'abréviation d'Inspection générale des carrières...

Sous les pieds des Parisiens existent en effet de très anciennes carrières calcaires creusées entre le 12ᵉ et le 18ᵉ siècle dont l'exploitation a profité aux constructions de la capitale. Elles sont reliées par des galeries dites « d'inspection ». Leur réseau s'étale sur près de trois cents kilomètres. Ces galeries sont interdites et fermées au public depuis 1955. Dans Paris intra-muros plus d'une centaine de plaques s'ouvrant à même le sol donnent accès à des puits qui permettent d'entrer dans ces fameuses Catacombes.

À la fin du XVIIIᵉ siècle, de grands problèmes de salubrité liés aux cimetières de la ville obligent à transférer leurs contenus sous terre. En 1785, les autorités parisiennes décident alors de libérer le cimetière des Innocents (le plus important cimetière parisien) dans les carrières abandonnées de la Tombe-Issoire, sous la plaine de Montrouge (à l'époque hors de la capitale). D'autres évacuations suivront, constituant les Catacombes actuelles. Une infime partie des Catacombes se visite de manière officielle, organisée et payante, mais l'ensemble des anciennes carrières (incluant les Catacombes) demeure totalement prohibé.

La plupart des accès sont fermés et les plaques IGC sont soudées, mais de petits malins que l'on nomme « Cataphiles » déjouent les interdictions et les rouvrent, pour pénétrer clandestinement dans cette immense toile située sous les égouts et le métro. Il existe même quelques chatières secrètes qui permettent de passer de l'un à l'autre de ces trois réseaux. Ce gigantesque labyrinthe souterrain offre un extraordinaire terrain de jeu, mystérieux, flippant et dangereux, aux amateurs d'obscurité, de silence et de sensations fortes !

Aussitôt après avoir soustrait le sac, l'inconnu qui était tapi sous la chaussée, cadenasse la chaîne à un puissant anneau implanté dans la paroi.

Soudée sous la plaque, elle empêche toute tentative d'ouverture depuis la rue.

Le puits, dans lequel il est descendu, est équipé d'une échelle métallique scellée dans le béton. Alors qu'il s'enfonce dans les profondeurs de la terre, au-dessus de sa tête, Il entend des pas qui se rapprochent et une discussion qui s'engage.

Les barreaux rongés par la rouille sont glissants.

Une dizaine de mètres plus bas, il saute sur le sol humide, allume sa frontale et transfère les 200 000 euros dans un sac personnel étanche.

L'inconnu est à la fois incroyablement heureux et terriblement angoissé. Entre, l'effort, la tension nerveuse et l'émotion, les battements de son cœur avoisinent sans doute les deux cents pulsations par minute. Il doit se reprendre ! Ici, il ne risque plus grand-chose. Depuis plus de dix ans qu'il parcourt ces galeries, elles n'ont presque plus de secrets pour lui !

N'importe qui d'autre s'y perdrait, mais lui ne s'y égarera pas.

Il pense pouvoir fêter la réussite et le dénouement de cette longue affaire dans un peu plus d'une heure.

Maggie, Rabitt et William se sont regroupés au-dessus de la lourde plaque métallique sise au milieu de la chaussée.

William a essayé de l'ouvrir.

Elle bouge légèrement, mais demeure impossible à soulever.

Rabitt, qui a récupéré un tournevis dans sa voiture, tente sans plus de résultat de faire levier avec son outil.

Impuissants et penauds, les trois policiers sont muets, le regard figé sur cette bouche refermée qui, tel un ogre, a avalé en une seconde 200 000 euros.

Ils ont cette fois la certitude de s'être fait berner et ressentent un énorme sentiment d'échec. Rabitt, qui vient de subir le deuxième, est fou de rage !

Wiliam a été le premier à reconnaître « une plaque d'inspection ». Dans sa jeunesse, il est descendu une fois dans les carrières. Il y avait été entraîné par un copain qui prétendait bien connaître le réseau.

Il avait eu la peur de sa vie !

Non seulement l'atmosphère était sinistre, mais ils s'étaient égarés et avaient déambulé dans les galeries pendant plus de deux heures à la recherche du puits par lequel ils étaient entrés. Et, cerise sur le gâteau, leur dernière lumière s'était éteinte trois minutes avant qu'ils aperçoivent un jour filtrant au-dessus de leur tête.

Il avait ainsi vécu trois minutes d'angoisse absolue !
Aussi a-t-il été le premier à exprimer son sentiment par
ces mots « Il ne va pas être facile à retrouver ».

Ses collègues supposèrent que William
évoquait le sac et sa rançon, mais cela pouvait aussi
s'appliquer au malfrat !

Rabitt et Maggie n'ignorent pas l'existence de
ce monde souterrain que certains, pour des raisons
multiples et variées, adorent fréquenter. Ils en
connaissent également la dangerosité, en particulier le
risque de se perdre dans les centaines de kilomètres de
galeries qui parcourent le sous-sol parisien. Pour ces
raisons, ils n'imaginaient ni l'un ni l'autre partir à la
poursuite du ravisseur, même s'ils étaient parvenus à
soulever la plaque et à descendre dans le puits.

En revanche, tous les deux se regardent en
même temps. Ils viennent de penser aux « Cataflics » !

*Ils sont une centaine d'hommes et de femmes, du
Groupe d'intervention et de protection de la Préfecture de
police, spécialement formés aux opérations risquées en sous-
sol. Ils sont chargés de sécuriser ces lieux mystérieux que
constituent les carrières souterraines de Paris.*

— Les grands esprits se rencontrent, commente
Rabitt en adressant un clin d'œil complice à sa collègue

Antoine a rejoint Charles au commissariat du
12e.

Le fils narre à son père la manière dont il a
déposé le sac. Charles le remercie, mais il l'a suivi sur
les écrans de contrôle des caméras de surveillance en

compagnie des policiers. Charles est très heureux que cette remise de rançon se soit déroulée conformément au souhait du ravisseur et surtout sans heurts.

Il narre à Antoine, qui l'ignore, la disparition quasi magique du sac dans la bouche d'égout.

Charles ne se soucie pas de la façon dont finira son argent, l'essentiel reste la libération de Julie. Cette fois, il ne doute pas qu'elle soit le vrai sujet de l'enlèvement. La probabilité d'être la victime de deux blagues de mauvais goût en quatre jours semble très faible !

Un homme vient rejoindre Charles et son fils dans le minuscule bureau qu'ils occupent en attendant le retour de Joseph Rabitt, de Maggie Charbonnel et de William Delavoy.

— Le traceur ne bouge plus, dit-il. Il reste fixe, quasiment à la verticale du point de livraison.

— Le ravisseur est sans doute blotti au fond. Il ne sortira que lorsque les recherches auront cessé, réplique Antoine.

— Ça m'étonnerait, soupire le policier en bras de chemise. Soit il a découvert le traceur et il s'en est débarrassé, soit il a transféré le magot dans un autre contenant et le mec est déjà loin. Et dans ce cas, c'est qu'on a à faire à un pro ! De toute façon, il n'y pas de réseau dans les Catacombes. On ne l'aurait pas suivi longtemps !

*

50

Après leur avoir annoncé qu'il ne se passerait rien de nouveau avant le lever du jour, Charles et Antoine avaient été renvoyés chez eux. « On vous préviendra si ça bouge », leur avait dit Maggie.

Du temps était nécessaire pour mobiliser la brigade des Cataflics et organiser la traque, mais à vrai dire, Maggie avait choisi de ne pas précipiter les choses pour ne pas mettre le — ou les — ravisseur en situation de stress. La poursuite des recherches sur le terrain ne reprendrait qu'au matin, avec l'espoir que Julie soit libérée d'ici là.

Tous avaient cependant en tête que Julie avait pu subir des maltraitances durant sa détention, et même certains pensaient à la mort, mais personne n'osait évoquer ces terribles éventualités !

William avait rejoint très tard sa famille et son lit.

Quant à Rabitt, il avait invité sa collègue au Pied de cochon, une des rares brasseries où l'on peut encore se restaurer à une heure avancée.

Ils discutèrent longuement de l'affaire, mais pas seulement…

Il était 05 heures lorsqu'ils furent poussés vers la sortie, et aux premières lueurs du jour ils étaient toujours attablés à une terrasse des Halles, autour d'un café !

De très bonne heure, Charles eut un appel téléphonique qui l'extirpa de sa torpeur. Il s'agissait de la ministre de la Transition écologique qui venait aux nouvelles à la source. Elle avait appris par la Chancellerie que sa femme était la victime bien réelle d'un enlèvement. Ce n'était donc ni une escapade amoureuse ni un canular, comme elle avait pu le penser.

Ils avaient longuement échangé.

Charles l'avait remerciée pour son intervention auprès du ministre de la Justice et l'avait informée qu'il lui avait délégué un Commissaire, d'ailleurs toujours au service de l'affaire. Son amie l'avait assuré de son soutien.

— Je vais suivre la situation de près, lui avait-elle dit pour conclure.

— Merci beaucoup, mais s'il te plaît reste discrète. Si tout cela pouvait se terminer dans l'anonymat.

— Promis, avait-elle répondu !

Durant la nuit, une équipe d'OPJ avait travaillé sur les enregistrements des caméras de surveillance. L'individu qui avait tracé la croix à la craie près de la poubelle y apparaissait et il serait sans doute assez simple de l'identifier.

Pour l'instant, tous espéraient la libération imminente de Julie.

51

À 8 heures, personne n'avait eu de nouvelles de Julie.

Plusieurs équipes s'étaient constituées et certaines d'entre elles pénétraient déjà les entrailles du sous-sol parisien.

Maggie avait en tête que le ravisseur avait eu divers choix. Soit, celui de se terrer un certain temps dans ce sous-sol, qu'il semblait très bien maîtriser, en attendant que les recherches se calment, soit celui d'en sortir au plus vite pour regagner une planque de surface. Mais elle gardait à l'esprit que l'otage pouvait être retenu prisonnier dans une des galeries…

Une des difficultés majeures de ces carrières interdites est la multiplicité de leurs entrées, connues ou plus ou moins secrètes.

Il en existe en effet plus d'une centaine que, depuis quelques années, les pouvoirs publics s'acharnent à tenter d'obturer en soudant les plaques IGC, en élevant des murs ou en coulant du béton dans certains conduits, mais les Cataphiles, qui jouent au chat et à la souris avec les forces de l'ordre, s'obstinent à les rouvrir, et même à en créer de nouvelles. La police de ce sous-sol connaît la plupart d'entre elles, mais il lui est impossible de poster une équipe devant chacune. D'autant que de nombreuses chatières, parfois creusées par les Cataphiles eux-mêmes, mettent en communication les carrières, le métro, les égouts, et parfois des tunnels spécifiques aux câbles électriques, constituant ainsi un réseau de plus de mille kilomètres !

Aussi, dans ce dédale, trouver ce que l'on cherche s'apparente à la quête d'une aiguille dans une meule de foin, mais la pensée que Julie puisse y être retenue prisonnière suffit à justifier que l'on s'y perde.

Les plaques IGC ouvrant sur des puits sont encore très nombreuses sur les chaussées et trottoirs parisiens, mais il existe des manières plus originales de s'introduire secrètement dans le sous-sol de Paris, notamment au niveau de la Petite-ceinture. Il s'agit d'une ligne ferroviaire abandonnée qui contournait la capitale. De longs tronçons et de multiples tunnels (certains de près d'un kilomètre) sont interdits au public, mais les jeunes aventuriers y ont découvert, et parfois créé, de nouveaux accès.

Une équipe s'est justement rendue vers la Petite-ceinture, une autre va entrer dans les Catacombes par le nord, enfin, une troisième va pénétrer dans les entrailles de Paris par la plaque de la rue du père Corentin, que des employés de la ville ont réussi à ouvrir.

Cette dernière équipe est composée de deux Cataflics, de la Commandante Maggie Charbonnel qui dirige l'enquête et du Commissaire Joseph Rabitt qui est parvenu à se faire accepter pour participer aux recherches.

Pour l'occasion, tous se sont équipés de casques, de lampes frontales, de torches et même de bougies, de bottes, de vêtements chauds, sans oublier l'eau, les baudriers, les cordes et les sacs étanches… Une véritable expédition, mais l'expérience prouve que dans ce milieu hostile les besoins peuvent être divers et les situations parfois inattendues.

Avant d'entrer, les deux Cataflics ont informé Maggie et Rabitt de l'étrange caractéristique des lieux.

Dans les galeries règnent une l'humidité très importante et une température constante de 14°, bien plus fraîche que celle du dehors, qui ce jour avoisine encore les 35° ! Si certaines d'entre elles sont très accessibles, d'autres sont en partie inondées. Il existe des passages difficiles et périlleux constitués de chatières et de puits. L'obscurité et le silence sont complets et aucune liaison téléphonique avec l'extérieur n'est possible.

La consigne est donc de ne pas se perdre et d'éviter de se blesser, avait expliqué la cheffe.

L'évocation de ces difficultés, ne sembla pas décourager Maggie qui souhaitait assumer sa responsabilité de l'enquête et rester au cœur de l'action.

Quant à Rabitt, il ne se posa pas la question de la dangerosité.

Si Maggie y va, il y va aussi !

L'un derrière l'autre, les quatre policiers s'introduisent dans le puits. Il leur faut descendre une bonne cinquantaine de barreaux rouillés et glissants dans un étroit goulot avant d'arriver au sol. Il fait déjà très sombre. L'atmosphère est moite. Le silence est total.

Marianne, la cheffe leur impose de la suivre.

La longue galerie dans laquelle ils s'engagent est inondée par vingt centimètres d'une eau étonnamment claire qui miroite sous les faisceaux de leurs torches.

— L'eau provient de la nappe phréatique. Elle n'a rien à voir avec les égouts, précise le deuxième Cataflics pour rassurer les deux enquêteurs.

Plusieurs voies secondaires partent à droite et à gauche. Malgré la pureté annoncée de l'eau, Rabitt n'apprécie pas du tout l'environnement hostile dans lequel il patauge.

Après deux cents mètres, le sol est heureusement enfin sec. Sur les parois, des inscriptions et des tags prouvent qu'il y a ou qu'il y a eu de la vie.

Les quatre policiers sont souvent arc-boutés sous des plafonds bas.

Une marche silencieuse d'une quinzaine de minutes les conduit à l'entrée d'un long et étroit tunnel.

Rapidement, le groupe bifurque à gauche et débouche sur un dédale de galeries et de petites grottes aux innombrables graphes.

Rabitt commence à vraiment douter de la pertinence de leur quête. Ce n'est sûrement pas dans ce labyrinthe obscur qu'ils vont retrouver la trace du ravisseur !

— Nous arrivons à la « salle Marie-Rose », ainsi nommée parce qu'elle est située sous la rue Marie-Rose, précise Marianne. C'est un lieu très fréquenté, surtout le week-end.

Mais dans cette grotte surprenante, aujourd'hui il n'y a personne !

Les parois sont entièrement recouvertes de peintures variées, certaines assez artistiques, d'autres moins. Il y a même une plaque commémorant Foxy, une Cataphile décédée dans les carrières il y a plusieurs années. L'endroit est lugubre…

Maggie et Rabitt sont depuis longtemps perdus et totalement désorientés.

Leurs guides les entraînent dans de multiples galeries, toutes plus étonnantes et mystérieuses les unes que les autres, avant d'aboutir dans une vaste cavité où sont disposées des dizaines de fleurs artificielles multicolores.

Ce lieu incongru rappelle l'atmosphère lourde et solennelle d'une nécropole. !

Ils passent par une salle nommée « Bysance ».

— C'est un endroit malfamé, commente l'adjoint de Marianne…

L'équipe avance, souvent accroupie, parfois à quatre pattes, dans un spectaculaire univers minéral offrant à chaque instant une nouvelle surprise. Mais il n'y a aucune trace de l'individu qu'ils recherchent, ni d'aucune âme qui vit d'ailleurs !

Marianne informe le petit groupe de leur arrivée au « Cellier ».

Cet endroit a été occupé par la brasserie Gallia qui y entreposait ses bières. Il est aujourd'hui incroyablement décoré de graphes reproduisant des tableaux célèbres.

Un lieu de fête aussi, peut-on constater en apercevant l'abondance de cannettes vides « oubliées » par des Cataphiles éméchés !

Comme quoi, à certains moments, cet univers doit s'éveiller, pense Rabitt.

— On va quand même faire un tour à « la Plage », mais je serais étonnée que notre homme soit dans ce secteur bien trop fréquenté, annonce Marianne.

Encore un endroit stupéfiant !
Un golem garde l'entrée de la salle.

Il s'agit d'une ancienne cave qu'occupait une autre brasserie. Son sol est recouvert de sable fin et on peut y admirer sur un des murs une interprétation de « la vague » d'Hokusai. Des centaines de graphes plus ou moins artistiques et plus ou moins effrayants tapissent les parois de dizaines d'alcôves, cheminements et recoins de cet incroyable labyrinthe.

Cela fait des heures que le groupe s'est engouffré dans les profondeurs de Paris, sans avoir rencontré personne, lorsqu'au détour d'un tunnel une lueur s'efface tandis qu'un bruit de cavalcade se fait entendre.

Le couple de Cataflics s'élance à la poursuite de l'intrus, plantant sur place Maggie et Rabitt qui tardent à les suivre.

Ce pourrait être un Cataphile et pourquoi pas le ravisseur…

En moins de trente secondes, ils perdent de vue leurs guides et hésitent entre plusieurs galeries. Ils appellent, mais n'ont en réponse que l'écho de leur cri.

— Il faut revenir au point où nous les avons paumés, dit Maggie qui est habituée aux randonnées pédestres et aux consignes que reçoivent les participants des groupes de marche.

Ils errent cinq bonnes minutes dans l'impossibilité de reconnaître et bien sûr de retrouver ce fameux point. Ils sont perdus ! Des galeries partent dans tous les sens. Le téléphone ne passe pas et ils n'ont pas de plan. Ils croisent une plaque mentionnant « rue d'Alésia » !

— Ah… Au moins, nous savons où l'on est, mais j'aurais préféré que l'on nous indique la sortie, commente Rabitt.

— Il vaut mieux ne plus bouger et attendre, dit Maggie en s'asseyant sur un banc taillé dans la pierre.

— Et l'on pousse un cri toutes les trente secondes, rajoute Rabitt.

Seule leur voix résonne dans ce silence absolu. Angoissant !

Maggie balaye des yeux les parois de cette mini grotte. Elle s'étonne de n'y voir aucune toile d'araignée. Sans doute parce qu'il n'y a aucun insecte ! Pas de chauves-souris non plus, pense-t-elle soudain. En fait, il n'y a pas de vie !

Au-delà du mince faisceau de leur lampe frontale, le noir est complet.

— On va forcément nous retrouver. Ce n'est pas comme si personne n'était au courant de notre entrée dans ces putains de Catacombes, dit Rabitt pour rassurer sa collègue qui commence à grelotter.

— Je ne suis pas inquiète, répond Maggie qui se recroqueville en posant la tête sur l'épaule de Rabitt.

À intervalles réguliers, le Commissaire est le seul à crier.

— Ohé… Ohé…

Il n'a pas regardé sa montre depuis qu'il se sont perdus…

Il n'y a aucune référence de temps dans ce monde étrange !

Maggie tremble de plus en plus.

Elle a fermé les yeux.

Rabitt lui passe un bras autour de la taille et prend sa main glacée. Elle lui serre les doigts, comme pour le remercier de son geste et elle approche la tête de son cou. Ses courts cheveux frisés chatouillent le nez de Rabitt qui n'ose pas bouger.

— Ohé… Ohé… Tu veux une barre chocolatée ?

— Non, merci, dit-elle en collant sa joue contre la sienne.

Habitué aux émotions fortes et à la débrouillardise, Rabitt n'en mène cependant pas large. Cet univers lui est hostile. Il n'a plus ni repères ni ressources. Sa voix est désormais plus faible, éraillée et plaintive, lorsqu'il lance de moins en moins fréquemment des appels.

— Ohéééé…. Ohé…

— Ça va aller. Ne t'inquiète pas. Ils vont bien nous retrouver, lui susurre Maggie en lui posant un baiser sur la joue.

Rabitt sait déjà qu'il n'évoquera pas ces dernières heures sur son rapport à la Chancellerie !

Sans doute favorisée par le silence et l'absence de stimuli, une touchante intimité s'est installée entre eux. Pour chacun, la présence de l'autre est rassurante. Ils n'ont plus besoin de parler. Leur simple contact les tranquillise.

La fatigue les emporte…

Ils ignorent depuis combien de temps dure leur léthargie lorsque Maggie croit entendre des pas…

*

52

Depuis tôt ce matin, Charles n'a pas quitté son téléphone des yeux. Il attend un appel lui annonçant que Julie a été retrouvée saine et sauve…

Mais il est déjà 15 heures et il n'a toujours pas d'information.

De la baie du salon, il regarde le ciel uniformément laiteux qui signe la poursuite d'une chaleur étouffante.

Où peut bien être Julie ? Pourquoi le ravisseur ne l'a-t-il pas relâchée ? Pourtant, il a respecté sa volonté et payé la rançon…

Et sans cesse, cette histoire de valise pleine de billets lui revient en tête !

Il ne conçoit pas que Julie ait pu être en possession d'une telle somme à son insu. Sans doute lui a-t-on volé son bagage pour effectuer un transport illicite de fond…

Malgré la climatisation, une goutte de sueur roule sur son torse.

Elle attire son regard. Sa ceinture est beaucoup plus lâche que d'habitude. Il est sûr d'avoir maigri. Évidemment, il ne se nourrit quasiment plus depuis huit jours ! Cette perte de poids doit se voir sur son visage et lui tirer un peu plus les traits.

Il se sent sombrer, impuissant.

Il y a quelques semaines, on le glorifiait en le citant parmi les plus grandes fortunes de France et on l'enviait. Désormais, il est une loque, justement en raison de sa richesse !

Il pense à Antoine, qui doit être en train de gratter sa guitare dans l'attente des nouvelles de sa mère… À moins qu'il soit allé boire une bière avec des copains… Son garçon n'est décidément pas à son image !

Charles tente une nouvelle fois de joindre Rabitt, mais la communication bascule instantanément sur sa messagerie.

Le résultat est le même vers le portable de la directrice de l'enquête !

*

53

Les Inspecteurs qui ont analysé les enregistrements des caméras de surveillance ont repéré l'homme qui est l'origine de la croix à côté de la poubelle.

Il ne semblait pas se cacher. Ils l'ont vu sortir de la copropriété sise au n° 72, s'avancer sur le trottoir, puis après s'être péniblement accroupi il a sans la moindre hésitation marqué le sol à la craie. Après quoi, il est tranquillement rentré dans l'immeuble, comme s'il en était un occupant.

L'individu, très grand, longiligne, moustachu, était en bermuda et arborait une casquette de type irlandais.

D'après sa démarche, il devait avoir près de soixante-dix ans.

William est en route vers la rue du père Corentin.

Sa mission est d'identifier l'homme.

Ce qui ne devrait pas être très difficile tant son allure est facilement reconnaissable !

54

Maggie bondit de son siège de pierre.

— On est là ! crie-t-elle sans savoir qui arrive.

Par bonheur, il s'agit bien des deux Cataflics qui les accompagnaient !

La Commandante et le Commissaire affichent un large sourire et feignent la sérénité, mais les stigmates de la peur se lisent encore sur leur visage !

Après s'être assuré que tout va bien, la cheffe Marianne raconte leur chasse à l'homme.

— Le salaud, il nous a fait courir un long moment... Comme nous allions lui mettre la main dessus, il nous a gazés avec une bombe fumigène. D'habitude, nous ne nous démenons pas autant pour poursuivre les Cataphiles, mais nous avons pensé que ce pouvait être l'individu que nous recherchons... On croyait que vous nous suiviez... Après on vous a paumés... Vous avez bien fait de ne pas bouger, mais vous vous êtes sacrément éloignés... Encore un peu, et on vous passait à côté, dit-elle, toujours essoufflée.

— Je ne vois pas comment retrouver qui que ce soit dans ce labyrinthe. On ne pourrait pas se diriger vers la sortie ? suggère Rabitt manifestement démotivé.

— Je vous rappelle, Commissaire, dit Maggie en s'adressant à Rabitt, que c'est moi qui mène officiellement l'enquête et qui décide ! J'ordonne donc… le retour à la surface ! dit-elle en lui envoyant un clin d'œil complice.

Ils marchent encore longtemps, se faufilent, pas toujours aisément et parfois même rampent, dans des méandres déserts, humides, et fréquemment tagués.

Ces carrières interdites sont à la fois un lieu d'expression, de méditation, de rencontres, mais aussi de fêtes, de beuveries et depuis peu d'agressions sexuelles. Lorsqu'on y pénètre, il faut se conformer aux codes que les habitués ont définis. Le respect et le secret y sont prônés, mais les abus restent nombreux. Désormais s'affrontent les grapheurs et ceux qui condamnent leurs excès, fussent-ils artistiques, pour la défense de l'endroit et de son histoire. À l'attention de ceux qui s'acharnent à effacer les tags, on voit de plus en plus souvent les lettres « F.C ». Elles signifieraient « Frotte connard » ! Une provocation envers ceux qui souhaiteraient faire disparaître les inscriptions ou les graphes…

À l'approche de la sortie, les quatre policiers traversent une partie de l'ossuaire avec ses murs et ses colonnes de tibias, de fémurs et de crânes, écrasant parfois sous leurs pieds des brisures d'os dans un craquement sinistre.

Après toutes ces heures passées sous terre, Maggie et Rabitt suffoquent et maudissent cette ambiance morbide.

Heureusement, une porte métallique s'ouvre enfin et la lumière du jour pointe.

*

55

William avait été d'une efficacité extrême.

Le premier occupant de l'immeuble avec qui il avait pu échanger l'avait aussitôt renseigné sur la personne recherchée.

Monsieur Barrière était membre du Conseil syndical. « Il est allé faire des courses », lui avait dit sa femme, mais William avait pu le questionner dès son retour.

Celui-ci lui avait expliqué que depuis des semaines il se bagarrait avec le nouvel employé d'immeuble chargé de sortir les poubelles. La veille du ramassage, il les flanquait régulièrement en désordre au milieu du trottoir, au point de gêner la circulation des piétons. L'homme faisait mine de ne rien comprendre, aussi pour clore toute discussion il lui avait dit « Je vais vous tracer une croix sur le bitume. Veillez à toujours les placer à cet endroit ».

Monsieur Barrière n'avait pas l'étoffe d'un ravisseur et vu sa fonction syndicale, son explication était plausible.

La piste de la croix à la craie s'était ainsi totalement refermée.

56

Maggie animait la réunion de cette fin de journée. Elle parvenait difficilement à maintenir son esprit en éveil, et Rabitt dodelinait de la tête, les paupières atrocement pesantes.

Toutes les équipes, qui ce jour avaient été mobilisées sur l'affaire, étaient rassemblées dans une grande salle du commissariat pour faire le point sur leurs investigations.

Le chef de l'équipe chargée de la partie sud de la Petite-ceinture, prit la parole.

— Nous avons surtout surveillé les sorties, relata-t-il. À part trois gamins aventurés dans les carrières avec pour seule lumière un téléphone portable, rien à signaler, précisa-t-il.

Le puits dans lequel le ravisseur avait disparu était dans la zone sud des carrières. Tous imaginaient qu'il la quitterait dans ses environs. Ce n'était pas le cas. S'enfuir par le nord ou par l'est semblait être un pari très audacieux, mais possible. Malheureusement, il y avait aussi de multiples échappatoires par l'une des plaques IGC, en plein cœur de la ville !

L'équipe entrée par la partie nord avait visité le « bunker allemand » situé sous le lycée Montaigne *(un lieu que les Allemands ont investi au cours de la dernière guerre)*, la salle dite « de l'apéro » *(constituée d'un banc, d'une table et d'un puits)*, « La fontaine des Chartreux » *(Un des nombreux monuments laissés par l'inspectorat de Louis-Etienne Héricart de Thury. Outre un bassin auquel on accède par un escalier massif menant à un puisard, cette salle est dotée d'une très belle échelle d'étiage qui servait à mesurer le niveau de la nappe phréatique)*. L'équipe avait terminé ses recherches à la « salle des cubes » *(une salle où l'on peut voir plusieurs cubes de pierre taillés dans la roche)*. Bien sûr, elle avait aussi visité d'innombrables niches, puits et culs-de-sac. En vain !

— Il faudrait être deux cents pour inspecter toutes les galeries… Et encore ! On n'a pas exploré un centième des lieux, conclut l'officier.

Maggie à son tour relata leur expédition, sans évoquer le moment où ils s'étaient perdus et assoupis.

— Le type avait bien préparé son coup, dit-elle. Dans cet incroyable dédale, il est tout à fait impossible de retrouver quelqu'un qui connaît la géographie des carrières ! D'autant plus que nous n'avons aucune idée ni de l'identité ni de la physionomie de l'individu que l'on recherche, ajoute-t-elle. Il a pu quitter les lieux avec le butin, ou le planquer avec l'intention de le récupérer plus tard, lorsque l'affaire sera tassée. Il y a tellement de caches possibles ! Mais à mon sens, le ravisseur n'est plus sous terre, conclut Maggie.

— L'otage, peut-être si, murmura un homme.

— Ça m'étonnerait, répondit Maggie. Passer une semaine, isolée dans ces souterrains, dans l'obscurité, l'humidité et le silence, serait la pire des tortures.

— On a aussi fait chou-blanc sur le mec qui a fait la croix, annonça William dépité.

À cet instant, sans résultats et sans perspectives, le moral des policiers était au plus bas. Surtout celui de Maggie qui, en tant que responsable de l'enquête, ne pouvait justifier aucune avancée.

Rabitt était également déprimé et il aurait volontiers tout laissé tomber s'il n'y avait eu pas sa collègue Commandante !

En dépit des affinités, que certains avaient constatées, il existait entre eux une forme de retenue faite de respect, d'admiration, mais aussi d'appréhension. Rabitt pressentait la rigidité, la passion et l'entièreté de Maggie. Quant à Maggie, malgré sa force de caractère, elle demeurait intimidée par ce barbouze solitaire et indépendant. L'un et l'autre avaient pris l'habitude de vivre seuls et sans véritable tendresse.

Il n'empêche que depuis deux jours, ils semblaient se chercher, s'apprécier et même s'apprivoiser…

À l'évidence, un sentiment amoureux était sous-jacent, et pas uniquement une attirance physique ! Une mystérieuse alchimie opérait.

*

57

Cette nuit du 9 au 10 août, en raison de leur fatigue et en dépit des difficultés de la veille, Rabitt et Maggie ont parfaitement bien dormi, mais chacun de leurs côtés, dans leur logement respectif !

Hier soir, avant de totalement s'ensommeiller, la tête lourde et les yeux brouillés, le Commissaire a rédigé son rapport puis il l'a aussitôt envoyé par mail à la Chancellerie.

Particulièrement court et dénué de détails, il pouvait se résumer en quelques mots : « Tout va bien, mais ravisseur en fuite… dans l'attente de la libération de madame Jeanselme ».

Philippine Kofman est journaliste à l'AFP. Échotière, pourrait-on dire, bien que ce qualificatif ait une connotation péjorative.

Tous les matins, vers 7 heures 30, elle appelle différents commissariats parisiens dans lesquels elle a un contact pour prendre connaissance des faits divers de la nuit.

Dans celui du 12ᵉ, Maggie Charbonnel est non seulement son informatrice privilégiée, mais aussi une amie. Elles se sont rencontrées il y a six ans dans un club de randonnée et ces deux célibataires ont même passé quelques week-ends ensemble.

Ce matin, au ton de sa réponse, Philippine devine que son amie est pressée et de mauvaise humeur.

— Je ne te dérange pas longtemps. Donne-moi juste les faits majeurs, dit-elle.

— Je ne suis encore au courant de rien. J'arrive à l'instant ! Laisse-moi consulter le cahier des interventions, rétorque sèchement Maggie.

— Pas de problème, je patiente…

— Comme dab, quelques poivrots qui se chicanent dans les bars, un tapage nocturne et des violences intrafamiliales… En fait la routine habituelle qui n'intéresse plus personne, même pas toi, je suppose ! Attends… On me dit qu'une brigade vient de partir pour un accident à la station Daumesnil. La personne serait décédée. Je te préviens tout de suite que nous n'en savons pas plus. La seule chose que je peux te préciser c'est que ça va encore foutre la merde dans les transports !

Maggie distille cependant à son amie les informations avec parcimonie, car dès qu'un sujet l'intéresse, Philippine la harcèle jusqu'à obtenir ce qu'elle a envie d'entendre. Cette pression est d'autant plus pénible, que sa manière de relater les événements n'est pas toujours aussi factuelle que son métier l'exige. Plusieurs fois, elle a d'ailleurs été sermonnée pour cela !

C'est pour cette raison que tout à fait volontairement Maggie s'est tue au sujet du rapt. Elle se rappelle que Rabitt lui a demandé la plus grande discrétion, comme son client le souhaite.

Elle le lui a promis. Dans la mesure du possible bien sûr ! Mais pas question d'en toucher le moindre mot à sa copine journaliste !

Philippine se mit aussitôt en route pour Daumesnil.

La station était fermée, mais grâce à sa carte de presse, elle était parvenue à s'avancer au plus près du drame.

Pour l'instant, on en ignorait encore la cause.

Les premiers témoignages évoquaient une grande femme d'une quarantaine d'années aux longs cheveux bruns, qui sur la voie avait été heurtée par un train qui arrivait à quai.

La personne qui ne possédait aucun papier n'avait pas pu être identifiée.

Philippine se hâta de prendre une photo de la rame, incluant les enquêteurs et le périmètre de sécurité. Puis, elle s'éloigna de la scène de « l'accident » et repèra un siège depuis lequel elle rédigea sur son portable le texte suivant : « Une femme brune d'environ quarante ans a trouvé la mort sur les rails du métro à la station Daumesnil. Suicide, accident ou crime, aucune hypothèse n'est exclue à ce stade. Ce sera à l'enquête de le déterminer. Toute disparition correspondant à ce bref portrait est à signaler au commissariat du 12e ».

Philippine appuia sur « envoyer ».

Difficile de faire plus rapide pour récolter et transmettre une info à son agence !

*

58

Hier, Charles n'avait finalement réussi contacter son protecteur qu'en fin de journée, après la réunion des équipes de recherche.

Rabitt était épuisé, mais il lui avait résumé son expédition souterraine avec Maggie et les Cataflics, ainsi que le briefing qui avait suivi.

Charles avait compris que cette journée n'avait apporté aucun élément nouveau ni sur le ravisseur ni sur son otage. Il avait aussi appris qu'il était vain de fouiller cet incroyable labyrinthe du sous-sol parisien, tellement les options d'en échapper ou de s'y dissimuler étaient infinies.

Ce constat d'échec et cette désillusion supplémentaire avaient fini de lui ruiner le moral.

Charles avait alors ingurgité deux whiskies bien tassés dans l'espoir d'inhiber son activité cérébrale, mais il avait passé une nuit quasiment blanche, alternant de brefs instants d'assoupissement et de longs moments d'angoisse.

Il n'avait pas eu envie de regarder la télévision et encore moins de lire. À vrai dire, il n'avait le goût à rien, mais ne pouvait pas s'empêcher de penser.

Et ses pensées étaient plutôt noires !

Lorsque le soleil s'était levé, l'idée d'affronter une nouvelle journée, seul et sans nouvelles de Julie, l'avait effrayé.

Vers 8 heures, Antoine était arrivé avec un sachet qu'il avait déposé sur la table.

— On prend le café ensemble, P'pa ? J'ai acheté des croissants.

— Si tu veux, répondit Charles, sans grand enthousiasme.

— Je m'en occupe.

Charles trouvait son fils curieusement détendu, mais ce n'était qu'une apparence.

Antoine avait également très mal dormi.

Il feignait la désinvolture, mais demeurait très inquiet pour sa mère.

Il était également très soucieux pour son père qu'il n'avait jamais vu dans un tel état de déchéance physique et morale. Il se demandait même s'il survivrait en cas de disparition de Julie et fut pris à la fois d'effroi et de pitié.

C'était à lui maintenant de le soutenir, de l'encourager et de l'inciter à garder confiance.

La tâche s'annonçait difficile, mais il se sentait prêt à assumer ce rôle.

Pendant qu'Antoine préparait le petit déjeuner, Charles consulta à nouveau son téléphone. Il n'y croyait pas trop, mais ne désespérait pas d'avoir des nouvelles de Julie par mail ou SMS…

Mais non, rien ! Ni dans la boîte de réception ni dans les spams…

Par inadvertance, son doigt glissa et une page d'actualités du Parisien s'ouvrit. La guerre entre Israël et la Palestine, les frasques de Trump, la grogne des agriculteurs, les manifestations contre la loi sur l'immigration, étaient à la Une. Il parcourait les gros titres lorsqu'en dessous il lut : « *À la station Daumesnil, une femme meurt écrasée par le métro* ».

Machinalement il appuya sur le lien et l'article apparut.

Quelques secondes plus tard, Charles d'une pâleur extrême glissa de sa chaise. Antoine le rattrapa in extremis avant qu'il s'affale sur le sol.

— Qu'y a-t-il P'pa, tu ne te sens pas bien ?

— Ta mère… répondit Charles semi-comateux en montrant son smartphone.

Antoine avait aussitôt appelé le commissariat du 12e.

On lui avait passé Maggie Charbonnel, la responsable de l'enquête.

— La femme écrasée par un métro… Mon père soutient que ça pourrait être ma mère, avait dit Antoine.

— Tu peux lui dire de venir immédiatement au poste, lui avait répondu Maggie paniquée.

— OK. On arrive !

Cet appel bouleversait la Commandante.

Lorsqu'elle avait informé son amie journaliste, elle n'avait pas imaginé un seul instant que la victime décédée sur la ligne puisse être madame Jeanselme.

Elle pensa que si tel était le cas, l'échec de son enquête serait complet. Rançon envolée, ravisseur introuvable, otage mort, et aucune piste… La totale !

De plus, il lui revenait la terrible tâche de faire identifier, par l'homme qui pouvait être son époux, le corps déchiqueté de cette femme. Elle n'imaginait cependant pas le confronter directement avec son cadavre sans avoir quelques certitudes complémentaires.

Maggie avait contacté son collègue chargé de l'affaire du métro Daumesnil.

Il lui avait aussitôt communiqué les derniers éléments de son enquête.

Le visage de la victime, broyé par le choc, était méconnaissable.

Outre la description initiale qui avait été donnée à la presse, elle ne présentait aucun signe particulier, de type tatouage ou cicatrice, permettant une identification quasi formelle.

De l'avis général, il n'y avait pas eu de bousculade. Un seul témoin prétendait avoir vu la femme au moment où elle basculait sur la voie sans pouvoir dire si elle s'était jetée elle-même ou si l'homme qui était à ses côtés l'avait poussée. D'après lui, l'accident semblait à exclure. Les caméras de surveillance n'avaient pas pu trancher, car une rangée de passagers en attente sur le quai masquait en partie la personne.

Son collègue lui avait envoyé plusieurs photos de la victime.

Elles étaient atroces, comme chaque fois qu'un train percute un usager de plein fouet. Le corps était disloqué et des morceaux étaient éparpillés sur la voie. Maggie ne pouvait décemment pas montrer ses clichés à monsieur Jeanselme. Qu'il soit son époux ou pas !

C'est en visionnant le dernier que lui vint une idée.

Charles et Antoine arrivèrent pendant qu'elle était en discussion avec son collègue chargé de l'affaire du métro.

Ils furent conduits dans le bureau de Maggie.

Ils attendaient depuis quelques minutes lorsque la Commandante se présenta.

Le père et le fils, effondrés sur leur chaise, étaient dans un état de stress et de désespérance épouvantable. Ils faisaient peine à voir ! Charles, persuadé que ce ne pouvait être que Julie, avait convaincu Antoine, qui était sous le choc.

Certes, quelques indices coïncidaient, mais de très nombreuses personnes pouvaient correspondre à ce profil très imprécis.

Maggie se décomposa en découvrant le jeune garçon.

Elle n'avait pas imaginé sa présence pour l'identification !

Ce serait un terrible moment à affronter si la victime était sa mère.

Elle salua les deux hommes avec retenue et solennité avant de s'asseoir à son bureau.

— Je n'ignore pas vos tourments et je suis désolée d'avoir à vous faire subir une telle épreuve. Pour l'instant, rien ne prouve que la victime soit votre épouse et votre maman, dit-elle en fixant Charles puis Antoine. En réalité, nous ne savons pas qui est cette personne. Je vais vous soumettre des éléments susceptibles de l'identifier, ou je l'espère de ne pas l'identifier. J'ai pensé que cela pourrait suffire, poursuivit-elle en poussant vers eux, la photo d'une main ensanglantée.

*

59

Il était 2 heures 50 la nuit dernière, lorsqu'au cours de sa maraude la BAPSA (Brigade d'assistance aux personnes sans abri — Un service de la direction de la sécurité de proximité de l'agglomération parisienne) stoppa son véhicule à hauteur du 151 boulevard de La Villette.

Là, sous le pont du métro, non loin de l'entrée Stalingrad, les agents avaient aperçu une personne dans une situation inquiétante.

Elle était allongée sur le trottoir, sur le dos, les bras en croix. En s'approchant, ils avaient découvert une femme. Elle avait les yeux révulsés et un filet de bave séchée au bord des lèvres. Leur première impression fut qu'elle était morte, mais un léger souffle et une difficile prise de pouls l'infirmèrent. Elle était vivante, mais sacrément dans le potage. Cependant, des détails dénotaient... Cette femme portait des vêtements de marque, avait une chaîne en or autour du cou et une jolie bague au doigt. Elle n'avait rien d'une SDF !

L'un des agents lui avait tapoté la joue.

— Madame, madame, réveillez-vous...

La femme avait tourné la tête avant de la laisser retomber sur le côté.

— Elle est mal en point. Appelle le SAMU ! avait dit à son collègue celui qui semblait être le chef.

Moins de vingt minutes plus tard, les infirmiers du SAMU lui posaient une perfusion et l'entreposaient sur un brancard qu'ils glissaient dans l'ambulance.

Après quoi, sirène hurlante et gyrophare en action, ils avaient filé vers l'hôpital Saint-Louis.

La femme avait été immédiatement prise en charge aux urgences, en grave état de choc. En raison d'une très importante chute de sa tension artérielle et d'une bradycardie majeure, le pronostic vital fut un instant engagé. Heureusement, quelques heures de perfusions et d'oxygène lui permirent de retrouver un brin de conscience au lever du jour.

Les premières constatations, qui avaient fait penser à une consommation excessive de drogue, furent confirmées par les analyses sanguines. Cette femme était victime d'une trop forte prise d'ecstasy qui aurait pu lui être fatale si la BAPSA n'était pas passée par là.

Vers 8 heures, l'équipe médicale qui effectuait la visite avait trouvé la patiente encore très désorientée. Elle semblait ne pas comprendre les questions et répondait de manière inintelligible.

— Vous avez pu prévenir quelqu'un ? avait demandé l'interne à l'infirmière-cheffe.

— Malheureusement, cette dame n'a aucun papier avec elle. Nous n'avons pu avertir personne.

— Mettez-vous en contact avec le commissariat. Continuez les traitements en cours. Les constantes s'améliorent. Dans la journée, espérons qu'elle pourra elle-même nous raconter son histoire, avait conclu le médecin.

*

60

Au commissariat central, Maggie présentait à Charles et à son fils la photo d'une main droite arrachée à hauteur de l'avant-bras.

La partie proximale était couverte de sang, alors que la partie distale demeurait d'une blancheur extrême. On aurait pu dire cadavérique ! Le poignet et les doigts étaient fins. Les faux ongles étaient longs et vernis de rouge, sauf celui de l'annulaire qui était peint en bleu.

Maggie avait les yeux rivés sur le visage des deux hommes.

Elle était bouleversée et appréhendait leurs réactions.

Le père et le fils avancèrent ensemble le buste vers le bureau et se figèrent à la verticale de la photo. Puis sans un mot ils se regardèrent, comme si chacun attendait l'assentiment de l'autre. Charles prit la parole le premier.

— Ce n'est pas sa main, dit-il simplement.

— Je ne crois pas non plus que ce soit celle de ma mère, avait à son tour déclaré Antoine.

— Vous êtes sûrs ? questionna Maggie.

Elle souhaitait une confirmation définitive avant de relâcher la pression, qui depuis l'appel téléphonique d'Antoine n'avait jamais cessé de monter.

— Julie ne s'est jamais fait poser de prothèses ongulaires et elle avait horreur des filles qui se barbouillent les ongles de couleurs différentes. Et puis Julie ne quittait jamais l'améthyste que je lui avais offerte pour nos vingt ans de mariage et qu'elle portait sur l'annulaire droit.

— Je confirme, dit Antoine. Ce n'est pas la main de maman.

L'inconnue de la station Daumesnil n'était donc pas madame Julie Jeanselme.

Certes, cela ne faisait pas avancer l'enquête de son collègue, mais elle s'en fichait un peu. L'important était de garder intact l'espoir de retrouver vivante l'épouse de ce fameux Charles.

*

61

Dans un autre arrondissement, la journée de Jacques Durieux, Commissaire dans le 10ᵉ, avait débuté plutôt tranquillement.

Comme cela était de plus en plus fréquemment le cas, ce matin vers 9 heures, il avait reçu un appel de l'hôpital Saint-Louis.

L'infirmière en chef des urgences lui avait signalé que, dans la nuit, une femme avait été récupérée inanimée sur un trottoir du Boulevard de La Villette.

Elle avait été admise dans son service.

Son état résultait d'une overdose d'ecstasy. On n'avait pas pu déterminer son identité, car elle était toujours comateuse. C'était la raison de son appel.

L'infirmière avait ensuite sommairement décrit la victime et avait conclu.

— Selon l'interne, la patiente devrait retrouver doucement ses esprits. On vous en dira plus dès qu'elle s'exprimera, mais si une famille s'inquiète, sachez que nous avons cette inconnue dans notre établissement.

Par routine, le Commissaire avait rapidement vérifié dans le fichier national des personnes disparues s'il y avait un profil ressemblant.

Il y en avait en fait de très nombreux compte tenu de l'imprécision de la description.

Il avait ensuite demandé à ses collègues de nuit s'ils n'avaient pas eu d'appel concernant la disparition d'un proche.

La réponse était non.

Durieux avait effectué ces vérifications habituelles sans la moindre conviction et par seul devoir professionnel. Il estimait impossible, et par ailleurs inutile, de tenter d'identifier sur l'instant tous les poivrots et drogués qui perdent les pédales durant quelques heures.

Il suffit généralement d'attendre et de ne surtout pas remuer ciel et terre trop vite !

Comme d'habitude, d'ici peu, la victime raconterait elle-même sa propre mésaventure, puis se repentirait de ses excès, avant bien sûr de recommencer à la moindre occasion !

C'était le schéma classique et il ne se mettait plus la rate au court-bouillon pour ces gens, qui étaient pour la plupart ingérables…

*

62

Dans le bureau de Maggie, Charles et son fils avaient été formels.

La victime du métro n'était pas Julie Jeanselme, cette femme enlevée il y a une semaine et que l'on espérait voir réapparaître chaque heure depuis le versement de la rançon.

Rabitt aussi avait été soulagé. La mort de Julie aurait scellé l'échec cuisant de sa mission.

Il est vrai que depuis trois jours, c'était plutôt Maggie qui dirigeait les opérations. Certes, elle lui demandait fréquemment son avis, mais elle était fort capable de mener seule cette enquête.

Il était cependant ravi de travailler à ses côtés. Les moments qu'ils partageaient avaient un goût sucré... C'était ainsi qu'il ressentait l'attirance qu'il avait pour elle. Un peu comme un jeune enfant qui ferait n'importe quoi pour avoir cette saveur en bouche ! Il n'avait jamais éprouvé une telle sensation de plaisir au contact d'une femme. Habituellement, Rabitt se voyait plutôt en loup solitaire. Jusqu'à présent, il avait côtoyé les gens surtout par nécessité, mais il avait l'impression de changer. Maggie était à la fois forte et indépendante, ce qu'il appréciait, mais il pressentait un besoin de partage... Elle ne se montrait jamais très douce, mais il l'imaginait dotée d'un grand cœur... Pour ne rien gâcher, sous son look écolo-gauchiste, elle était belle, bien faite et un sourire craquant illuminait un visage aux traits fins.

Curieusement, à part le célibat et la rigueur, ces deux-là avaient peu de points communs.

Maggie, écologiste, végétarienne, intellectuelle, de gauche, randonneuse, ne portait presque que des jeans et fréquentait assidûment Nature et découvertes.

Rabitt était un cartésien qui s'habillait en Lacoste, Ralph Lauren, voire Ugo Boss. Il avait longtemps pratiqué la musculation à la salle de sport et préférait la ville à la campagne.

Un monde les séparait et pourtant...

Dans les Catacombes, quand elle avait posé sa tête sur son épaule, qu'il avait senti ses cheveux contre sa joue, et qu'elle lui avait serré la main, il avait ressenti un frisson inconnu.

Bien sûr, il avait déjà eu des aventures, mais aucune des femmes qu'il avait rencontrées ne lui avait fait un tel effet. Curieusement cette fois, le bonheur que lui procurait cette relation naissante allait au-delà du simple plaisir charnel. En tout cas, il imaginait un plaisir plus pérenne. C'était peut-être ça le coup de foudre ! Un mélange de dépendance et d'appartenance. Un sentiment qui s'impose naturellement à l'âme et que l'on pense éternel.

Il se doutait que ce sentiment était réciproque. Maggie recherchait sa présence, se plaçait à ses côtés, l'effleurait sans s'excuser, lui adressait des œillades complices. Pourtant, nul n'avait encore ouvertement avoué son attirance à l'autre. Leur attitude respective était faite de pudeur et de bienveillance, mais pas d'impatience.

Comme si chacun semblait connaître l'aboutissement inévitable de cette rencontre.

William avait rapidement constaté leur connivence et il en ressentait une forme de jalousie. Non pas qu'il eût été lui aussi amoureux de sa cheffe, mais il se sentait relégué au second plan. Il n'était plus le confident immédiat, l'assistant-principal, l'homme de toutes les situations…

Rabitt l'avait involontairement éloigné de Maggie et il lui en voulait un peu. Malgré tout cela, il y trouvait un petit intérêt. Maggie le sollicitait moins et il était heureux pour sa patronne.

Cet après-midi, Rabitt n'avait pas de mission particulière.

Puisque l'enquête était au point mort, il s'était octroyé un peu de repos. Allongé sur son lit, il pensait déjà à la soirée à venir. Il avait rejoint son domicile après avoir partagé un rapide déjeuner dans un bistrot proche du commissariat : une salade pour Maggie, un onglet/frites pour lui. Ils avaient surtout évoqué la femme du métro et cette étonnante valise bleue pleine de billets dont on ignorait toujours l'origine et la destination.

Le rôle que ce bagage jouait dans cette affaire était indéniablement un mystère complet.

Avant de se séparer, Rabitt avait demandé à Maggie si elle aimait les coquillages. Ce à quoi elle avait répondu « j'adore ». Il lui avait alors proposé de l'inviter à dîner dans un petit restaurant qu'il connaissait et elle avait accepté avec un réel enthousiasme.

— Merci. C'est super ! À quelle heure ?

— Je peux te prendre au commissariat si tu le veux, lui avait-il suggéré.

— Oh non ! Je souhaite rentrer me changer. Passe plutôt chez moi ! Vers 20 heures 30, ça te va ?

— Parfait !

*

64

Sans ses cernes sous les yeux, ses traits tirés et son masque de souffrance, cette brune aux longs cheveux devait être jolie. Il était difficile d'évaluer son âge ! L'infirmière de l'hôpital Saint-Louis lui donnait entre quarante-cinq et cinquante-cinq ans.

Lorsqu'avec l'aide-soignante, ils l'avaient déshabillée, ils avaient constaté que ses vêtements, bien que mal entretenus, étaient de marque et qu'elle n'avait sur la peau aucun des stigmates habituels aux toxicos. Ni traces de piqûres ni tatouages bâclés.

Il était près de 18 heures lorsque la droguée de l'hôpital Saint-Louis émit les premiers signes annonciateurs de son réveil. Elle balbutiait quelques syllabes, mais ses lèvres et ses joues manquaient de tonicité pour former des mots. Très vite, comme si l'effort s'avérait trop dur ou trop vain, son souffle faiblissait, ses paupières s'affaissaient et elle perdait pied.

Après les overdoses, les phases de retour à la conscience sont souvent difficiles. Les malades paraissent hésiter, entre revenir à la réalité ou retourner dans l'onirisme. Comme s'ils étaient terrorisés à l'idée de reprendre leur vie d'avant !

Au fil des minutes, des mots simples avaient commencé à se former.

Après avoir répété « Hou ? », plusieurs fois avec un air apeuré, l'infirmière comprit que la femme était désorientée et souhaitait savoir où elle se trouvait.

— Vous êtes à l'hôpital, vous ne risquez plus rien. Vous souvenez-vous de ce qui s'est passé ?

La malade balança doucement la tête de droite à gauche en clignant les yeux, ce qui semblait signifier « J'ai tout oublié, et ça me désespère ».

— Comment vous appelez-vous ?

Cette fois, le regard rivé sur la poignée de la potence, arc-boutée dans son lit, la patiente paraissait explorer la moindre circonvolution de son cerveau, mais soudain, elle relâcha ses muscles et dodelina de la tête en signe de dépit. Elle ne retrouvait pas son nom, ou du moins ne pouvait pas l'exprimer !

L'infirmière lui glissa la main sous le cou, puis la souleva légèrement afin de lui porter un verre d'eau aux lèvres.

— Buvez, cela vous fera du bien. Ne vous inquiétez pas, votre mémoire va revenir. Prenez la sonnette et n'hésitez pas à nous appeler si ça ne va pas ou si vos souvenirs remontent, dit-elle avant de quitter la chambre.

La patiente cligna des yeux en signe d'assentiment.

L'infirmière avait rarement vu un réveil aussi difficile. Cette femme serait sans doute longtemps marquée par ses excès !

65

Charles et Antoine avaient regagné leur domicile. Certes, ils étaient heureux que la victime du métro ne soit pas Julie, mais conservaient une angoisse indicible, qui perdurerait tant qu'ils ne l'auraient pas auprès d'eux.

Si le fils parvenait à s'apaiser en égrainant quelques notes sur sa guitare, le père, qui avait en permanence l'image rieuse de sa femme devant les yeux, ne trouvait aucun dérivatif à ses sombres pensées. Il errait sans but et sans envie dans sa vaste maison et ne répondait même plus à ses appels professionnels. Il avait honte de son attitude et ne voulait plus s'exposer au regard des gens.

Alors que le soleil déclinait et que l'atmosphère se faisait moins pesante, il était avachi sur la balancelle de la terrasse, le regard perdu dans les branches sommitales de son majestueux cèdre.

Au même moment, Rabitt, pantalon Kenzo blanc et chemise Lacoste rayée bleu marine, sonnait au domicile de Maggie, square du Quercy, tout près du métro Porte-de-Montreuil.

Il avait horreur des retardataires chroniques et se faisait un devoir d'être ponctuel. Ce soir, il était plutôt en avance de quelques minutes. L'impatience sans doute !

Il s'annonça à l'interphone.

Un déclic, et il pénétra dans un joli patio.

La montée d'escalier était face à lui.

Quelques secondes plus tard, il arrivait sur le palier du deuxième niveau.

La porte était entrebâillée. « Entre », entendit-il crier du fond de l'appartement. L'espace était modeste et sobrement meublé, mais il était très coloré et foisonnait de plantes vertes. « Je suis presque prête. Fais comme chez toi », lui dit Maggie depuis sa chambre.

Il scruta l'environnement garni de nombreuses étagères débordantes de livres en tous genres : roman, voyage, aventure, nature, histoire… Il feuilletait un livre de photographies du monde lorsque Maggie le rejoignit.

C'était une tout autre femme qui lui souriait ! Elle était juchée sur de petits escarpins. Ses longues jambes effilées disparaissaient au-dessus du genou dans une courte jupe beige serrée à la taille et on devinait une poitrine ferme sous un chemisier blanc à bretelles. Elle s'était discrètement maquillée, mais avait forcé sur le rouge à lèvres. Carmin !

En voyant la tête éblouie de Rabitt, Maggie pensa avoir réussi son effet.

Il était extrêmement rare qu'elle s'habille et se farde ainsi. La dernière fois, c'était pour le mariage de son filleul. Habituellement, elle se trouvait plus à l'aise au naturel, mais ce jour était exceptionnel. Elle avait envie de plaire et se sentait prête à faire des concessions. Elle espérait ne pas s'être trompée sur le mode de séduction.

La suite de la soirée avait été conforme à leurs attentes.

Rabitt l'avait entraînée dans le 11^{e,} au restaurant L'Écailler.

Dès l'apéritif, pris en tête à tête de part et d'autre d'une petite table ronde à nappe blanche, leurs mains s'étaient rejointes.

Après quoi ils s'étaient régalés de crustacés et de coquillages, arrosés d'un excellent Sauternes.

Ils s'étaient embrassés juste avant le dessert.

Vers 23 heures, Rabitt l'avait invitée à passer la nuit chez lui.

Maggie avait accepté, sans hésiter…

Elle ne regrettait pas la nuit de ce 11 août…

Elle avait été étonnée de trouver l'appartement d'un « vieux » célibataire si bien décoré, ordonné et plaisant.

Concernant le quotidien, Joseph (elle l'appelait désormais par son prénom) était évidemment plus exigeant qu'elle, mais c'était très agréable.

Ils ne s'étaient endormis qu'au petit matin et il était plus de neuf heures lorsque le portable de Maggie sonna et réveilla les amants.

Elle constata que c'était William.

Elle lui envoya en réponse un bref SMS « Je suis occupée ».

Aussitôt en retour, elle reçut le message : « Du nouveau dans l'affaire du rapt. Rappelle-moi au plus vite, c'est extrêmement important ».

William exagérait sans doute, comme il en avait souvent l'habitude, mais la curiosité de Maggie prit le dessus.

Elle s'échappa des bras de Joseph et composa le numéro du portable de son adjoint.

Ce qu'il lui apprit la stupéfia !

*

66

Dès la fin de la nuit, la femme, hospitalisée avant-hier soir, en état de choc après une absorption excessive d'ecstasy, avait retrouvé une partie de ses esprits. Elle parlait plus distinctement et s'était souvenue de son prénom (Julie). Une heure supplémentaire avait été nécessaire pour confirmer son nom (Vernal). Elle avait évoqué un domicile à Chabeuil dans la Drôme.

L'infirmière avait immédiatement communiqué l'identité de la patiente au commissariat du Xe.

À 8 heures, dès son arrivée dans le service, le commissaire Jacques Durieux avait pris connaissance de l'information. Cette fois avec un peu plus d'attention, il avait à nouveau consulté la liste des personnes disparues, mais il n'avait repéré aucune Julie Vernal ni dans cette liste ni dans la commune de Chabeuil.

Vers 8 heures 45, il avait reçu un nouvel appel précisant que Vernal était en fait le nom de jeune fille de la patiente. Son nom marital était Jeanselme. Durieux avait recommencé ses recherches sans plus de réussite que précédemment. Afin de trouver des proches de cette personne, il prit l'initiative d'envoyer une note à tous les commissariats de la capitale pour les informer qu'une certaine Julie Jeanselme, victime d'une amnésie était hospitalisée à Saint-Louis.

Lorsque William, rivé à son ordinateur dans son bureau du XIIᵉ, avait vu défiler le communiqué sur son écran, il s'était précipité sur son portable pour appeler sa cheffe.

Dès qu'elle en avait eu connaissance, Maggie s'était empressée d'annoncer la nouvelle à Joseph qui, à son tour, avait bondi du lit.

Tous deux s'étaient habillés à la hâte et, sans même boire un café, ils avaient immédiatement pris la direction de l'hôpital Saint-Louis.

Maggie conduisait. Au cours de trajet, Rabitt lui raconta qu'il y a quelques semaines, il avait eu la mission de veiller (voire de surveiller !) un riche Marocain, hospitalisé à Saint-Louis. Pour remplir ces longues journées d'inaction, il s'était intéressé à l'histoire de ce lieu atypique.

Il lui narra que Saint-Louis avait été créé par Henri IV pour désengorger l'Hôtel-Dieu lors de l'épidémie de peste en 1605. Ce fut le premier hôpital d'État et le premier en France à développer une usine à gaz destinée au chauffage et à l'éclairage. Les soins sont aujourd'hui prodigués dans les bâtiments modernes qui côtoient les anciens, lui précisa-t-il.

Maggie était baba ! Elle imaginait plus volontiers son gentil barbouze en rude homme de terrain qu'en passionné d'histoire et d'architecture. Mais cela lui plaisait ! Aussi, malgré une circulation dense, la course lui parut rapide. Un peu avant d'arriver, à un feu rouge, il lui posa la main sur la cuisse. À son tour, Maggie fit de même sur la sienne.

Ils échangèrent alors un regard tendre et coquin…

Maggie gara son véhicule non loin de l'entrée des urgences. En marchant sous l'immense verrière de l'accueil, Rabitt est le premier à reparler du sujet qui les conduit ici.

— Cette affaire est une histoire de fou ! Rien ne se passe comme on pourrait l'imaginer, dit-il, en repensant, entre autres, au faux enlèvement du fils, à l'inconcevable récupération de la première rançon par un drone (pour jouer !), à la disparition de la deuxième dans les entrailles de Paris…

— C'est la difficulté du métier, mais aussi son charme. On ne s'ennuie jamais ! N'empêche que cette fois, ce serait bien d'être face à la vraie Julie Janselme. Je suis très impatiente de connaître le fin mot de cette histoire, car il nous manque encore beaucoup d'éléments.

— Ils nous manquent tous, tu veux dire ! soupira Joseph Rabitt. Nous n'avons aucun indice ni sur le ravisseur ni sur la destination de la rançon… Nous ignorons où a été séquestrée madame Jeanselme et l'on s'interroge toujours sur le rôle d'une valise pleine de biftons… Pour les policiers de haut niveau que nous sommes, ironisa à nouveau Rabitt, il n'y a pas de quoi pavoiser !

— Tu as raison Joseph, c'est l'enquête la plus merdique que j'ai le privilège de diriger !

— Tu as prévenu monsieur Jeanselme ?

— Non. Avant de l'informer, il me semble judicieux de s'assurer que l'on est en présence de la bonne personne. Inutile de lui procurer de nouvelles émotions. Il a eu son compte avec la femme du métro.

Sous la haute verrière, ils avancent jusqu'à l'accueil, où ils se présentent pour obtenir le numéro de la chambre de Julie Jeanselme.

Avant d'y parvenir, ils croisent dans le couloir l'infirmière chargée de s'occuper de cette patiente. Elle leur résume rapidement les conditions dans lesquelles elle a été retrouvée par la BAPSA et l'état dans lequel elle est arrivée dans ce service.

— Elle est encore très faible et son esprit reste brouillon. Je vous accompagne. Veillez à ne pas trop la fatiguer.

Cette femme ne ressemble en rien à celle, resplendissante, que Charles leur a montrée sur les photos. Son teint est cadavérique et, sous de longs cheveux ébouriffés, son visage atone est inexpressif.

— Vous êtes sûre qu'il s'agit de madame Jeanselme ? murmure Rabitt.

— C'est en tout cas ce qu'elle prétend et répète depuis quelques heures avec une certaine conviction, répond l'infirmière à voix basse.

— Bonjour, madame Jeanselme entreprit Maggie. Nous sommes de la police et cherchons à savoir ce qui vous est arrivé... Vous comprenez ce que je vous dis ?

— Oui, susurra la malade en hochant lentement le menton.

— Vous êtes bien madame Julie Jeanselme ?

— Oui.

— Pouvez-vous nous dire comment s'appelle votre mari ?

— Heu...

— Réfléchissez !

— Si… dit-elle avant de lâcher d'un souffle « Charles ».

— Vous avez des enfants ?

Au mot « enfant », un trouble profond se lit instantanément dans les yeux de la patiente. Il semble lui réveiller de douloureux souvenirs. Elle balbutie :

— Plus, plus…

— Comment « plus » ? interroge Rabitt. Ils sont morts ?

— J'sais pas, répondit-elle, très agitée après avoir effectué un gros effort de mémoire.

— Je crois qu'il faut la laisser se reposer, dit l'infirmière. Elle est épuisée.

Joseph et Maggie n'avaient rien appris sur les événements qui avaient conduit Julie jusqu'ici, mais ils avaient désormais la quasi-certitude que cette femme était Julie Jeanselme. Et c'était pour eux un énorme soulagement. Elle avait énoncé son prénom, son nom de jeune fille et son nom d'épouse, ainsi que le prénom de son mari. Certes, ces éléments n'étaient pas authentifiés par un document, mais sauf à imaginer une formidable machination, ils semblaient suffisants pour affirmer que la personne hospitalisée dans la chambre 313 était bien madame Jeanselme.

— Je ne serai totalement serein que lorsque l'on aura confronté Charles avec celle que l'on espère être sa femme, dit Rabitt en montant dans la voiture. J'ai eu tellement de mauvaises surprises dans cette affaire, poursuivit-il.

— Là, du coup, je te trouve un peu pessimiste, répondit Maggie. Tu sais ce qu'on va faire ?

— On appelle son mari ?

— Non, on file chez lui et on le ramène à l'hôpital. Juste pour qu'il confirme que c'est bien son épouse.

— On aurait pu prendre une photo et la lui faire authentifier.

— Dans l'état où est cette femme, je pense qu'il lui sera moins pénible de la voir « en vrai ». Il faudra aussi que l'on éclaircisse cette histoire d'enfant, disparu ou pas, qui semble tant la perturber. Il n'a qu'un fils ton client ?

— À ma connaissance oui.

— On file chez lui, dit-elle en clignant un œil complice.

— Sans même savoir s'il est à son domicile ?

— Sans même savoir ! ricana-t-elle avec un air joueur.

Comme Maggie l'espérait, monsieur Jeanselme était présent à son domicile.

Vêtu d'un bermuda, d'un tee-shirt et chaussé de tongs, il ne se préparait pas à aller à la plage !

Il étudiait.

Il avait étalé sur la table du salon une multitude de papiers.

Il s'agissait de divers plans des Catacombes qu'il avait trouvés sur Internet et imprimés.

— Que faites-vous, lui avait demandé Rabitt intrigué.

— J'essaye de comprendre où le ravisseur a pu retenir mon épouse.

— Monsieur Jeanselme, dit Maggie, dans ce labyrinthe les cachettes sont tellement nombreuses que vous pourriez passer le restant de vos jours à la chercher. Et puis, il est peu improbable qu'elle ait été séquestrée pendant tout ce temps dans ces souterrains. Elle serait morte de peur et de froid.

— Vous savez, rétorqua très tristement Charles, elle est peut-être morte, mais je n'arrive pas à me faire à cette idée.

Maggie reprit la parole avec un air grave.

— Monsieur Jeanselme, nous avons très certainement retrouvé votre femme ! dit-elle solennellement. Et elle est vivante... Vivante, mais choquée.

Charles s'affaissa dans le fauteuil qui était derrière lui, comme si cette nouvelle signifiait la fin d'un calvaire.

Après quelques soupirs, qui semblaient exprimer une profonde émotion et un incroyable soulagement, il mitrailla la Commandante d'une série de questions.

— Vous êtes sûrs ? Où est-elle ? Comment le savez-vous ? Elle est blessée ? Je peux la voir ? Que vous a-t-elle dit ?

— Oui, vous allez pouvoir... Elle a été hospitalisée après une surdose massive de psychotropes.

— Ce n'est pas possible ! À part la cigarette, ma femme n'a jamais touché à ces saloperies...

— On ignore ce qui s'est passé, monsieur Jeanselme. Elle a pu être droguée contre sa volonté. Rassurez-vous, sa vie n'est plus en danger. Elle est simplement très fatiguée et a perdu une partie de sa mémoire. Nous allons vous conduire à l'hôpital. Vous devrez juste confirmer que c'est bien votre épouse. Vous pourrez l'embrasser et lui tenir la main, mais il ne faudra pas lui demander d'explications. Il est trop tôt. C'est une consigne du corps médical. Cependant, avant de partir, j'ai une petite question… Combien avez-vous d'enfants ?

— Un !

— Sûr, pas d'enfant caché ou décédé ?

— Heu… Notre premier enfant est mort-né… Mais cela fait plus de vingt ans que nous n'en avons pas parlé entre nous, ni même à quiconque d'ailleurs. Pourquoi cette question ?

— Pour rien. Une simple curiosité…

Dans le véhicule de police qui le conduisait à Saint-Louis, Charles était muet.

Il paraissait sidéré par la nouvelle qu'on lui avait annoncée.

Il n'était ni joyeux ni triste, simplement absent.

Elles étaient loin ses responsabilités de grand patron à la tête de milliers de salariés. Elle était oubliée son ambition d'absorber le nouveau groupe alimentaire qu'il convoitait quelques jours plus tôt.

Son esprit s'attardait surtout sur les réserves que semblait avoir émises la Commandante au sujet de l'identité de la personne. Si on lui demandait de confirmer qu'elle était bien son épouse, c'était évidemment qu'un doute persistait. Et si ce n'était pas elle… On lui avait déjà fait le coup… Cette fois, c'est sûr, il préférerait disparaître ! Et Antoine qu'il n'avait pas pu joindre… Il aurait aimé l'avoir à ses côtés à cet instant.

Charles détestait les hôpitaux. Heureusement, dans sa vie, à part pour son premier enfant mort-né, il avait rarement eu l'occasion de s'y rendre pour se soigner lui-même ou pour visiter des personnes proches. Il gardait le souvenir désagréable, d'odeurs d'éther et d'alcool, de grognements et parfois de cris, de lumières rouges et de bips-bips stridents, de plateaux-repas sentant la soupe, de portes qui claquent et d'individus en blanc se hâtant dans d'interminables couloirs.

Il n'était jamais venu à l'hôpital Saint-Louis et eut immédiatement l'impression d'entrer dans un centre commercial. La modernité et le gigantisme de ce lieu l'étonnaient d'autant plus que les odeurs qu'il avait en mémoire avaient disparu. Tout semblait normalisé, aseptisé, mais moins vivant… Les portes étaient pour la plupart fermées. Les souffrances ne filtraient plus et ne se mélangeaient pas. Chaque malade portait sans doute la sienne en silence, à l'insu des autres, avec dignité, mais seul.

C'était en tout cas ce qu'il ressentait.

À l'approche de la chambre de celle qu'il espérait être sa femme, son angoisse monta d'un cran.

Julie était-elle derrière la porte ?

Rabitt frappa.

Sans réponse il tourna lentement la poignée.

La patiente allongée dans les draps avait sous le nez une canule lui fournissant un complément d'oxygène. Ses yeux étaient fermés et sa figure livide. L'entrée silencieuse du trio ne la fit pas réagir. Son sommeil semblait profond.

À l'attention de Charles, Maggie croisa son index sur ses lèvres afin de lui signifier de ne pas parler, mais elle l'incita à s'approcher du lit.

Manifestement très ému, le regard attendri, immobile, il fixa un long moment le visage de la patiente, avec un mélange de tristesse, d'embarras et de compassion. Puis d'un mouvement hésitant, il se pencha au-dessus d'elle et lui posa sur le front un délicat baiser.

C'était donc bien Julie !

Un court instant, elle souleva lentement les paupières puis ses yeux roulèrent sur le côté et elle sembla se rendormir. Charles lui prit la main et la garda serrée dans la sienne. Après une longue minute, Maggie jugea nécessaire de tirer le mari par le bras pour lui faire comprendre qu'il était temps de partir.

L'heure n'était pas aux manifestations de bonheur ni aux explications.

Julie avait tellement changé !

Le furtif regard qu'elle lui avait adressé était empreint d'une si grande détresse que Charles s'était senti encore plus déprimé en sortant de l'hôpital. Certes, sa femme était libérée et vivante, mais elle avait perdu le sourire rayonnant qu'il prisait tant. Son entrain et son humeur joyeuse relevaient du passé.

L'interne, rencontré en quittant la chambre, avait cependant essayé de le réconforter sur l'évolution de l'état de sa patiente.

— C'est justement parce qu'elle n'a pas l'habitude de se droguer que sa réaction a été si violente. Et puis tout le monde n'a pas le même comportement face aux substances psychotropes. Elle a dû absorber une forte dose, mais rassurez-vous, ses constantes physiologiques s'améliorent… Elle est sous contrôle ! Le traitement que nous lui avons administré l'assomme un peu, mais d'ici quelques heures, au pire un jour ou deux, votre épouse sera chez vous et ce moment difficile ne sera plus qu'un mauvais souvenir.

Peut-être sera-t-elle guérie de son overdose, avait pensé Charles, mais on ne sort jamais indemne d'une captivité.

En une seconde il avait saisi dans le regard de Julie l'expression d'une terrible souffrance. Il l'imaginait avoir été brutalisée, peut-être abusée. Il ne pouvait pas se défaire de l'image d'une femme, tirée par les cheveux, les membres liés, mal nourrie, soumise à son geôlier et réduite à l'esclavage.

Même s'il était infiniment heureux d'avoir retrouvé sa Julie adorée, trop d'inconnues l'empêchaient de manifester la moindre joie.

Il avait le sentiment que plus rien ne serait jamais comme avant.

Dans la voiture, Charles avait été quand même un peu plus loquace.

Bien que Julie ait beaucoup changé, il leur avait affirmé l'avoir immédiatement reconnue. Sans aucune hésitation.

C'était bien elle, son épouse depuis plus de vingt-ans, qui était à la chambre 313. Il leur avait également confirmé qu'elle ne s'était jamais droguée et qu'elle avait toujours fui ce genre de tentation. Ils en avaient déduit que Julie avait été chargée contre sa volonté. Peut-être dans le but de lui faire oublier le lieu de sa détention.

Sans l'évoquer, tous les trois espéraient que ce n'était pas pour lui effacer le souvenir des sévices qu'elle aurait pu subir.

Maggie et Joseph, même s'ils comprenaient le désarroi de monsieur Jeanselme, étaient pour leur part ravis que cette femme soit son épouse et réapparaisse sans trop de blessures perceptibles.

Leur enquête était loin d'avoir résolu toutes les inconnues, mais cette affaire ne se terminait pas par un drame humain.

L'essentiel était préservé.

*

67

Le soir même Rabitt avait contacté la Chancellerie pour l'informer que madame Jeanselme avait été retrouvée saine et sauve.

Le ministère lui avait répondu que puisque l'objectif était atteint, il était dans l'attente de son rapport final.

Il avait alors appelé Maggie pour lui signifier que sa mission s'arrêtait.

Rabitt avait ressenti sa déception et aussitôt rajouté :

— À titre amical, je reste bien sûr solidaire et je serais ravi de t'accompagner lorsque cela sera possible. Et il avait terminé par « Ce soir, tu ne veux pas dormir chez moi ? ».

Ce à quoi elle avait répondu :

— Non, c'est moi qui t'invite cette fois. Je t'attends. On partagera le dîner.

Joseph avait rejoint Maggie et, comme il l'espérait, ils avaient mangé en tête à tête.

Durant le repas, l'objet principal de leurs échanges fut « l'affaire Jeanselme ». Bien que relevé de sa mission, elle passionnait encore le commissaire. Cette histoire de valise bleue appartenant à madame Jeanselme n'était toujours pas élucidée et tous deux se posaient la question de son rapport avec l'enlèvement de sa propriétaire. Il paraissait impossible qu'il n'y en ait pas, mais pour l'instant aucun élément ne permettait de relier les deux événements.

Outre celui de ce bagage, un autre sujet s'était invité dans la conversation.

À l'hôpital, le mot « enfant » semblait avoir remué des souvenirs douloureux dans la demi-conscience de madame Jeanselme. Pourquoi avait-elle dit « plus » lorsqu'on lui avait demandé si elle avait des enfants ? Faisait-elle référence au nourrisson qu'elle avait perdu il y a plus de deux décennies ? Était-elle si attachée à ce nouveau-né parce que c'était son premier enfant ou parce qu'il était l'objet d'une histoire encore plus dramatique ? Ces deux énigmes restaient sans réponses et c'était évidemment là-dessus que Maggie allait travailler. « Avec l'aide de William », avait-elle rajouté, en réalisant que depuis quelques jours elle avait abandonné son adjoint au profit de son amant.

Au cours de ce repas simple et improvisé, ils vidèrent la bouteille de Chardonnay que Joseph avait apportée. Maggie, qui n'avait pas l'habitude de boire de l'alcool, s'était rapidement sentie un peu pompette. Aussi, dès le dîner terminé, elle avait entraîné Joseph dans sa chambre et on peut penser que la nuit fut à la hauteur de leurs espérances…

*

68

Ce 13 août était une journée d'attente.

Tôt ce matin, l'interne avait renseigné Charles sur l'évolution de la santé de sa malade.

— Son état général s'est légèrement amélioré, mais sa tension reste basse et les périodes de confusion et de somnolences sont toujours très fréquentes, lui avait-il dit. Curieusement, elle ne parle ni de sa famille ni de son devenir, aussi il me semble préférable d'éviter les visites qui ne lui apporteraient qu'une fatigue supplémentaire. Et surtout pas de questions, avait-il précisé. Elle est encore trop faible et on ne peut se fier à aucun de ses propos.

Charles avait averti la Commandante.

— Pas d'interrogatoire avant que la faculté donne son aval.

Charles avait passé la soirée avec Antoine. Il était parvenu à le convaincre que sa mère serait très bientôt rétablie, alors qu'il n'était lui-même pas rassuré sur son évolution !

Ses rapports avec son fils s'étaient cependant très nettement améliorés.

L'angoisse que chacun avait vécue et éprouvait encore au sujet de Julie, les avait rapprochés et avait même créé une certaine connivence. Leur détresse commune avait permis de réinstaurer le dialogue et de lever beaucoup d'incompréhensions.

Il y a seulement deux semaines, Antoine aurait fui toute conversation avec son père. Ce n'était plus le cas ! Chacun semblait s'être fixé le devoir de soutenir l'autre avec une bienveillance jusqu'à ce jour inconnue.

Ces derniers temps, Charles avait eu plusieurs messages de son directeur auxquels il avait répondu par des SMS lapidaires.

Cela ne pouvait plus durer !

Malgré son inquiétude persistante concernant Julie et son manque de goût pour le travail, il avait senti la nécessité de faire une apparition au siège de son groupe pour mettre fin aux rumeurs qui allaient bon train. Aussi, son retour, après plus de huit jours d'absences mal justifiées, fut un événement et, si personne n'osa l'interroger au sujet de sa santé, tous se posèrent des questions. Son teint blafard et son visage amaigri prouvaient évidemment l'existence d'une maladie grave. Il prétendit pourtant qu'il était en pleine forme, mais personne ne le crut. Bien que forcé, ce retour aux affaires lui fut bénéfique. Durant quelques heures, il oublia que Julie était à l'hôpital dans un état inquiétant.

Charles avait réussi à dissuader Antoine d'aller voir sa mère.

Demain, il espérait pouvoir lui rendre visite et constater l'amélioration de sa santé.

Il s'était alors rendu à son club d'escalade pour se changer les idées.

C'était son meilleur moyen de s'aérer l'esprit.

Cette nuit avait parsemé de petites étoiles le cerveau de Maggie…

Elle pensait justement à Joseph lorsqu'elle reçut le bilan définitif des analyses effectuées par les services de la police scientifique.

Tout ce qui concernait la valise et son contenu avait été étudié avec la plus grande minutie. Empreintes, traces de drogue, poussières, numéros et origines des billets et même odeurs. Malheureusement, en complément de leurs recherches initiales, les experts n'apportaient aucun élément nouveau susceptible de faire avancer l'enquête. Ils étaient arrivés au bout de leurs investigations. Ils attestaient cependant que le cheveu retrouvé dans la valise appartenait bien à la personne qui avait fumé les mégots ramassés devant le portail des Jeanselme. L'analyse approfondie des billets n'avait rien donné, ni sur leur origine ni sur leur parcours. Mais puisque les numéros ne se suivaient pas, ils n'étaient certainement pas issus d'une unique banque.

Dans la matinée, Maggie reprit enfin contact avec son fidèle adjoint.

Pour avoir la confirmation de la propriété du bagage (bien qu'elle ne fasse aucun doute pour elle), elle lui demanda d'aller récupérer dans la maison familiale un objet susceptible d'être porteur d'une trace d'ADN de madame Jeanselme.

— Profites-en pour approfondir cette histoire d'enfant, avait-elle précisé à William alors qu'il sortait de son bureau.

69

Aujourd'hui, les nouvelles de Julie étaient plus rassurantes.

Elle avait retrouvé du tonus, s'était levée et avait même fait quelques pas dans le couloir. Sa tension et son rythme cardiaque avaient des valeurs normales.

Seul son esprit restait confus et sa mémoire défaillante.

L'interne avait autorisé les visites.

Charles et son fils s'étaient immédiatement rendus à l'hôpital.

À 11 heures, ils toquaient à la porte de la chambre 313.

— Entrez, émit une petite voix.

Julie était assise dans le lit, le dos soutenu par un gros oreiller. Devant elle, sur une table roulante trônaient une carafe et un verre d'eau à côté de trois cachets. En voyant les deux hommes, Julie n'exprima ni émotion ni surprise.

— Bonjour, dit-elle d'un ton neutre.

— Bonjour maman, dit Antoine en s'approchant pour l'embrasser.

Julie eut un mouvement de recul, avant de tendre la joue puis de diriger son regard vers la fenêtre.

Charles passa de l'autre côté du lit et lui prit la main.

— Comment vas-tu, ma chérie ?

Julie restait silencieuse et affichait un air surpris. Elle semblait s'interroger sur l'identité des personnes qui l'entouraient.

— Maman, c'est moi, Antoine.

— Et Charles, ton mari.

— Ah bon ! Bonjour, répéta-t-elle froidement.

Ses cheveux étaient en désordre, ses traits toujours aussi fins…

Son visage ne trahissait aucun sentiment. Ses yeux bougeaient à peine. Elle donnait l'impression de regarder à l'intérieur d'elle-même. C'était étrange et angoissant.

— On va marcher ? questionna-t-elle d'un ton sec.

— Si tu veux, répondit Charles.

Julie poussa la table roulante, s'assit sur le lit et glissa les pieds dans ses chaussons. Elle réajusta la chemise de nuit pas très sexy que l'hôpital lui avait fournie et se mit en route vers la sortie. Le père et le fils lui prirent chacun un bras et ils firent ensemble le tour du service.

Elle marchait lentement, sans parler. Charles et Antoine la questionnèrent l'un après l'autre. « Ça va ? ». « Ça va ! », répondait-elle chaque fois sans le moindre commentaire. Quelques minutes plus tard, le trio revint à la chambre.

Julie se rallongea dans le lit et réclama qu'on lui remonte son oreiller.

— Merci ! Au revoir, dit-elle…

— Tu ne nous reconnais pas ? Tu ne te rappelles rien ? s'étonna Charles.

— Si, si… Merci !

Il était impossible de savoir si Julie avait identifié son mari et son fils. En tout cas, elle n'avait pas envie de parler. Ou peut-être n'avait-elle rien à dire !

Avant de quitter l'hôpital, Charles discuta avec l'interne.

— Ces phénomènes d'amnésie sont assez fréquents. Ils sont généralement de courte durée. La mémoire revient habituellement de manière progressive en quelques jours. En totalité ou en partie, précisa le médecin. Votre épouse semble cumuler une forte prise de drogue avec un choc émotionnel. Cela complique un peu les choses… Sur le plan physique, elle récupère bien. Je pense que demain elle pourra rentrer chez vous. Elle devra évidemment être suivie par un psychologue et si les troubles de la mémoire persistent, elle devra passer un scanner et consulter un neurologue.

Bien que Charles l'ait avertie que cela ne servirait à rien, Maggie, accompagnée de William, s'était rendue au chevet de Julie dans l'après-midi.

En effet, tous deux constatèrent rapidement son « absence » et son état de confusion. Elle n'était pas en état de répondre à un interrogatoire très simple. Il semblait même miraculeux qu'elle ait réussi à fournir son identité ! La mémoire est sélective, avait pensé Maggie.

Les deux policiers n'avaient pas insisté et étaient repartis penauds.

Depuis quarante-huit heures, Maggie échangeait plusieurs fois par jour avec Joseph, soit par SMS, soit par téléphone. Elle l'informa que le pronostic vital de leur « cliente » n'était plus engagé, mais qu'elle déraillait complètement. Ils en avaient simultanément déduit que la suite de l'enquête n'avancerait plus tant que la mémoire de madame Jeanselme ne reviendrait pas.

Toutes les autres pistes s'étaient refermées.

— Au fait, avait-elle dit à Joseph, la femme du métro Daumesnil ce n'était pas un accident, mais bien un meurtre. Une analyse détaillée des images des caméras de surveillance a permis de repérer le type qui l'avait poussée. Devine qui c'est.

— Aucune idée.

— Son propre mari ! Ils étaient en instance de divorce… D'ailleurs, quand est-ce que tu me demandes en mariage ? ironisa-t-elle.

Rabitt comprit le message subliminal que cachait la plaisanterie. Joseph était également amoureux, mais ils ne s'étaient encore jamais dit « je t'aime ».

L'un et l'autre n'avaient plus l'âge d'utiliser cette expression à la légère. Ils connaissaient le poids de ces mots. Joseph trouvait ce sentiment plaisant, mais vertigineux, car il n'avait jamais durablement vécu en couple.

Il jugeait l'indépendance préférable aux compromis voire à la soumission.

Mais il est vrai qu'il n'avait jamais ressenti aussi vite une telle émotion pour une femme. C'était inexplicable, surprenant et un peu inquiétant. C'est pourquoi il se méfiait. Certes, cette femme était originale, sensible, jeune, câline et envoûtante et malgré son caractère bien trempé, il se sentait capable de beaucoup de choses pour elle, mais il hésitait encore entre l'engagement et la retenue.

Pour sa part, Maggie n'avait jamais pensé tomber amoureuse de quelqu'un comme Joseph. Elle s'imaginait plutôt avec un beau romantique qu'elle avait depuis longtemps perdu l'espoir de rencontrer. Or c'était une barbouze de sept ans son aînée qui l'avait séduite et était sur le point de la faire chavirer...

Elle avait sans doute besoin d'un homme solide ! Quelqu'un sur qui se reposer en toute quiétude. Un pilier. Pas un de ces jeunes instables et constamment insatisfaits.

La maternité, elle n'y pensait plus depuis déjà longtemps, mais elle ne lui manquerait pas. Elle n'avait jamais vraiment rêvé d'avoir un enfant.

— Quand tu auras élucidé le mystère de la valise bleue ! répondit Joseph, sur le même ton, à la question de Maggie.

— Ok... Je vais te prendre au mot. Au fait, es-tu libre ce soir ? lui demanda Maggie.

— Toujours libre pour toi...

Ces deux-là semblaient ne plus pouvoir vivre l'un sans l'autre !

*

70

Comme cela avait été évoqué la veille, le service avait programmé la sortie de Julie pour la fin de la matinée.

Charles avait refusé le transport en VSL, préférant venir la chercher personnellement.

Il lui avait apporté des vêtements propres et avait été très heureux de la voir enfin debout et présentable.

Malgré son teint pâle et son amaigrissement, Charles pensait, qu'une fois coiffée et bien habillée, il retrouverait sa Julie, mais il se rendit vite compte que la femme qu'il avait face à lui n'était plus la même.

Certes, elle souriait, mais un peu béatement.

Pour tout et pour n'importe quoi !

Elle écoutait et suivait les consignes qu'il lui donnait, mais ne semblait rien comprendre.

Julie était dans un autre monde un nuage !

Elle s'était approchée de la portière de la voiture, mais attendait qu'on lui ouvre, comme si elle avait oublié l'existence des poignées, puis elle s'était assise sans poser de questions et avait regardé défiler les rues parisiennes avec un ahurissement sans doute comparable à celui qu'elle aurait eu si on l'avait débarquée sur la lune !

Charles privilégia un itinéraire plus long susceptible de lui réveiller des souvenirs.

Ils passèrent au pied du Sacré-Cœur, traversèrent Pigalle, puis rejoignirent la place de l'Étoile par l'avenue Hoche, avant d'emprunter l'avenue Kléber. Durant le trajet, Charles jouait le guide touristique en commentant les monuments qu'ils croisaient.

Julie était muette.

En arrivant au Trocadéro, alors que leur voiture s'arrêtait à un feu tricolore, elle prit pour la première fois la parole.

— C'est quoi, dit-elle en montrant du doigt l'édifice d'acier.

— La tour Eiffel, répondit calmement Charles. Nous avons déjà mangé tout en haut. L'an dernier nous y avons fêté la Saint-Valentin. Tu te souviens ?

Julie resta sans réaction, comme si tous ces mots lui étaient étrangers. Tour Eiffel… Saint-Valentin… Elle ne savait pas de quoi parlait ce monsieur. On lui avait dit que c'était son mari, mais elle ignorait où il l'emmenait.

Il avait l'air gentil, alors elle lui souriait.

Elle avait tout oublié et devait lui faire confiance !

Après plus d'une heure de route, ils arrivèrent dans leur propriété de Marne-La-Coquette.

Charles gardait l'espoir qu'une fois dans son milieu habituel, Julie retrouve des repères, mais il fut rapidement déçu. Julie donnait l'impression de débarquer en territoire inconnu. Cette fois, inquiet, il pensa que l'hôpital s'était débarrassé trop vite de sa malade. Le médecin n'avait pas pris la mesure de son désarroi.

C'était peut-être sa faute.

Il s'était certainement montré trop impatient de ramener son épouse à la maison, mais maintenant, il ne voyait pas comment il allait pouvoir la gérer. Elle ne pourrait pas se suffire à elle-même. Une tierce personne à temps complet allait être indispensable.

On devait tout lui réapprendre, même les dangers !

Il en était à ce stade de réflexion lorsqu'Antoine arriva.

Il se précipita sur Julie et la serra contre lui, mais elle resta les bras ballants.

— Maman, tu nous as manqué. Nous avons eu très peur pour toi. Ça va ?

— Ça va ! répondit-elle, mécaniquement sans un soupçon d'émotion.

Antoine à son tour constata l'état psychologique de sa mère qui, immobile dans le couloir, portait un regard distant sur les deux hommes qui l'entouraient.

Quand soudain...

*

71

Depuis le début du mois d'août, c'était le premier soir où l'on ressentait un brin de fraîcheur. De gros nuages peints à l'encre de Chine avaient masqué l'horizon dès la tombée du jour. L'orage avait dû éclater dans les environs, car le vent tournoyant avait des senteurs humides. Une tenture claquait fort au-dessus de leur tête.

Maggie avait eu un léger frisson. Elle avait endossé sa veste et couvert ses épaules dénudées.

Pour cette soirée, elle avait à nouveau abandonné son traditionnel pantalon, son chemisier bariolé, son gilet en patchwork et ses sandales tressées pour s'habiller en femme du monde !

Elle ne ménageait pas ses efforts pour plaire à Joseph !

Il lui avait dit qu'il aimait les femmes sexy !

Elle s'était beaucoup interrogée à ce sujet, car avant de le rencontrer elle n'avait jamais jugé nécessaire d'être sexy. Elle avait toujours pensé que l'on doit apprécier les gens pour ce qu'ils ont dans l'âme et dans le cœur. Mais pour Joseph, c'était différent. Il l'avait connue et estimée comme elle avait l'habitude d'être, et elle était heureuse de se montrer capable d'efforts pour approcher ses goûts.

Dans l'après-midi, Joseph l'avait invitée dans ce lieu atypique du Marais.

Ils avaient dû faire une heure de queue avant de pouvoir accéder à la terrasse du septième étage de l'immeuble du BHV. Mais une fois sur le rooftop, la surprise avait été totale.

La vue sur les toits de Paris et sur la tour Eiffel était fantastique et imprenable. Entre les nuages ils avaient pu assister aux dernières heures du jour.

L'ambiance était plutôt jeune, branchée, animée et musicale, mais ils avaient déniché un endroit relativement tranquille, éloigné du bar. En fait, il s'agissait plus d'un bar que d'un restaurant.

Maggie commanda un cocktail sans alcool et Joseph un Gin Tonic.

Ensuite, ils se laissèrent tenter par une planche composée de tranches de bœuf, de jambon de truie, de tomme de Savoie et de Saint-Nectaire.

Dans ce renfoncement de la terrasse, assis sur de confortables coussins, ils se tenaient la main et se regardaient dans les yeux, totalement indifférents à l'agitation qui règnait autour. Ils parlaient beaucoup aussi…

Même si l'un ne partageait pas nécessairement les passions et les croyances de l'autre, ils avaient envie de se découvrir et de mieux se connaître. Et pour l'instant, rien de rédhibitoire ne semblait pouvoir les éloigner.

Ils n'avaient pas abordé l'affaire qui les avait réunis.

Joseph avait seulement évoqué sa prochaine mission pour laquelle il devait se rendre en Corse. Il attendait les instructions.

— Secret d'État ! avait-il précisé à Maggie. Un homme politique de premier plan qui serait lié à la Maffia... Je ne t'ai rien dit, bien sûr.

— Évidemment, avait-elle répondu.

Avant de rajouter :

— Tu pars souvent ?

— De Paris, oui, mais hors de France rarement.

Maggie n'en saurait pas plus sur les activités et les absences de son chéri.

Elle était prête à accepter les imprévus et les inconnues de sa vie.

*

72

Pendant ce temps, chez les Jeanselme, la soirée avait été moins joyeuse.

Pourtant, quand Julie était arrivée dans sa maison, alors que le père et le fils étaient consternés de la voir aussi désorientée, une petite lueur d'espoir avait fait briller leurs yeux.

Julie avait eu le besoin d'aller aux toilettes et elle s'y était rendue seule, sans demander où elles se trouvaient ! Le fait était ridiculement anodin, mais il signifiait que sa mémoire n'était pas totalement effacée.

Malheureusement, sa reconnaissance des lieux s'arrêta là.

Ensuite, elle erra d'une pièce à l'autre comme si elle parcourait l'endroit pour la première fois.

Sur le plan physique, les progrès étaient indéniables, mais sur le plan mental elle était absente, dépourvue de réactions et d'émotions.

Charles avait appelé sa belle-mère qui lui avait laissé plusieurs messages. Elle ignorait le rapt de sa fille et il ne lui en avait pas parlé. Il n'évoqua pas non plus son amnésie, mais il lui argua des raisons plus ou moins crédibles pour justifier son silence.

Il pensait l'avoir rassurée.

Antoine était allé faire quelques provisions. Il avait, entre autres, acheté un plat tout prêt de brandade de morue qu'ils avaient mangé ensemble vers 20 heures 30. Ensuite, Charles avait conduit Julie dans sa chambre. Il lui avait allumé la télévision et elle s'était allongée dans le lit.

Durant une grande partie de la soirée, le père et le fils avaient tenté de trouver des solutions.

— Je vais rester avec elle. Je m'en occuperai, avait dit Antoine.

— Non, Antoine, ce n'est pas à toi de t'en charger. Nous ne savons pas quelle sera la durée de sa convalescence et surtout je préférerais que tu passes tes journées autrement… En bossant par exemple !

Antoine était sûr que le sujet se représenterait rapidement. C'était fait ! Il n'y a pas si longtemps, il aurait claqué la porte et serait parti, mais cette fois, il pensa que son père avait raison.

— Demain, je m'occuperai de trouver quelqu'un. Je vais également lui prendre tout de suite un rendez-vous chez un spécialiste, lui avait dit Charles.

*

73

On était le 22 août.

Une semaine s'était écoulée depuis le retour de Julie au domicile.

Depuis la prise de rendez-vous chez un neurologue jusqu'à l'embauche d'une aide familiale, tout avait été très compliqué, mais heureusement, depuis 24 heures, les choses semblaient rentrer dans l'ordre.

Julie avait accepté la jeune fille qui, depuis quatre jours, arrivait le matin et repartait le soir lorsque Charles revenait du travail. Et bonne nouvelle, une consultation avait été obtenue auprès d'un des neuropsychiatres les plus renommés de France.

Mais surtout, Julie retrouvait peu à peu une part de sa mémoire ancienne.

Elle évoquait le Vercors au pied duquel elle était née, ses années de Lycée à Valence, son père décédé accidentellement quand elle avait quatorze ans... Bref, même si ce n'était que très partiellement et dans le plus grand désordre, des souvenirs lointains resurgissaient. Elle semblait aussi avoir quelques réminiscences propres à la maison. Elle circulait désormais seule, sans questionner à tout-va pour savoir où était le salon, la cuisine ou la salle de bains. En revanche, malgré ses efforts de mémoire, elle considérait toujours ceux qui prétendaient être son mari et son fils comme des étrangers. Certes bienveillants, mais des étrangers quand même !

Antoine surprit un jour sa mère en train de se regarder dans la glace avec étonnement. Il se demanda si elle se reconnaissait elle-même !

Charles constata pour sa part que son épouse prenait à nouveau soin de s'habiller correctement et recommençait à se maquiller, ce qui le réjouit.

Les progrès étaient lents, mais réels.

Charles avait plusieurs fois tenté d'interroger Julie sur le passé récent, mais après chacune de ses questions il y avait eu un blanc éloquent.

Le fait, de ne pas les comprendre ni de pouvoir y répondre, semblait l'effrayer.

Alors il avait momentanément abandonné l'idée de savoir ce qu'elle avait vécu.

*

74

Le mois de septembre serait achevé dans quelques jours.

Joseph était de plus en plus souvent chez Maggie.

Elle lui avait même dédié un placard pour y ranger quelques effets personnels.

Pour ces deux-là, le besoin de se retrouver ne cessait de croître !

L'affaire du rapt n'avait pas avancé d'un pouce. Le ravisseur s'était évaporé sans laisser le moindre indice et, si Julie ne recouvrait pas la mémoire, sans doute pourrait-on parler d'une escroquerie parfaite…

De toute façon, Charles avait fait une croix sur ses deux cent mille euros. Il n'imaginait pas les récupérer un jour, mais ce n'était pas le plus important.

Son principal souci était l'évolution de la santé de son épouse.

Au fil des semaines, tout son entourage constata heureusement que son cerveau fonctionnait encore.

Depuis sa sortie de l'hôpital, Julie recomposait progressivement les éléments de sa vie et resituait certaines personnes. Elle avait toujours peu d'émotions à leur contact, mais elle avait admis que Charles était son mari et Antoine son fils.

Grâce à un regain d'autonomie, le quotidien se simplifiait.

Julie s'intéressait aux choses et cherchait même à comprendre ce qui lui était arrivé.

Le problème était sa mémoire rétrograde.

C'est ce que lui avait expliqué le neuropsychiatre qu'elle avait consulté, après avoir réalisé un scanner du cerveau.

L'examen n'avait pas révélé de lésions majeures et le médecin avait été plutôt rassurant.

— La combinaison d'un choc émotionnel et d'une prise excessive de drogues vous a gommé la plus grande partie de vos souvenirs anciens, et surtout ceux proches de l'événement qui a déclenché l'amnésie. Votre cerveau refuse de vous faire revivre vos souffrances. Il agit comme un protecteur de votre santé mentale. Il y a de fortes chances pour que peu à peu tous vos bons moments vous reviennent, mais il est possible que les mauvais soient définitivement effacés, avait dit l'homme de science.

— Je ne saurai donc jamais ce qui m'est arrivé ?

— C'est possible, avait répété le médecin.

— On m'a raconté que j'avais été enlevée, mais je ne me souviens d'absolument rien. Aurais-je pu être abusée à mon insu ?

— Il est très difficile de vous répondre. Lors de votre hospitalisation, on ne vous a décelé aucune marque de violences, mais vous avez pu être abusée pendant que vous étiez inconsciente.

Julie s'interrogeait !

Charles avait commencé à lui relater son enlèvement et ce qu'il avait entrepris pour lui venir en aide, mais elle seule, avec son ou ses ravisseurs, en connaissait les détails. Et si son cerveau ne restituait pas les faits, il est probable qu'on les ignorerait à jamais.

Julie ressentait cette partie manquante de son histoire comme une mutilation.

Elle se sentait infirme et son handicap lui pesait.

Il lui arrivait de reprendre goût à la vie avec la volonté d'avancer, mais ces épisodes de résurrection étaient courts. Ensuite, elle sombrait encore plus profondément dans les abîmes de la tristesse et du chagrin.

Plusieurs fois, sans lui parler du contenu, son mari lui avait demandé si elle se souvenait du bagage qu'elle avait lorsqu'elle était revenue de Lyon après avoir rendu visite à Louise, mais elle ne se rappelait même pas d'être allée chez sa mère !

*

75

Le printemps pointait son nez.

Les forsythias coloriaient progressivement les jardins et les caresses du soleil se faisaient plus voluptueuses.

Depuis son retour de Corse, Joseph et Maggie avaient appris à se connaître et s'étaient définitivement installés ensemble. Maggie avait rendu son appartement et emménagé chez son amant.

Lui avait commencé à s'intéresser à la nature, à goûter aux randonnées, aux escapades du week-end, et… aux légumes bio !

Elle s'était évertuée à être plus ordonnée, moins sectaire et plus féminine. Ils avaient assoupli leur caractère et affectionnaient désormais le partage.

Finalement, leur différence d'âge n'était pas criante, tant Joseph multipliait les efforts pour rester jeune, ou du moins le paraître !

Les concessions sont plus aisées lorsqu'on se chérit !

William avait retrouvé le plaisir de travailler avec sa cheffe, qui a une époque songeait plus à son amoureux qu'à son boulot de flic. Et cerise sur le gâteau, elle avait revu ses exigences professionnelles à la baisse.

Tous deux étaient désormais concentrés sur d'autres affaires, et pensaient rarement à cette fameuse valise bleue qui les avait longtemps tourmentés.

Julie avait fait de très grands progrès grâce à un psychologue et au soutien de Charles et d'Antoine. Elle avait lentement retrouvé de nombreux souvenirs, sauf ceux relatifs à la semaine durant laquelle elle avait été kidnappée. Son cerveau excluait toujours cette période, comme l'avait plus ou moins évoqué le neuropsychiatre qu'elle avait consulté !

Son moral était désormais plutôt au beau fixe.

Son rapport et ses sentiments envers son fils et son mari s'étaient normalisés.

Elle était redevenue coquette et avait recommencé à suivre ses cours de gym à la salle.

Grâce aux relations de son père, Antoine avait trouvé un emploi qui semblait lui plaire.

Il avait la garde et la maintenance d'un vaste domaine situé aux portes de Paris. Le propriétaire de ce château rénové louait le bâtiment pour des mariages et diverses célébrations. Antoine était logé sur place. Il était chargé de l'accueil du public et des prestataires, ainsi que de veiller au bon déroulement des manifestations. Il avait beaucoup de temps libre qu'il organisait à sa guise avec, bien sûr, des obligations de présence. Au cœur de ce parc de six hectares, le rythme du travail et son environnement lui convenaient parfaitement.

Le petit pavillon au bout de la propriété Jeanselme était donc à nouveau vacant.

Charles de son côté avait renoué avec ses occupations professionnelles, mais il avait revu ses ambitions à la baisse. L'empire qu'il avait construit avait été le point de départ de ses problèmes relationnels avec Antoine et de l'enlèvement de Julie. Il ne voulait plus être la cible des malfrats et aspirait à une vie simple et paisible. Il envisageait de faire don d'une partie de ses actions à ses salariés, de quitter la direction du groupe et de prendre du bon temps.

Il comptait mener à bien ce projet d'ici la fin de cette année.

Pour l'heure, il a imaginé fêter l'anniversaire de Julie à la montagne.

Il rêve de passer un week-end en tête à tête avec elle, devant un feu de bois, dans un chalet blotti sous la neige, une coupe de Champagne à la main.

Le canular qu'il a subi il y a quelques mois au sujet de l'escalade du Cervin lui a donné l'idée d'aller en Suisse. Et l'une des plus belles stations de ski au monde est au pied de cette montagne mythique.

Zermatt !

Il a donc acheté deux billets pour le train Paris/Zermatt, qui en sept heures les conduira jusqu'à cette station huppée, dans laquelle il a prévu de dormir deux nuits.

Ils partiront le vendredi à 15 heures de Paris et arriveront à 22 heures en gare de Zermatt. Le voiturier qui les attendra les acheminera en traîneau jusqu'au petit hôtel de charme dans lequel il a réservé une chambre.

Ils n'ont pas skié depuis des lustres, mais ils se contenteront de coucouner, de prendre du bon temps et de randonner en raquettes.

Dans le Valais, il neige depuis trois jours, mais la météo s'annonce ensoleillée pour le week-end.

Charles en brûle d'impatience.

Ce soir, il va révéler à Julie sa surprise.

Ils partiront demain et laisseront la maison vide.

*

76

Il est 20 heures 30 lorsque Charles rentre du siège et dépose les billets de train sur la table.

— Bonsoir ma chérie, lui dit-il en lui baisant le front.

— C'est quoi ? s'étonne Julie en découvrant l'enveloppe.

— Regarde !

Julie l'ouvre et en extrait deux billets.

— Un voyage en train ! marmonne Julie perplexe.

— Il me semble que dans trois jours c'est ton anniversaire… Alors on va aller le fêter à la montagne ! Un week-end en amoureux…

— Zermatt… en Suisse, s'exclame Julie.

— Et bien oui. Je me suis souvenu que tu m'avais dit qu'Antoine était parti en expédition sur le Cervin. Ça te parle ?

— Pas du tout.

— Je te confirme que c'est bien la destination que tu m'avais indiquée. Il y avait sans doute une raison. Pourquoi avais-tu cité ce lieu ?

— Je n'en ai vraiment aucune idée.

— Cela ne fait rien. Prépare tes bagages, on quitte Paris demain à 15 heures.

Julie embrasse Charles pour le remercier de cette belle idée de week-end en amoureux, puis elle part dans sa chambre.

Charles s'installe dans le salon et parcourt le courrier du jour.

Quelques minutes plus tard, Julie revient et se plante devant Charles avec un air penaud.

— Je ne retrouve plus ma valise bleue ! dit-elle.

En prononçant ces derniers mots, Julie a le sentiment qu'un arc électrique lui traverse le corps, telle une victime de la foudre !

Elle se met à grelotter, devient pâle et titube.

Charles bondit de son fauteuil, l'entoure de ses bras pour lui éviter de chuter et la dépose délicatement sur le canapé. Il pense aussitôt à une crise d'hypoglycémie, car elle s'alimente toujours mal et il lui arrive d'avoir d'intenses moments de fatigue.

Des perles de sueurs glissent lentement sur ses joues.

Ses longs cheveux bruns se collent sur son visage.

Elle halète…

Ses yeux roulent comme s'ils scrutaient son âme.

Charles lui apporte un verre d'eau et deux sucres.

Quatre à cinq minutes plus tard, inquiet, il s'apprête à appeler le SAMU, lorsque Julie paraît retrouver progressivement ses esprits.

— Ça va aller, lui dit-elle. Je me sens mieux.

— Que t'est-il arrivé ? lui demande Charles, en dégageant une mèche qui lui cache l'œil.

— Un flash… C'est incroyable, en prononçant les mots de « valise bleue », des visions sont apparues ! Des choses d'avant me reviennent…

Julie commence à évoquer le 30 juillet dernier, avec beaucoup d'hésitations et d'émotion. Elle balbutie, cherche ses mots et ponctue ses phrases de longues pauses durant lesquelles elle semble réfléchir. De souvenir en souvenir, elle reconstitue le passé. Une part enfouie de sa mémoire remonte finalement à la surface, gorgée de détails surprenants…

Charles, concentré sur son récit, l'écoute débiter son histoire.

— « Il était aux environs de 21 heures et la chaleur était encore suffocante. Je te revois en train de faire le tour du jardin et de déplorer la sécheresse. Les plantes grillées par le soleil, les arbres en souffrance et ton gazon qui n'était plus qu'un tapis de paille te désespéraient…

Durant ta petite promenade, tu avais abandonné ton portable sur la table de la terrasse. Celui-ci bipa au moment où j'allais m'installer dans la balancelle. Comme tu ne sécurises jamais tes appareils (soi-disant pour gagner du temps !) l'écran s'éclaira sous mes yeux. Je m'en suis approchée, non par curiosité, mais pour te rendre service, au cas où tu aurais une information urgente à traiter.

Le message qui s'affichait était flippant : "*Ton fils est entre mes mains, trouve 100 000 euros si tu penses qu'il les vaut. Sinon… Instructions à suivre*".

J'ai d'abord songé à un canular de mauvais goût, avant de réaliser que nous n'avions ni vu ni eu signe de vie d'Antoine depuis deux jours. J'ai cherché à le joindre., en vain. Son téléphone semblait coupé. La communication basculait immédiatement sur sa boîte vocale. "C'est maman, rappelle-moi, s'il te plaît", ai-je dit au répondeur. À partir de cet instant, j'ai été convaincue qu'il ne s'agissait pas d'une blague et mon angoisse a très vite atteint son apogée. La menace subliminale était terrifiante. "Sinon…" ! Sinon quoi ? J'ai songé aux difficultés relationnelles que tu avais avec Antoine et aux tensions qui, ces derniers temps, ne cessaient de croître.

Dans mon délire, je t'ai cru capable de refuser de payer la rançon !

J'ai supposé que le ravisseur s'intéressait surtout à l'argent. En quelques minutes, j'ai donc pris la décision d'assurer l'opération à ta place et à ton insu.

D'ici qu'il soit libéré, j'imaginais pouvoir trouver une bonne excuse pour convaincre notre fils de ne jamais te parler de son enlèvement… ».

Après une pause et un moment de réflexion, Julie poursuit.

— « Sans doute te souviens-tu du compte qu'il y a quelques années tu m'as fait ouvrir en Suisse pour des raisons fiscales. Tu connais ma crainte des aléas de la vie et mon tempérament de fourmi ! Sur l'argent que tu me donnes, au fil des ans, j'ai secrètement réussi à y déposer de belles économies. Elles m'offraient la possibilité de payer la rançon, sans que tu interviennes !

Quelques secondes plus tard, j'ai réalisé que ma décision impliquait d'être la destinataire des messages du ravisseur. Durant un court moment, j'ai hésité à le supplier de ne pas faire de mal à Antoine en lui promettant qu'il aurait son fric, mais j'ai finalement répondu de manière lapidaire : "OK. Merci d'envoyer les instructions à suivre au numéro 06 12 22...... (le mien)". Après quoi, j'ai effacé les SMS de ton portable afin que tu ignores tout de cet échange.

Sur l'instant, cette idée me paraissait la plus appropriée pour éviter une crise familiale.

Alors que tu achevais ta balade au cœur de notre végétation moribonde et que tu t'apprêtais à monter sur la terrasse pour me rejoindre, je me suis précipitée sur un magazine et j'ai fait feint de lire. "Quelle désolation, tout crève, as-tu dit ! Même les rosiers ont triste mine" ».

J'ai acquiescé !

Tu t'es installé à côté de moi et tu m'as demandé si j'avais des nouvelles de notre fils. J'avais en main la revue Grimper, auquel Antoine est abonné. Elle m'a donné l'idée de te répondre : "il est parti en expédition avec des copains". Et comme j'avais sous les yeux un article sur cette ascension, j'ai enchaîné par : "Il escalade le Mont-Cervin, il ne t'a rien dit" ? Ce à quoi tu m'as rétorqué quelque chose du genre : "Non, évidemment ! Moins il me parle, mieux il semble se porter ! C'est un cas ce gamin... On lui offre tout sur un plateau, mais il joue les rebelles et me prend pour un crétin". Je ne sais plus si ce sont exactement tes paroles, mais c'est le sens.

C'est ainsi que je suis parvenue à justifier l'absence d'Antoine et à abréger la conversation.

Cependant, après avoir envoyé mon message au ravisseur et t'avoir menti sur les activités de notre fils, j'ai pris conscience de la folie de cette entreprise. Je m'étais fourrée dans un guêpier qui me paniquait !

Je dus prétexter un coup de fatigue pour te masquer mon effroyable désarroi.

Mon idée d'assumer seule le règlement de cette rançon partait d'un bon sentiment, mais sa réalisation était infiniment complexe.

La question de l'argent était une chose, la subtilité d'agir en douce en était une autre !

Je ne t'avais jamais rien caché de cet ordre. Pourtant pour réussir cette idée folle, je devais à ton insu me rendre discrètement à Genève pour retirer 100 000 euros, avant d'affronter des malfrats qui pouvaient être sans foi ni loi. J'avais pris conscience des risques et des difficultés, mais le message que j'avais adressé au ravisseur m'interdisait de reculer.

J'ai alors pensé que seule une visite urgente à ma mère souffrante pouvait justifier un départ précipité crédible. Sous ce prétexte, le soir même, j'ai acheté un billet Paris/Genève et le lendemain matin, tu m'as déposée sur le parvis de la Gare de Lyon avec ma petite valise bleue ».

À ce moment du récit, Julie semble avoir de nouvelles hésitations. La suite ne coule pas aussi naturellement.

Elle réfléchit encore quelques instants avant de conclure par « Voilà ! ».

— Voilà quoi ? lui demanda Charles. Après qu'as-tu fait ?

Il tente de l'aider en lui fournissant quelques indices.

— À Genève, tu as retiré l'argent puis tu as pris un train pour Lyon ?

— C'est ça.

— Tu as dormi chez ta mère et tu en es repartie en début d'après-midi ?

Après un temps d'introspection beaucoup plus long, Julie acquiesce encore.

— Et après, s'enquiert Charles.

Julie ne répond pas. Elle semble faire d'énormes efforts pour raccrocher les wagons de son histoire. Mais la source à souvenirs s'est tarie.

Il continue :

— Quand tu es montée dans la rame pour Paris, tu avais ta valise ?

Le mot « valise » lui paraît une nouvelle fois évocateur.

— Oui, je l'avais. Après je ne l'avais plus.

— On te l'a volée ?

— Je crois que je l'ai oubliée. Je suis descendu du wagon sans bagage.

Julie est troublée. Charles hésite à poursuivre les questions lorsque soudain le visage de sa femme s'éclaire.

— Ça y est ! Je me souviens, dit-elle.

Après une nouvelle longue pause, elle avale sa salive.

— Un policier est arrivé derrière moi. Il m'a poussé hors du train et m'a incité à le suivre « sans faire d'esclandre », m'a-t-il précisé. J'ai obtempéré, comme on dit, car je me sentais coupable d'avoir caché l'enlèvement d'Antoine et d'avoir menti, mais je me trouvais aussi fautive de transporter tout cet argent !

— Ta valise est restée dans le wagon ?

— Je ne me souviens plus. En tout cas je ne suis pas descendue avec.

Cette histoire était incompréhensible.

Charles pense que puisque Julie est la seule à avoir lu le message du pseudo ravisseur (écrit par son propre fils !), la police n'a aucune raison d'intervenir ! De plus, le fait que son bagage ait été négligé signifie que celui qui l'a accostée ignorait son contenu ou ne s'y intéressait pas.

Et puis, se dit-il, la Commandante aurait été évidemment au courant si un de ses collègues avait arrêté Julie…

— Ce policier était-il en tenue ?

— Non, en civil. Il m'a montré sa carte de police.

— Et après ?

— Je crois que je suis montée dans une voiture… Je ne me souviens plus.

Charles commençait à comprendre. L'homme était sans doute un faux agent. Il avait enlevé Julie au moment où elle revenait de Suisse avec l'argent qui devait lui permettre de payer la rançon pour Antoine. Mais comme son ravisseur ignorait qu'elle voyageait avec 100 000 euros, il ne s'était pas intéressé à sa valise !

C'était totalement ubuesque…

— Tu pourrais reconnaître cet homme, demande Charles sans conviction.

— J'sais pas, répond-elle avec une larme au coin de l'œil.

Peut-être pour lui éviter de nouvelles souffrances morales, maintenant, la mémoire de Julie refusait de déterrer des souvenirs douloureux.

Charles avait cette fois l'explication concernant l'étonnant contenu du bagage de sa femme.

La valise aux 100 000 euros n'était plus un mystère, mais cette satisfaction intellectuelle ne fournissait aucun éclairage sur ce qui s'était passé après !

Julie bloquait et ne parvenait pas à parler de sa captivité.

Charles eut alors un cas de conscience !

Était-il urgent d'informer son ami Rabitt et cette Commandante des dernières confidences de son épouse ?

Charles craignait que le récit de ces nouveaux éléments retarde leur départ pour la Suisse.

L'enquête était au point mort depuis six mois et cela ne changerait rien à la suite de l'affaire si la police ne prenait connaissance de ces ultimes révélations que dans trois jours.

Julie semblait tellement heureuse de ce séjour en montagne !

Finalement, Charles décida de ne rien dévoiler dans l'immédiat et de ne pas modifier son projet amoureux. Mais il se promit d'informer la Commandante Maggie Charbonnel et le commissaire Rabitt dès son retour.

*

77

À Zermatt, ils passèrent un week-end merveilleux.

Comme la météo l'avait annoncé, le beau temps avait succédé à l'important épisode neigeux du début de semaine. Sous des milliards de cristaux scintillants, un paysage féerique plantait le décor d'un conte de Noël. Les luxueux chalets enfouis sous un épais manteau blanc et les traîneaux attelés aux chevaux apportaient un supplément de magie. Un autre monde !

Julie et Charles se surprirent plusieurs fois à lever les yeux vers le Mont-Cervin qui leur rappelait Antoine.

Le samedi, ils empruntèrent le plus haut train à crémaillère d'Europe qui, en à peine trente minutes, les conduisit à plus de 3000 mètres d'altitude, au sommet du Gornergrat. L'impressionnante pyramide du Matterhorn se dressait devant eux, dans un ciel bleu marine. Main dans la main, face à cette chaîne mythique, ils contemplèrent longtemps ce panorama grandiose. Julie s'apprêtait à prendre le train du retour, mais Charles l'avait retenue.

— Ce soir, nous couchons près des étoiles, lui dit-il.

— Je ne comprends pas, répondit-elle.

Charles lui dévoila alors avoir réservé une chambre sur cette montagne, dans le plus haut hôtel de

Suisse et il lui tendit le dépliant de présentation : « *Son emplacement unique et les points de vue exceptionnels qu'il offre sur les sommets avoisinants en font une destination prisée des alpinistes et des skieurs du monde entier. Que ce soit pour manger dans la journée dans l'un de nos restaurants ou pour passer une nuit dans l'hôtel à observer la Voie lactée, cette expérience vous laissera un souvenir indélébile* » disait le prospectus.

  — Ce n'est pas vrai ! s'esclaffa Julie enthousiaste en sautant au cou de Charles.

  Elle se ravisa cependant rapidement en réalisant qu'elle n'avait rien pour se changer et se faire belle.

  — Tu aurais dû me prévenir, reprocha-t-elle à Charles.

  — Cela n'aurait plus été une surprise, répliqua-t-il en l'embrassant.

  Entre excursion et nuit magique, randonnée en raquettes, petits restaurants et promenades dans les rues enneigées de Zermatt, ce fabuleux week-end passa à une vitesse folle. Julie semblait avoir retrouvé sa fraîcheur et son enthousiasme d'antan. Elle avait à nouveau l'envie de plaire et d'aimer.

  Au fil des mois, jour après jour, Charles lui avait raconté certains épisodes cocasses, d'autres plus dramatiques, les mauvais choix et les méprises, qui avaient émaillé sa période d'oubli.

  Le récit du faux auto-enlèvement qu'Antoine avait manigancé l'avait horrifiée. Elle ne comprenait pas que son fils ait osé organiser un tel simulacre dans le seul but de tester l'affection de son père, mais elle était heureuse et soulagée que leurs relations soient apaisées.

Charles lui avait aussi narré sa participation involontaire au piège tendu par Antoine, l'assistance privilégiée et secrète de Joseph Rabitt, puis de sa collègue du commissariat du XIIe, la poursuite du ravisseur dans les catacombes et l'histoire de sa découverte inanimée sur un trottoir parisien un soir d'août. Ses espoirs et ses tourments…

Lentement, sans l'abreuver de détails douloureux, Charles lui avait presque tout raconté.

Il ne pouvait bien sûr pas explorer l'intimité de son âme, mais la seule séquelle dont Julie semblait encore souffrir était cette absence totale de mémoire entre sa descente du train à la Gare de Lyon et son hospitalisation à Saint-Denis.

Les drogues qu'on lui avait fait prendre pour oublier son enlèvement lui avaient creusé un trou dans le cerveau ! Les spécialistes constataient une forme d'ictus amnésique rétrograde de temporalité anormale, mais une IRM cérébrale à haute résolution et un électro-encéphalogramme n'avaient montré aucune altération. Les médecins avaient finalement conclu à une amnésie traumatique d'origine psychosomatique.

Pouvant donc guérir… ou pas !

Comme il l'avait prévu, dès le lundi matin au retour de son week-end amoureux, Charles avait d'abord appelé Rabitt, pour lui narrer les ultimes révélations de Julie.

Il fut très intéressé et étonné par l'histoire des 100 000 euros, mais pas surpris d'apprendre que la valise du TGV était celle de Julie. Il incita aussitôt son ami à prendre rapidement rendez-vous avec la Commandante Charbonnel afin que son épouse lui relate personnellement ses derniers souvenirs. « La police a des astuces pour faire resurgir le détail insignifiant susceptible de relancer une enquête », lui précisa-t-il. « Promis, tu l'appelles maintenant ? ».

*

78

Charles avait tenu sa promesse.

Julie était assise aux côtés de son mari.

Tous deux faisaient face à Maggie Charbonnel. C'était une tout autre femme qu'elle découvrait aujourd'hui !

La dernière audition remontait à plusieurs mois. À ce moment-là, l'état psychique de madame Jeanselme était déplorable et la Commandante n'avait pu obtenir de sa part aucune véritable information. Mais à cet instant sur cette chaise, Julie rayonnait. Un beau sourire illuminait son visage hâlé et sa chevelure brune descendait sur ses épaules en boucles élégantes.

Pour sa part, Charles trouva Maggie beaucoup plus à son avantage que lorsqu'il l'avait connue. Son discret maquillage et son chemisier rose la rendaient enfin féminine. Monsieur Jeanselme avait lui aussi bien meilleure mine que l'été dernier. Il avait à nouveau une prestance de patron.

Bref, ce n'étaient plus les mêmes personnages qui se retrouvaient, mais le sujet était inchangé !

Durant près d'une heure, Julie relata avec force détails ses souvenirs des deux ou trois jours ayant précédé son enlèvement. Mais, une nouvelle fois, son esprit bloqua après sa descente du train en Gare de

Lyon, au moment où un pseudo-policier la faisait entrer dans une voiture grise. Ensuite, plus aucune image ne se projetait sur son cerveau.

— Vous pouvez me dire le modèle ou la marque ?

— C'est très flou… Non.

— Y avait-il quelqu'un d'autre dans le véhicule ?

— Peut-être.

— Vous avez marché longtemps pour rejoindre la voiture ?

— Non.

— Vous pourriez préciser ?

— Je ne sais pas.

— Et ce fameux policier, vous pourriez le décrire ? Était-il grand, chevelu, de type européen, jeune… avait-il des lunettes ?

— Normal… De taille moyenne. Je ne l'ai pas dévisagé, mais c'était un homme blanc, avec un léger accent. Il avait des lunettes de soleil, des cheveux noirs et une petite moustache sombre… Environ 40 ou 50 ans. Ah oui ! Et puis il avait une tache brune sur l'aile du nez… Il me tenait par le bras droit, réfléchit Julie… C'était donc sur le côté gauche, dit-elle après quelques secondes. !

— Et bien voyez, il y a des détails majeurs qui vous reviennent. Je suis sûr qu'ils vont nous permettre d'avancer.

— Si je vous présentais une photo de lui, vous pourriez le reconnaître.

— Aucune idée.

Maggie tapa alors sur son ordinateur durant quelques minutes, puis elle tourna l'écran vers Julie.

— Nous avons accès à un fichier de personnes mises en cause dans des affaires pénales, mais aussi des victimes d'infractions, ainsi que des personnes suspectées et non condamnées. Ce qui fait un total d'environ dix-neuf millions d'individus recensés, dont huit millions avec photos. J'ai utilisé des filtres pour sélectionner les hommes de taille moyenne, moustachus, de type européen, avec une tache brune sur l'aile gauche du nez. Une trentaine de visages parmi ceux qui figurent dans le fichier répondent à ces critères. Voulez-vous les regarder et me dire s'il y a un homme ressemblant à celui qui vous a interpellé ?

Julie avança les yeux vers l'ordinateur et Charles approcha sa chaise pour distinguer les portraits que Maggie commençait à faire défiler sur l'écran. Jusqu'au dixième, Julie d'un signe de tête signifia qu'elle ne reconnaissait pas l'individu, mais au onzième elle intima la Commandante de stopper. Ce visage semblait lui rappeler quelque chose. Maggie déroula la fiche de renseignements de cet homme. Il avait été arrêté et condamné trois fois pour trafic de drogue et une fois pour violences envers autrui sous emprise d'alcool. Il habitait les quartiers nord de Marseille.

— On peut aller jusqu'au bout ? proposa Maggie, on y reviendra après au besoin.

Huit autres portraits défilèrent et au neuvième, Julie stoppa à nouveau Maggie.

— Celui-là aussi ressemble à votre homme ?

— On dirait.

Maggie ouvrit sa fiche et cette fois s'immobilisa le regard figé sur l'écran.

Le type avait été condamné à six mois de prison avec sursis pour une tentative de cambriolage, mais il avait surtout été verbalisé dans les catacombes par les Cataflics. Il s'appelait Jérôme Fournel, avait quarante-deux ans, habitait rue Montgallet dans le XIIe, où il gérait une boutique de matériel informatique et de réparation de téléphones.

— Ce portrait vous parle ? insista Maggie.

— On dirait, mais je n'en suis pas sûre.

Maggie importa sur la photo une paire de lunettes de soleil.

— Et maintenant ?

— Oui, ainsi il lui ressemble plus.

Maggie termina les visionnages sans réaction de Julie.

Elle la remercia pour sa collaboration.

— On va vérifier tout ça. Je vous en informerai, leur dit-elle en les raccompagnant jusqu'à l'accueil du commissariat.

Maggie se précipita sur son téléphone pour révéler la nouvelle à son chéri…

Les Catacombes ! Une coïncidence paraissait impossible et cette découverte était hallucinante… Je crois qu'on le tient, annonça-t-elle à Joseph.

Et en plus, il crèche près du poste, ajouta-t-elle !

*

79

Maggie Charbonel avait immédiatement informé le procureur de sa nouvelle avancée sur « l'affaire de la valise bleue ». Lequel avait aussitôt saisi le juge d'instruction qui avait délivré une commission rogatoire. Dans la foulée, la Commandante avait monté son équipe d'intervention avec des collègues de la police scientifique.

Après avoir vérifié que la boutique était ouverte le lundi après-midi, elle programma d'investir le lieu à 14 heures.

Le quartier Montgallet est l'un des plus réputés de Paris pour ces réparateurs, bidouilleurs, vendeurs d'informatique et de téléphonie. Ils ont toujours une solution à proposer et aucune panne ne leur résiste. La vitrine de l'échoppe de Jérôme Fournel est l'une des plus étroites de la rue.

Il est 14 heures 05 lorsque la première voiture de police se gare en amont, l'autre en aval et la dernière quasiment devant l'entrée.

Maggie et William en civil pénètrent sans précipitation dans le magasin.

Un moustachu aux cheveux courts, aux grandes oreilles et aux sourcils épais est assis dans l'ombre, derrière une petite banque encadrée par un incroyable bric-à-brac de sachets, de téléphones, de coques, de piles, de cartes Sim, et d'adaptateurs en tous genres. Des dizaines de PC et d'écrans, empilés à même le sol, occupent l'essentiel de la boutique. L'homme se lève de son tabouret. William remarque la tache brune qui marque l'aile de son nez.

— Monsieur Jérôme Fournel ? questionne Maggie.

— Oui, répond-il un peu surpris.

— Police ! lui dit-elle, en lui présentant sa carte tricolore.

Le commerçant a un mouvement de recul. Cette irruption policière dans son magasin semble le contrarier fortement, mais Maggie ne lui laisse pas le temps d'exprimer son courroux.

— Monsieur Fournel, vous êtes suspecté d'enlèvement. Vous êtes donc en état d'arrestation ! Je vous encourage à collaborer afin que tout se déroule le mieux possible pour vous.

Au même moment, cinq policiers investissent ensemble le magasin

— Mais vous n'avez pas le droit ! Je n'ai rien fait, proteste l'homme sans grande conviction.

— Avez-vous des employés dans votre magasin ? questionne Maggie qui ignore si la boutique a des dépendances.

— Non, je travaille seul.

— Vous logez dans l'immeuble, je crois ?

— Oui, mon appartement est au-dessus.

— Monsieur Fournel, on vous soupçonne d'avoir séquestré, madame Julie Jeanselme, au mois août 2022. Nous allons procéder à votre garde à vue. À ce titre, vous pouvez vous faire assister d'un avocat et prévenir une personne qui peut être celle avec qui vous vivez ou un parent proche. Avez-vous un avocat et quelqu'un à avertir ?

— Non, je n'ai pas d'avocat et je suis seul. Je souhaite juste parler à mon fils.

— Il est chez vous ?

— Non ! Je peux l'appeler ?

— C'est nous qui allons le faire. Je vous informe également que nous allons perquisitionner votre boutique et votre domicile. Après quoi, nous vous conduirons au commissariat.

Après le choc initial et une brève réaction de défense, Jérôme Fournel était maintenant abattu et résigné, comme si ce qui lui arrivait était inéluctable.

L'individu avait un bail professionnel et était locataire de l'appartement situé juste au-dessus de son magasin. Manifestement, les affaires n'étaient pas très florissantes. Le désordre général de l'échoppe et la poussière accumulée sur les objets en vitrine témoignaient d'un certain laisser-aller. Les policiers avaient d'abord investi la boutique en se focalisant sur le coin bureau où étaient stockés les documents comptables et les archives. De nombreuses factures apparaissaient impayées et plusieurs courriers attestaient de l'impatience des fournisseurs. Les enquêteurs saisirent un smartphone et deux ordinateurs sur lesquels l'homme semblait travailler.

Après quoi, ces mêmes policiers montèrent à l'étage supérieur. Dans ce modeste appartement haut de plafond, le capharnaüm était similaire à celui du magasin. À l'évidence, l'individu manquait d'ordre et d'organisation. Une forte odeur de cannabis flottait dans l'air ! Des habits épars jonchaient le sol de la chambre et dans la cuisine l'évier regorgeait de vaisselle. Dans un tiroir, les enquêteurs découvrirent une étonnante quantité de bougies et dans un placard du matériel de spéléologie (lampe frontale, casque, cordes, sac étanche, bottes…), ainsi qu'un appareil photo semi-professionnel. Ils tombèrent aussi sans surprise sur un stock de cachets d'ecstasy, de pochettes de cocaïne et de petits emballages contenant certainement des amphétamines. Sans doute pas assez pour en faire commerce, mais bien suffisamment pour un usage personnel soutenu et régulier.

Mais leur plus curieuse trouvaille fut celle de billets de banque de cinquante et cent euros, soigneusement empaquetés dans du papier journal. Un rapide comptage évalua leur montant à plus de quarante mille euros. L'individu justifia cette importante présence de numéraires par des économies. Il indiqua préférer conserver l'argent chez lui sous forme d'espèces que de manière virtuelle dans une banque !

L'équipement de spéléologie confirmait que l'homme aimait les expéditions souterraines. Son stock de drogues diverses attestait son habitude à utiliser ce type de produits, et pourquoi pas sa capacité à les faire ingurgiter à d'autres… Quant à ces considérables économies en espèces, elles étaient incohérentes avec les difficultés financières qu'il semblait avoir.

En conduisant l'individu au commissariat, Maggie et William eurent enfin l'impression d'être sur la piste royale conduisant à la conclusion cette curieuse enquête.

Le suspect avait subi un premier interrogatoire dès son arrivée au commissariat.

Il prétendait ne pas comprendre ce qu'on lui reprochait, mais il reconnaissait fréquenter les catacombes parisiennes. Il se targuait même de très bien les connaître pour y être descendu plus de quatre cents fois.

— Cela n'en fait pas pour autant le coupable désigné d'un enlèvement, avait avancé l'avocat commis d'office qui l'assistait !

Le suspect avait admis se shooter plus régulièrement ces derniers temps, en raison de difficultés professionnelles.

Ses économies ? Il voulait conserver ce pécule, pour si besoin aider son gamin et régler les fournisseurs les plus pressants.

— Rien de tout cela n'est vraiment répréhensible ! s'était-il insurgé.

Il avait cependant paru très embarrassé lorsqu'on lui avait mis sous les yeux un document attestant que les billets en sa possession étaient, au numéro près, ceux qui avaient servi à payer la rançon de madame Jeanselme.

— Je ne comprends pas, avait-il simplement commenté.

— Peut-être a-t-il seulement été le bénéficiaire de cet argent volé, argumenta sans conviction son avocat.

— Un peu de sérieux, maître, avait réagi la Commandante Charbonnel. Ce sont TOUS des billets de la rançon !

Le suspect s'était alors fermé et la suite de l'interrogatoire avait été reportée au lendemain.

Les enquêteurs travaillèrent une partie de la nuit.

Certains à étudier les documents administratifs relatifs au commerce de monsieur Fournel, d'autres à explorer, les fichiers informatiques des ordinateurs, les échanges de mails et de SMS. D'autres, encore, à tenter de reconstituer ses déplacements grâce au tracking de son smartphone.

Les premiers résultats confirmaient que son entreprise avait de graves difficultés et qu'au moins deux personnes avaient menacé « de lui faire la peau ». L'homme semblait avoir de nombreuses dettes et pas seulement auprès des fournisseurs de sa boutique ! Sur son ordinateur, la présence de plusieurs liens vers des sites de jeu en ligne attestait également qu'il était un joueur régulier. Un appel à sa banque démontra sa mauvaise posture financière.

Dans la matinée, Maggie lui relata les informations que les enquêteurs avaient obtenues et lui demanda comment il imaginait se sortir de cette situation.

— Travailler plus, avait-il dit sans croire à sa réponse.

— Cessez de mentir, monsieur Fournel, les preuves s'accumulent contre vous ! lui proféra-t-elle aux oreilles. Vous aviez un urgent besoin d'argent et le meilleur moyen que vous ayez trouvé de vous en procurer était d'enlever madame Jeanselme et de rançonner son mari. Comment saviez-vous qu'il était riche ?

— Je ne savais pas !

— Vous avez donc kidnappé Julie Jeanselme par hasard ! Monsieur Fournel, bien sûr que vous saviez ! Vous ignorez sans doute qu'après avoir durement drogué votre victime, celle-ci a été durant plusieurs heures entre la vie et la mort, mais que depuis elle vous a reconnu sur le fichier des affaires pénales ! Cessez de nous mener en bateau... Nous avons suffisamment d'éléments pour vous faire plonger. Il est temps de nous dire la vérité. En vous obstinant à nier l'évidence, vous vous exposez à une plus grande sévérité des juges.

Maggie et William se succédaient pour mettre l'homme en confiance, sans négliger de le harceler de questions. Il s'affaissait de plus en plus sur sa chaise et semblait baisser la tête pour laisser passer l'orage, mais, en réalité, chaque information et chaque argument asséné par les policiers augmentait son mal-être et diminuait sa résistance.

— Vous risquez une peine de trente ans de réclusion criminelle. Vos aveux pourraient permettre de comprendre pourquoi vous en êtes arrivé à cette extrémité et peut-être susciter la bienveillance des juges.

Cela faisait une trentaine d'heures que le suspect était tourmenté par les policiers qui se relayaient.

Et comme Maggie le pressentait, vers 17 heures, il finit par craquer.

Résumé de l'enregistrement de l'audition de monsieur Jérôme Fournel

Je suis veuf depuis près de vingt ans. Ma femme est morte bien trop jeune, brûlée dans sa voiture dont on n'a pas pu l'extraire. Un croisement... un chauffard qui ne respecte pas le stop... l'embrasement du véhicule et les secours qui arrivent trop tard ! J'ai élevé seul mon fils. Il avait sept mois au décès de mon épouse. Durant dix ans, j'ai effectué divers petits boulots, avant d'être embauché dans un magasin d'informatique. L'informatique a toujours été ma passion ! Une paire d'années après, mon patron, en âge de la retraite, m'a cédé sa boutique dans de très bonnes conditions.

J'ai essayé de le cacher, mais je n'ai jamais oublié la mort injuste de ma femme. La drogue m'a permis de franchir les moments difficiles et m'a évité de sombrer. Vous allez trouver cela curieux, mais la fréquentation des catacombes aussi !

J'aime cet endroit macabre. C'est l'unique endroit où je parviens à communiquer avec mon épouse. Les catacombes sont un lieu où je suis bien. Je m'y sens invulnérable et à l'abri de tout. Sans bruits, sans lumière, sans interférences, sans repères, sans variations de température, sans accès possible aux non-initiés, je suis hors du monde et hors du temps. Je peux y méditer, y faire des découvertes, imaginer des aventures, être créatif, pleurer aussi...

Il y a quelques mois, j'ai rencontré un homme qui partageait cette passion des bas-fonds parisiens. Nous sommes devenus amis. Il m'a entraîné au poker. J'y ai malheureusement accumulé des dettes. Ce sont elles qui m'ont rendu addict... Cela peut paraître étonnant, mais les joueurs qui perdent ne cessent pas de jouer. Ils attendent impatiemment la partie suivante dans l'espoir de se renflouer ! C'est ainsi que l'on creuse son trou... Les recettes de ma boutique furent vite insuffisantes pour compenser mes pertes et les menaces sur ma vie et celle de mon fils se sont faites plus pressantes. J'ai vite compris que mes compagnons de jeu n'étaient pas des anges !

Mon besoin d'argent est devenu impérieux et essentiel ! Même s'il avait été réussi, le petit casse que j'avais imaginé pour résoudre mes problèmes n'aurait rien changé à ma situation financière. Seule une très importante somme d'argent était susceptible de me tirer d'affaire. Mais je n'espérais plus la gagner autour d'une table de poker ni en ligne.

En réalité, c'est le hasard qui m'a conduit à faire ce que j'ai fait et à me trouver ici aujourd'hui...

Le suspect avait fait une pause.

Un après-midi de fin juillet, une femme est entrée dans mon magasin.

Son profil ne correspondait pas à ma clientèle habituelle.

Elle circulait sur la Coulée verte quand son téléphone est subitement tombé en panne. Un promeneur lui a alors conseillé ma boutique, arguant que j'étais un des meilleurs dépanneurs du coin. Il est vrai que je pense bien me débrouiller...

La femme était élégante et manifestement pas dans le besoin. Elle souhaitait que je solutionne son problème au plus vite, car elle n'était que de passage dans le quartier. Je lui promis de faire de mon mieux, tout en lui précisant qu'il m'était nécessaire de réaliser un diagnostic pour lui établir un devis. « C'est inutile. Je paierai ce qu'il faut, mais débrouillez-vous pour me réparer mon smartphone dans l'heure », m'avait-elle dit.

Je lui ai alors réclamé son numéro de téléphone et son code PIN pour pouvoir accéder à ses paramètres. Avant de partir, elle m'a demandé si je pouvais lui prêter mon portable pour passer une communication à son mari. Ce que j'ai fait. Peut-être avaient-ils rendez-vous quelque part... Elle m'a donné son nom. « Jeanselme... Julie Jeanselme ». Par une curieuse coïncidence, quelques heures plus tôt j'avais vu sur Facebook une liste des personnes les plus riches de France et j'avais retenu le nom de Jeanselme. C'était celui d'un de mes copains de classe. Comme il était intelligent et très travailleur, j'ai un instant pensé que ça pouvait être lui, mais le prénom que cette femme avait cité ne collait pas.

J'eus l'audace de lui demander si elle s'apparentait à la famille Jeanselme, mentionnée dans le magazine Forbes. Un peu surprise par ma question, sans réfléchir, elle m'a spontanément répliqué : « Oui, pourquoi ? ». » Pour rien », lui ai-je simplement répondu.

Après son départ, j'ai recherché sur Facebook le post que j'avais vu quelques heures avant. Monsieur Charles Jeanselme était classé 15ᵉ avec une fortune estimée à huit milliards d'euros. La personne qui sortait du magasin était sans doute sa femme, puisque je l'avais entendue appeler son mari « Charles ».

Huit milliards d'euros ! Cette somme était inimaginable pour moi. J'avais calculé qu'un dix millième aurait suffi à résoudre tous mes problèmes...

Ensuite, tout excité par ce que je venais de comprendre, j'ai fébrilement démonté le smartphone de madame Jeanselme.

L'origine de la panne était fort bénigne. Il s'agissait simplement d'un mauvais contact de la batterie qui générait des redémarrages aléatoires et des messages d'erreur. Alors que je remontais l'Iphone de madame Jeanselme, l'appel d'un de mes fournisseurs me permit de constater que le numéro de son mari était resté affiché sur mon propre appareil. Je réalisais, alors que j'avais le privilège, sans doute rare, de connaître les portables personnels d'un des couples les plus riches de France !

Cette découverte était excitante, mais sans intérêt.

C'est alors que j'eus l'idée d'installer un logiciel espion et un tracker dans le téléphone qui était ouvert sur ma table. En suivant les déplacements de Julie Jeanselme et avec la copie de son écran je m'offrais la possibilité de partager la vie insouciante d'une nantie. Un jeu... pour rêver cette fois !

Moins d'une heure plus tard, madame Jeanselme est venue récupérer son smartphone, ravie d'avoir pu bénéficier d'un dépannage aussi rapide. J'allais lui réclamer vingt euros pour la réparation lorsqu'elle m'en a tendu cent, en me disant « Gardez tout... Vraiment merci ! ».

Dans la soirée, j'ai entendu un grand bruit. Un inconnu avait lancé une pierre dans ma vitrine. Les menaces à mon égard se précisaient !

Cette nuit-là, je n'ai pas trouvé le sommeil. J'ai songé à ma cliente et à la famille Jeanselme. J'ai pensé qu'on pourrait retirer de leur patrimoine la totalité de mes dettes sans que cela ne change rien à leur vie. J'ai *même imaginé qu'ils ne s'en apercevraient sans doute pas...*

Le surlendemain, j'eus la curiosité de me connecter au smartphone de la riche madame Jeanselme. Elle avait réservé des billets de train et j'avais leur copie sous les yeux. Date, heure, place... Et elle voyageait seule ! Je ne sais plus comment, mais c'est à cet instant que m'est venue l'idée d'un enlèvement et d'une rançon !

Madame Jeanselme avait organisé un aller-retour à Genève avec une halte à Lyon. Son retour était prévu sur un TGV qui rejoignait Paris avec un arrêt en gare de Le Creusot/Montchalin/Monceau-les-Mines. À cinq kilomètres de la maison de mes parents ! C'était l'occasion de leur faire une visite, avant de rentrer à Paris par le même train que ma riche cliente.

Il ne me restait plus qu'à imaginer le stratagème qui me permettrait de kidnapper cette femme sans violence ni menace.

Trouver une place pour aller au Creusot le 31 juillet fut onéreux, mais beaucoup plus facile que d'en obtenir une pour rentrer sur Paris dans le wagon n° 2 ! Je dus me rabattre sur le wagon n° 3.

Pour inciter madame Jeanselme à me suivre à la descente du train en Gare de Lyon, j'avais besoin d'une raison indiscutable, ou « presque indiscutable ». J'ai eu l'idée de réaliser une fausse carte de police à partir d'un modèle retrouvé sur le Net. Une fois plastifiée, la ressemblance était très correcte et l'illusion probable, à condition de la présenter de manière furtive.

J'ai fermé le magasin pour quarante-huit heures et, comme prévu, je suis allé rendre visite à mes parents. Ils étaient ravis ! Nous avons passé la journée et la soirée ensemble. Le lendemain, nous sommes allés manger au restaurant et mon père m'a déposé à la gare en milieu d'après-midi. J'avais le fauteuil 14 dans la voiture n° 3. Madame Jeanselme avait la place 41 dans la voiture n° 2 du TGV INOUI 6624.

J'avais pu entendre la conversation qu'elle avait eue la veille avec son mari, mais aussi suivre ses déplacements sur l'écran de mon portable, grâce au mouchard que j'avais installé dans le sien. J'avais ainsi la certitude qu'elle était montée à bord de cette rame. Dès que le train s'est mis à rouler, je suis allé discrètement vérifier qu'elle occupait bien le siège qu'elle avait réservé. Je l'ai facilement identifiée. Pour ma part, bien que dans le magasin nous ne nous soyons pas longtemps fait face, par précaution, je m'étais affublé d'une casquette marseillaise et de lunettes noires pour éviter d'être reconnu.

À l'approche de la Gare de Lyon, j'ai quitté ma place et je me suis glissé dans le couloir de la voiture 2. Je suis resté debout immobile derrière le siège de madame Jeanselme, jusqu'au terminus.

Elle était toujours aussi belle, mais semblait très soucieuse. Elle a pris son sac, s'est levée et s'est introduite dans la file qui s'apprêtait à descendre. Alors qu'elle avançait lentement vers la sortie, je me suis collé à elle en lui murmurant à l'oreille « Police ! Soyez discrète, ce sera mieux pour tout le monde ». Je lui ai mis dans le même temps, ma carte de police sous les yeux. Madame Jeanselme a eu une brève réaction de défense, avant de se retourner. Je lui ai fait signe *d'avancer, ce qu'elle a fait sans protester. Si elle s'était insurgée, j'avais prévu de feindre une mauvaise plaisanterie, mais à mon grand étonnement, madame Jeanselme s'est montrée très coopérative, voire fataliste. Exactement comme une personne prise la main dans le sac qui ne peut pas nier sa faute.*

Je l'ai saisie par le bras et l'ai conduite jusqu'à mon véhicule que j'avais réussi à garer non loin du parvis de la gare. Son silence était surprenant et sa docilité étrange !

À la question : « Y avait-il quelqu'un qui vous attendait ? », le prévenu bafouille un certain temps avant d'avouer que son fils était au volant.

Je lui avais très vaguement expliqué que j'avais besoin de lui pour accompagner une amie, mais je vous affirme qu'il ne savait rien. Tout est ma faute.

On est allé au magasin et j'ai enfermé madame Jeanselme dans ma cave, où elle est restée jusqu'à la récupération de la rançon. Mais je vous assure, je l'ai bien traitée. Elle avait à manger, de la lumière, un matelas, des livres et même une radio.

En imaginant fuir par les Catacombes, j'étais sûr que vous ne me retrouveriez jamais.

Une fois au sous-sol, madame Jeanselme n'a plus été aussi docile. Pour la calmer, j'ai dû mettre quelques produits dans ses aliments. Et avant de la libérer, j'ai augmenté les doses.

Dès que j'ai été en possession de la rançon, j'ai déposé madame Jeanselme sur un trottoir, bien en vue, afin qu'on la découvre rapidement.

Mon fils n'y est pour rien. Je vous en supplie, laissez-le tranquille.

Maggie pensa que Jérôme Fournel disait la vérité. Peut-être pas toute, mais certainement l'essentiel. Ce type lui paraissait être un paumé, jamais remis de la mort de sa femme, plutôt qu'un monstre. Il était devenu quelque peu mystique et vivait en solitaire. Ses compagnons de jeu avaient sans doute abusé de sa naïveté pour le plumer. Il s'était retrouvé aux abois et avait choisi le racket pour se tirer du pétrin dans lequel il s'était fourré.

Sachant qu'il allait finir en taule, la Commandante trouvait son histoire pathétique. Sa mise en examen était bien sûr une évidence, mais elle eut un petit pincement au cœur en lui faisant signer sa déposition et ses aveux.

L'homme prétendait avoir remboursé la totalité de ses dettes avec l'argent de la rançon et affirmait ne pas l'avoir utilisée à d'autres fins. Il avait souvent répété que son fils était innocent et qu'il l'avait impliqué dans le rapt, sans lui expliquer les faits. Il allait évidemment être auditionné à son tour afin d'estimer sa part de responsabilité. Si sa complicité était avérée, il pourrait lui aussi être sous le coup d'une peine de vingt ans de réclusion criminelle.

La victime avait été libérée le matin du septième jour. Soit, quelques heures trop tard pour bénéficier d'une condamnation beaucoup plus légère. De cinq ans de réclusion criminelle, lorsque l'otage est relâché avant le septième jour de détention, la sanction pouvait être portée à trente ans ! Les violences, que la victime aurait pu subir, étaient également des circonstances aggravantes. Dans cette affaire, tout était donc question de nuance, et la sensibilité des juges pèserait fortement sur le verdict.

Après des mois d'enquête et d'interrogations, l'énigme de la valise bleue était enfin résolue. Antoine, en organisant le simulacre de son propre rapt pour tester la valeur que lui attribuait son père, en était à l'origine et il avait involontairement tout compliqué !

*

80
Un an et demi plus tard

Charles et Antoine se sont définitivement réconciliés. Le père a enfin compris que son fils ne sera jamais à son image et que les choix d'Antoine sont sans doute les meilleurs pour lui.

De son côté, le fils a réalisé que son père n'a aspiré qu'à son bonheur, même s'il a oublié de tenir compte de ses envies. Il ne lui en veut plus d'avoir tenté de lui imposer ses propres rêves. Antoine apprécie son nouveau travail et sa condition actuelle. Il se rend régulièrement dans le sud où résident désormais ses parents. Il compose des chansons et semble heureux.

Charles a suivi son idée. Il a légué l'essentiel de ses actions aux salariés de son groupe et en a quitté la direction. Il a acheté une propriété vinicole dans les environs de Lunel et le couple Jeanselme s'y est installé. Leur grande bastide, adossée à un bosquet de pins parasols, domine les vignes.

À chaque instant, le chant des cigales célèbre leur bonheur.

Une petite zone de la mémoire de Julie est toujours défaillante, mais elle a retrouvé le sourire et l'enthousiasme d'avant sa séquestration. Elle reste suivie par un psychologue. Plusieurs médecins l'ont expertisée afin de savoir si elle a subi de mauvais traitements ou même un viol au cours de sa détention. Ce critère est majeur pour caractériser précisément le chef d'accusation de Jérôme Fournel. Ils n'ont abouti à aucune certitude, mais pensent que si elle avait été victime d'outrages des symptômes psychologiques referaient surface. Or Julie paraît avoir retrouvé un parfait équilibre mental ! Le bénéfice de ce doute profitera sans doute à Jérôme Fournel lors de son procès.

La romance de Maggie Charbonnel et Joseph Rabitt se poursuit. Leurs différences ne semblent plus un obstacle. Leur mariage est programmé pour l'automne, quelques semaines avant le procès de monsieur Fournel. C'est en fait à lui que les deux amants doivent leur rencontre !

Il est étonnant de constater qu'aujourd'hui, la vie des personnages de cette histoire a pour raison commune : la confusion ! Confusion des rêves, confusion des personnes, confusion des raisonnements, confusion mentale, confusion du coupable…

Serait-ce la confusion qui préside le monde actuel ?

FIN

Merci

Béatrice, Françoise, Gérard M., Gérard O., Huguette, Jacques, Jean, Jean-Didier, Marie-Agnès, Irène, Marc, Maryse, Pedro, Vjera, pour votre relecture attentive et pour la pertinence de vos suggestions et corrections.

Une mention particulière à

- Jacqueline A. qui, en tant que spécialiste de la langue française et éditrice, a supervisé mon écriture,
- Claude C. qui a attesté la cohérence de mon enquête grâce à son expertise de policier,
- Michel D., avocat, qui m'a évité le piège de l'erreur judiciaire !
- Gérard O., ancien chef de gare TGV, pour sa validation des chapitres en rapport avec la SNCF.

Merci également à ceux qui m'ont aidé à la création de la couverture.